DANS LE PIRE DES CAS

Né à New York en 1947, James Patterson publie son premier roman en 1976. La même année, il obtient l'Edgar Award du roman policier. Il est aujourd'hui l'auteur le plus lu au monde. Plusieurs de ses thrillers ont été adaptés à l'écran.

Auteur américain, Michael Ledwidge a coécrit plusieurs romans avec James Patterson, dont *Une nuit de trop*, *Une ombre sur la ville* et *Les Griffes du mensonge*.

Paru dans Le Livre de Poche :

BIKINI
BONS BAISERS DU TUEUR
CRISE D'OTAGES
DERNIÈRE ESCALE
GARDE RAPPROCHÉE
LUNE DE MIEL
LA MAISON AU BORD DU LAC
ON T'AURA PRÉVENUE
ŒIL POUR ŒIL
PRIVATE LOS ANGELES
PROMESSE DE SANG
UNE NUIT DE TROP
UNE OMBRE SUR LA VILLE

Les enquêtes d'Alex Cross
DES NOUVELLES DE MARY
EN VOTRE HONNEUR
GRAND MÉCHANT LOUP
LA LAME DU BOUCHER
LE MASQUE DE L'ARAIGNÉE
LA PISTE DU TIGRE
SUR LE PONT DU LOUP

Le Women's Murder Club
2ᵉ CHANCE
TERREUR AU 3ᵉ DEGRÉ
4 FERS AU FEU
LE 5ᵉ ANGE DE LA MORT
LA 6ᵉ CIBLE
LE 7ᵉ CIEL
LA 8ᵉ CONFESSION
LE 9ᵉ JUGEMENT
10ᵉ ANNIVERSAIRE

JAMES PATTERSON
ET MICHAEL LEDWIDGE

Dans le pire des cas

TRADUIT DE L'ANGLAIS (ÉTATS-UNIS) PAR SÉBASTIAN DANCHIN

L'ARCHIPEL

Titre original :

WORST CASE
Publié par Little, Brown and Company, New York, 2010.

© James Patterson, 2010.
© L'Archipel, 2013, pour la traduction française.
ISBN : 978-2-253-17785-2 – 1ʳᵉ publication LGF

À Susan Maloney, Sue Najork,
Marlene Stang et Kary Tangredi.
J. P.

À Mary Ann O'Donnell,
la meilleure conseillère au monde.
Un merci tout particulier à «Oncle» Ed Kelly
et au juge Joe Len.
M. L.

PROLOGUE

Donnons une chance à la paix, sinon…

1

L'inconnu aux cheveux poivre et sel franchit d'un pas allègre l'arc de marbre de Washington Square. Il posa son sac à dos, retira ses lunettes rondes et essuya les larmes qui menaçaient de l'aveugler.

Qui aurait cru qu'il craquerait? *Putain*, pensa-t-il en essuyant son visage avec la manche de son vieux blouson en jean. Il comprenait à présent la réaction des vétérans du Viêtnam découvrant le mémorial de Washington. Si les anciens activistes des mouvements pacifistes avaient eux aussi un Mur des Larmes, c'était bien ici. Dans ce parc où tout avait commencé.

Il balaya du regard les arbres caressés par la brise en se remémorant les événements qui s'étaient déroulés là. Les manifs contre la guerre du Viêtnam. Bob Dylan dans les caves de la 4e Rue, se demandant de quel côté soufflait le vent. Les visages de ses copains à la lueur des bougies, faisant circuler bouteilles et joints. Les promesses qu'ils s'étaient faites à voix basse, se jurant de changer le monde.

Il scruta les visages des promeneurs de ce vendredi après-midi ordinaire comme s'il cherchait une silhouette familière près de la fontaine qui se dressait au centre de la place, du côté des tables d'échecs. *Ça ne risque pas*. Il haussa les épaules. Ils s'étaient tous éparpillés pour vivre leur vie, à commencer par lui. Certains avaient grandi, quelques-uns avaient trahi la cause, d'autres avaient opté pour une existence souterraine. Au propre ou au figuré.

Une époque révolue. Quasiment oubliée. Morte et enterrée.

Pas tout à fait, se dit-il en mettant un genou à terre pour ouvrir son sac à dos qui contenait un carton de tracts.

Cinq cents tracts sur lesquels était imprimé un texte de trois paragraphes intitulé LE MONDE A BESOIN D'AMOUR.

Il se demanda un instant s'il ne ferait pas mieux de rentrer chez lui.

Une phrase de Keith Richards lui revint en mémoire.

« Si vous voulez savoir, on est une bande de durs à cuire. Vous pouvez toujours essayer de nous pendre, on refuse de crever. »

Tu l'as dit, mon vieux Keith, gloussa-t-il intérieurement. *Allons-y, vieux frère. Rien que toi et moi.*

Depuis un an, il repensait constamment à sa jeunesse. La seule période de sa vie qui lui avait donné l'impression d'exister, de pouvoir changer le cours des événements.

La crise de la cinquantaine ? Possible. De toute façon, il s'en foutait. Il avait décidé de ranimer la flamme. Le monde d'aujourd'hui était encore pire que celui qu'il avait combattu avec ses potes. Il était temps de réveiller les consciences avant qu'il ne soit trop tard.

Leur combat avait porté ses fruits autrefois, ils avaient arrêté la guerre. Il suffisait de recommencer. Il avait pris de l'âge, mais il était vivant. Et même bien vivant.

Il lécha machinalement son pouce et prit un tract sur le dessus de la pile. Un sourire aux lèvres, il repensa à tous les tracts qu'il avait distribués sur le campus de Berkeley, ou à Seattle, ou encore à Chicago pendant les manifs de l'été 68. Et voilà qu'il remettait ça. Incroyable. Quelle vie de dingue...

2

— Bonjour ! dit-il en tendant un tract à une jeune femme noire avec un enfant dans une poussette.

Il chercha son regard, un sourire aux lèvres. Il avait toujours eu le contact facile avec les gens.

— Désolé de vous importuner, mais je crois que ce message peut vous intéresser. Ça nous concerne tous.

— Vous allez me laisser tranquille avec vos idioties ?! s'emporta la femme, repoussant avec une véhémence inattendue sa main tendue.

On ne gagne pas à tous les coups, se rassura-t-il en hochant la tête.

Certains clients étaient plus récalcitrants que d'autres, ça faisait partie du jeu. Sans se démonter, il s'approcha d'un groupe d'adolescents équipés de skateboards au pied de la statue de Garibaldi.

— Salut, les jeunes. Si vous avez une minute, j'aimerais bien que vous lisiez ce message. Surtout si vous vous inquiétez pour votre avenir et celui de la planète.

Ils le dévisagèrent, ahuris. Il comprit, aux petites rides qu'ils avaient au coin des yeux, que ses interlocuteurs n'étaient pas des adolescents. Ils approchaient de la trentaine, s'ils ne l'avaient pas dépassée.

— Putain de merde, les gars! C'est John Lennon! s'exclama l'un des skateurs. Je croyais que tu t'étais fait buter! Où est Yoko? Quand est-ce que tu te remets avec Paul?

Ses copains éclatèrent de rire.

Bande de petits cons, songea-t-il en se dirigeant vers la fontaine près de laquelle se produisait un comédien de rue. Le monde était vraiment dans la merde. Pas question de se laisser décourager par ces connards. Le tout était de tomber sur le bon client, histoire de lancer la machine. Patience et longueur de temps... il connaissait la chanson.

Les gens évitaient son regard en le voyant s'approcher, et tous refusaient son tract. *C'est quoi, ce bordel?* se demanda-t-il.

Il mit plus d'un quart d'heure à trouver preneur, une femme menue qui lui prit un tract en passant. *Enfin!* Son sourire s'évanouit lorsqu'il la vit le froisser et s'en débarrasser dans l'allée. Il ramassa le tract et la rattrapa.

— Vous auriez au moins pu le mettre dans une poubelle, lui reprocha-t-il en se plantant devant elle. Ça ne vous dérange pas de jeter un papier par terre?

— Je vous demande pardon? s'étonna la femme en retirant les écouteurs de son iPod.

Elle ne l'avait même pas entendu. À croire que la jeune génération était complètement débile. Comment pouvaient-ils être aveugles à ce point? Ils se fichaient donc de tout?

— C'est moi qui devrais te demander pardon, grommela-t-il en la regardant s'éloigner. Je suis désolé de t'avoir confondue avec un être humain.

Il regagna l'entrée du parc et s'arrêta net en voyant sa pile de tracts éparpillée sur le trottoir en direction de la 5ᵉ Avenue ; quelqu'un avait shooté dedans.

Il se précipita pour les ramasser un par un, puis y renonça. S'asseyant sur le bord du trottoir entre deux voitures en stationnement, il se prit la tête dans les mains, à la fois vidé et démuni, et pleura à chaudes larmes pendant vingt minutes, bercé par la plainte du vent et la rumeur de la circulation.

Des tracts ? pensa-t-il. *Comment ai-je pu croire que j'allais changer la face du monde avec un bout de papier et ma bonne foi ?* Il posa les yeux sur le vieux blouson en jean qu'il avait sorti du fond de son placard, tout content de constater qu'il lui allait encore. *Décidément, tu n'es qu'un imbécile.*

Un seul argument était capable d'attirer l'attention de ses semblables, de leur ouvrir les yeux.

Le dernier recours.

Aujourd'hui comme autrefois.

Il hocha la tête à contrecœur. Puisque personne n'était prêt à l'aider, il lui faudrait agir seul. Pas de souci. De toute façon, il en avait sa claque. Le temps était compté. Assez déconné.

Il s'aperçut qu'il tenait un tract tout chiffonné entre ses doigts. Il le défroissa en l'aplatissant de la main sur le trottoir froid, sortit un stylo et apporta la correction qui s'imposait. Le tract s'envola, emporté par une rafale, claquant comme un drapeau dans le vent.

L'inconnu aux cheveux poivre et sel s'essuya les yeux. Dans son dos, la feuille de papier resta un instant accrochée à un réverbère. Le dernier mot avait été rayé d'un trait de stylo rageur :
LE MONDE A BESOIN DE *SANG* !

PREMIÈRE PARTIE

Tu redeviendras poussière

PREMIÈRE PARTIE

In nebuleuse nubs populier.

1

Ligoté dans le noir, Jacob Dunning aurait donné n'importe quoi en échange d'une douche.

Tout ce qu'il possédait ? Sans la moindre hésitation. Un doigt de pied ? Sans problème. Un doigt de la main ? La question méritait réflexion. Le petit doigt de la main gauche, peut-être ?

Des traces noires marbraient ses joues et maculaient ses cheveux. Vêtu d'un caleçon et d'un T-shirt aux armes de l'université de New York où il effectuait sa première année, plutôt beau gosse avec sa tignasse brune, il était recroquevillé sur la dalle de béton crasseuse d'une pièce minuscule.

La rumeur de la ville lui parvenait dans le lointain. Il avait les yeux bandés et il était menotté dans le dos à une canalisation. Un bâillon le muselait, étroitement serré sur sa nuque.

Sur le *foramen magnum*, plus exactement, pour reprendre le terme scientifique désignant l'orifice de communication entre le canal vertébral et la boîte crânienne. Jacob l'avait appris un mois plus tôt en cours d'anatomie. Son entrée à la NYU constituait le premier pas vers l'accomplissement de son rêve de devenir médecin. Depuis sa plus tendre enfance, Jacob avait abondamment feuilleté l'exemplaire de l'édition de 1862 de *Gray's Anatomy* qui trônait dans le bureau de son père. À genoux sur le fauteuil rembourré, le menton dans les mains, il avait passé des heures à admirer les élégantes illustrations de cette bible de la médecine, fasciné par la représentation du corps humain dont les moindres détails étaient affublés d'appellations aussi exotiques que celles de terres lointaines sur des cartes au trésor.

Jacob laissa échapper un sanglot en repensant à ces heures d'insouciance. Une goutte d'eau s'écrasa sur sa nuque et coula le long de sa colonne vertébrale, lui imposant le martyre. À moins de se relever, il n'allait pas tarder à avoir des escarres, au risque d'attraper un staphylocoque.

Il se souvenait d'avoir quitté Conrad's, un bar du quartier d'Alphabet City où les étudiants qui trichaient sur leur âge étaient les bienvenus. À la sortie d'un cours de chimie interminable, il avait essayé de baratiner une Finlandaise ravissante, étudiante en première année, comme lui. À son cinquième mojito, sa langue commençait à fourcher et il avait décidé d'aller se coucher en constatant qu'elle s'intéressait moins à lui qu'à l'Apollon qui tenait le bar.

Il se rappelait être sorti dans la rue, et puis plus rien. Il aurait été bien en peine d'expliquer comment il s'était retrouvé dans cette cave.

Il s'évertua pour la millième fois à imaginer un scénario positif. Il se raccrochait à l'idée qu'on avait voulu le bizuter en le confondant avec un autre.

Il fondit en larmes en se demandant où avaient pu passer ses vêtements. Pourquoi lui avoir retiré son jean, ses chaussettes et ses chaussures ? Mieux valait ne pas échafauder trop d'hypothèses, de peur d'affronter la seule réalité qui s'imposait : il se trouvait dans une merde noire.

Un bruit le fit sursauter et il se cogna la tête contre la canalisation à laquelle il était enchaîné. Un claquement de porte, très loin. Son cœur fit un bond et ses poumons se figèrent, incapables de décider s'ils devaient expirer ou inspirer.

Au bord de la crise de nerfs, il perçut un tintement accompagné de pas. Il pensa au concierge de l'immeuble de ses parents dont le trousseau de clés battait en cadence sur sa cuisse. M. Durkin, un bonhomme efflanqué qu'on voyait toujours un outil à la main. L'espoir ranima son courage. Quelqu'un venait le délivrer.

— Hmmmmm ! cria-t-il sous son bâillon.

Les pas s'arrêtèrent. Une clé tourna dans la serrure et un souffle d'air frais lui caressa le visage. Une main lui retira le bâillon.

— Merci ! Merci ! Je ne sais pas ce qui s'est passé. Je...

Un coup d'une brutalité inouïe lui coupa le souffle. Un coup porté par une botte de chantier, qui lui enfonça l'estomac dans la colonne vertébrale.

Seigneur, pensa Jacob au moment où son crâne heurtait le sol en béton. *Seigneur, aidez-moi !*

2

Une fois délivré de ses menottes, Jacob fut traîné sur une dizaine de mètres avant d'être jeté violemment sur un siège dur. Une main invisible découpa son bandeau, ses yeux le picotèrent douloureusement, et on lui entrava à nouveau les poignets dans le dos.

Il était assis sur un banc d'écolier dans une grande pièce dépourvue de fenêtre, face à un tableau noir à l'ancienne. Il se mit à sangloter en silence.

Le chuintement d'un briquet se fit entendre et une odeur de tabac légèrement épicé effleura ses narines.

— Bonjour, maître Dunning, résonna une voix masculine derrière lui.

Une voix banale, dont les intonations trahissaient une bonne éducation. Une voix qui lui rappelait celle de M. Manducci, un prof d'anglais de l'institut Horace Mann, qui avait la cote auprès des élèves. Bon sang! Et si c'était *effectivement* M. Manducci, dont il avait toujours noté le penchant... euh, marqué pour certains élèves? À moins qu'on ne l'ait kidnappé. Le père de Jacob, patron d'une grosse boîte, était très riche.

Une vague de soulagement dilata les pores de sa peau. S'il s'agissait d'un enlèvement, rien n'était perdu. Sitôt la rançon versée, il serait libéré. Pas de souci. *Pourvu que ce soit bien un enlèvement.*

— Mes parents ont de l'argent, monsieur, annonça-t-il en essayant vainement de maîtriser le tremblement de sa voix.

— Je sais, répondit son bourreau d'une voix bien timbrée, digne d'un animateur d'émissions de musique classique. C'est bien ça le problème. Ils ont plus de dollars que de cellules grises. Ils possèdent une Mercedes, une McLaren, une Bentley et même une Prius, en parfaits défenseurs de l'environnement. C'est à leur hypocrisie que tu dois ta présence ici. Malheureusement pour toi, ton père semble avoir oublié les préceptes du Décalogue: «Car moi, le Seigneur, ton Dieu, suis un Dieu à la passion jalouse, qui fais rendre des comptes aux fils pour la faute des pères.»

Jacob se tortilla désespérément sur son banc en sentant le canon métallique d'un pistolet lui caresser la joue droite.

— J'ai quelques questions à te poser, reprit le ravisseur. Tes réponses seront de la plus haute importance.

L'arme s'enfonça dans la joue de Jacob et le chien se releva dans un claquement sinistre.

— Car, cette fois-ci, il s'agit de sauver ta vie. Question numéro un: comment s'appelait ta nourrice quand tu étais petit?

Qui ça? Ma nourrice? À quoi rime cette histoire?

— R-R-Rosa ? balbutia-t-il.

— Exactement. Rosa. Jusqu'ici, tout va bien, maître Dunning. À présent, donne-moi son nom de famille.

Oh putain ! Abando… Abrado… un truc de ce style.

Il ne s'en souvenait plus. Une femme douce et un peu bête avec qui il jouait à cache-cache, qui lui donnait à manger quand il rentrait de l'école. Rosa, qui collait sa joue tiède contre la sienne pour l'aider à souffler les bougies du gâteau, le jour de son anniversaire. Comment avait-il pu oublier son nom de famille ?

— La minute est écoulée, chantonna la voix de l'inconnu.

— Abrado ? tenta Jacob.

— Tu es très loin du compte, réagit l'homme sur un ton dégoûté. Elle s'appelait Rosalita Chavarria. Figure-toi qu'il s'agissait d'un être humain, avec un prénom *et* un nom. Comme toi. Un être de chair et de sang. Comme toi. Pour ta gouverne, elle est morte l'an dernier. Un an après avoir été renvoyée par tes parents au prétexte qu'elle perdait la mémoire. Elle est rentrée dans son pays, ce qui nous amène à la troisième question : de quel pays était-elle originaire ?

Comment ce type pouvait-il connaître les détails de la mort de Rosa ? Un ami à elle ? Il n'avait pas un accent latino. Encore une fois, à quoi rimait tout ce cirque ?

— Elle venait du Nicaragua ? tenta à nouveau Jacob.

— Encore faux. Elle était originaire du Honduras. Un mois après s'être installée dans le minuscule taudis de sa sœur, elle a dû subir une hystérectomie dans un mauvais hôpital près de Tegucigalpa. On l'a transfusée et elle a attrapé le sida. Le Honduras possède le taux de sida le plus élevé de tout le continent américain. Le savais-tu, au moins ?

Jacob ne répondit pas.

— Question numéro quatre : quelle est l'espérance de vie moyenne d'une personne atteinte du sida au Honduras ? Je vais t'aider. C'est beaucoup moins que les quinze années dont jouissent les malades américains.

Jacob Dunning laissa libre cours à ses larmes.

— Aucune idée. Comment voulez-vous que je le sache ? Je vous en prie.

— Non, non, Jacob, répliqua l'homme en faisant méchamment glisser le canon de l'arme contre les dents de son prisonnier. Je ne me suis peut-être pas bien fait comprendre. Nous ne sommes pas dans une université de l'Ivy League. Pas de cours particuliers afin d'améliorer tes résultats. Pas de possibilité de tricher, les résultats des examens sont définitifs. Tu as eu toute ta vie pour te préparer, mais j'ai l'impression que tu t'es laissé aller. À ta place, je réfléchirais bien. Quelle est l'espérance de vie moyenne d'un malade atteint du sida au Honduras ? Allez, réponds !

3

Ce dimanche-là, aux alentours de midi, une atmosphère digne d'un tournoi de basket national régnait dans le gymnase de l'institut du Saint-Nom. Un brouhaha indescriptible, entre les rebonds des ballons, la litanie des pom-pom girls et les hurlements des gamins survoltés.

Au bruit s'ajoutaient la chaleur, la poussière et la foule des grands jours. Personnellement, j'adore.

Comme de juste, je me trouvais au milieu de la mêlée. Un sifflet autour du cou, je dirigeais les exercices d'échauffement des Bulldogs, l'équipe junior du Saint-Nom. L'équipe de Sainte-Anne, un collège de la 3ᵉ Avenue, nous imitait sur l'autre moitié du terrain. Avec un fils, Ricky, dans l'équipe des grands, et un autre, Eddie, dans celle des juniors, j'aurais difficilement pu refuser lorsque la principale du collège, sœur Sheilah, m'avait demandé de remplacer l'entraîneur. J'avoue avoir hésité. Comme si je n'avais pas assez de pain sur la planche, seul avec mes dix gosses. Sauf que sœur Sheilah a le don de repérer à des kilomètres les gogos en puissance.

Entre les entraînements, les cours de stratégie et même le rangement des chaises pliantes à la fin des matchs, je dois reconnaître que ce travail m'amusait. Je ne sais pas si l'un ou l'autre de mes Bulldogs terminera un jour sa carrière en NBA, mais les voir prendre confiance en eux et assister à la métamorphose d'un groupe d'individus en une équipe soudée ne me font pas regretter les dimanches passés sur le terrain.

La clameur du public était telle en début de match que j'ai bien failli ne pas entendre la sonnerie du portable accroché à ma ceinture. Le numéro qui s'affichait n'était pas celui du boulot, mais ça ne voulait rien dire. Dans mon service, on se partage les week-ends d'astreinte. Je vous laisse deviner qui était de corvée ce dimanche-là.

— Bennett à l'appareil.

Je devais crier pour qu'on m'entende.

— Mike ? C'est Carole. Carole Fleming.

Oh putain ! J'ai serré les paupières. J'aurais dû m'en douter. Carole est ma chef. Elle a repris la direction du service d'investigation judiciaire du NYPD, ce qui ne serait déjà pas une mince affaire si elle n'était pas, en outre, la première femme à occuper ce poste. Or, il n'y a pas de quoi chômer aux Grandes Affaires criminelles, entre les hold-up, les vols d'œuvres d'art et les enlèvements.

— Quoi de neuf, patron ?

— Nous avons peut-être un kidnapping dans les beaux quartiers. Tu files chez April Dunning au numéro 1 de la 72ᵉ Rue Ouest, appartement 10 B.

Son fils Jacob a disparu. Le père de Jacob, Donald Dunning, est le fondateur et P-DG de...

Je ne l'ai pas laissée terminer sa phrase.

— Latvium & Cie, une multinationale de l'industrie pharmaceutique. Je vois qui c'est.

J'avais récemment lu l'article que lui consacrait le magazine *Forbes* en accompagnant l'un de mes enfants chez le dentiste. Dunning n'était pas seulement milliardaire, c'était aussi un copain de golf du maire. Je voyais déjà dans quoi je mettais les pieds.

— Quel âge a le Jacob en question?

— Dix-huit ans.

— Dix-huit ans?!! C'est une plaisanterie! Tous les gamins de dix-huit ans disparaissent à un moment ou à un autre.

— Je sais, Mike. Il aime probablement un peu trop faire la fête, mais ses parents ont le bras long et je te demande d'aller vérifier. Rappelle-moi le plus tôt possible.

Sitôt raccroché, j'ai noté l'adresse sur la liste des joueurs que j'avais à la main. C'était bien ma chance. Retrouver le gamin de quelqu'un d'autre, quand j'avais déjà du mal à suivre les miens à la trace. J'ai adressé un signe à Seamus, qui huait copieusement l'un des basketteurs de Sainte-Anne.

— Vous avez besoin d'un remplaçant, monsieur l'entraîneur? m'a demandé mon vieux malin de grand-père avec son accent irlandais à couper à la serpe. Combien de fois t'ai-je dit que j'étais tout disposé à jouer mon rôle?

J'ai secoué la tête d'un air navré.

— Écoute, monsieur l'abbé. Je dois filer vérifier un truc. Avec un peu de chance, je n'en aurai pas pour longtemps. Tu me remplaces en attendant. Non, tout bien réfléchi, tu te contentes de rester là sans dire un mot. S'il te plaît.

— Pas trop tôt ! s'est exclamé Seamus en m'arrachant le bloc à pince des mains.

Il a retroussé les manches de sa chemise noire.

— On va enfin pouvoir gagner.

4

Le 1 de la 72ᵉ Rue Ouest n'est autre que le Dakota, le célèbre immeuble de style gothique dans lequel vivait John Lennon au moment de sa mort. C'est également là que vit la femme qui accouche du diable dans le film *Rosemary's Baby*. Tout un programme.

J'ai garé mon minibus au coin de Columbus Avenue avant de rejoindre la 72ᵉ Rue à pied. Au cas peu probable où le fils Dunning avait été enlevé, les ravisseurs surveillaient peut-être l'immeuble. Inutile d'avertir la terre entière que la famille avait appelé la police. J'ai franchi la grille en fer forgé donnant sur le passage voûté où Chapman a abattu l'ancien Beatles d'une balle dans le dos. Le Dakota reste aujourd'hui encore un lieu de pèlerinage ; ce doit être génial pour Yoko de voir les touristes chercher les impacts des balles sur la façade.

La lourde porte en cuivre s'est ouverte, dévoilant la silhouette corpulente d'un portier d'origine asiatique en uniforme et chapeau vert sapin.

Un écriteau était accroché au-dessus de sa tête :

PRIÈRE AUX VISITEURS
DE SE FAIRE ANNONCER

Je lui ai discrètement montré mon badge.

— J'ai rendez-vous avec M. et Mme Dunning.

Le temps de prévenir mes hôtes et un concierge d'un certain âge m'a demandé de le suivre. Je n'avais jamais vu des lambris d'acajou aussi magnifiques. Un lustre énorme et des appliques en laiton éclairaient d'une lumière tamisée le plafond à moulures et le sol en marbre du hall d'entrée.

Un liftier a pris le relais du concierge et nous sommes montés dans les hauteurs où m'attendait un tout petit majordome, devant la porte du 10 B.

Une immense porte vitrée donnant sur les pièces de réception permettait d'apercevoir Central Park, par-delà les fenêtres. Un couloir longeant les pièces principales évitait aux domestiques de croiser les invités. Les lambris étaient en acajou de Cuba, tout comme les parquets à chevrons qu'entourait une plinthe de noyer.

Une belle femme aux cheveux noirs est venue à ma rencontre. Vêtue d'une robe de soirée bleue toute froissée, elle portait sur le visage les marques de son angoisse. À sa vue, ma mauvaise humeur s'est dissipée. La grande bourgeoise avait cédé le pas à une mère de famille rongée d'inquiétude.

— Dieu soit loué, vous êtes là ! Inspecteur Bennett, c'est bien ça ?

Elle s'exprimait avec un accent anglais.

— C'est au sujet de mon fils Jacob. Il lui est arrivé malheur.

J'ai sorti un carnet de ma poche, m'efforçant de me montrer rassurant.

— Je suis là pour vous aider à le retrouver, madame. Quand avez-vous vu Jacob ou lui avez-vous parlé pour la dernière fois ?

— Je lui ai téléphoné il y a trois jours. Il étudie à l'université de New York, il a une chambre au Hayden Hall, le long de Washington Square. Mon mari et mon père se sont rendus là-bas afin de parler avec ses amis. Personne ne l'a vu depuis vendredi, pas même le garçon avec qui il partage sa chambre.

J'avais envie de lui dire qu'il avait peut-être croisé le chemin d'une jolie fille.

— Une absence de quelques jours n'est pas forcément inquiétante, madame Dunning. Avez-vous des raisons plus précises de penser qu'il a pu lui arriver malheur ?

— Mon mari et moi avons célébré notre vingt-cinquième anniversaire de mariage hier soir au restaurant Le Cirque. Un événement prévu depuis des mois. Jamais Jacob ne nous aurait fait faux bond, son grand-père est venu de Bordeaux exprès pour l'occasion. Il voit rarement son grand-père, il ne l'aurait manqué pour rien au monde. Jacob est fils unique, nous sommes extrêmement proches.

Je commençais à comprendre son inquiétude. L'absence de son fils n'était pas normale.

— A-t-il laissé échapper quoi que ce soit de particulier lors de votre dernière conversation ? Quelqu'un qu'il aurait rencontré, ou bien…

J'ai été interrompu par le téléphone, posé sur une console ancienne. Mme Dunning a lancé un regard terrifié sur l'écran avant de relever la tête, sans décrocher.

— Un numéro inconnu, a-t-elle murmuré d'une voix paniquée. Un numéro inconnu !

Je devais impérativement la calmer. J'ai commencé par relever le numéro avant de laisser parler mon instinct.

— Écoutez-moi, April. Je ne dis pas que c'est le cas, mais si jamais il s'agissait d'une personne impliquée dans la disparition de Jacob, demandez-lui précisément ce qu'elle attend de vous en échange de votre fils. Et demandez à parler à Jacob, si possible.

Le téléphone sonnait toujours. Elle a essuyé ses larmes d'un revers de main, puis elle a décroché tandis que j'écoutais la conversation d'un autre poste, dans le bureau voisin. En prenant le combiné, j'ai appuyé sur la touche « enregistrement » du répondeur.

— Allô ? April Dunning à l'appareil.

— C'est moi qui ai Jacob, a répondu une voix étrangement sereine. Écoutez.

Un clic, suivi d'un ronronnement, et un enregistrement s'est enclenché.

— *Neuvième question : si tu étais né au Soudan, quelles seraient tes chances de franchir la barre des quarante ans ? Et quel rapport y a-t-il avec ton joli petit iPod Nano rouge ?*

— *Je ne sais pas*, a répondu une voix jeune entre deux sanglots. *Je vous en supplie, arrêtez.*

Un autre clic a mis fin à la diffusion de l'enregistrement.

— Vous recevrez des instructions précises dans exactement trois heures, a repris calmement la voix. Suivez-les à la lettre si vous souhaitez revoir votre fils vivant. Interdiction d'appeler la police ou le FBI.

L'inconnu a raccroché. Je l'imitais quand un grand bruit s'est fait entendre dans l'entrée. J'ai découvert Mme Dunning à genoux sur le parquet à chevrons, les épaules secouées de sanglots incontrôlables.

— C'était la voix de Jacob, a-t-elle gémi. Ce salaud a enlevé mon Jacob.

Le majordome, arrivé juste derrière moi, l'a aidée à se relever avant de l'installer sur un siège.

J'ai immédiatement appelé ma chef. Il s'agissait donc bien d'un enlèvement. Nous allions devoir nous activer si nous voulions que toutes nos équipes soient en place dans trois heures.

Le portable collé à l'oreille, j'ai regardé machinalement par la fenêtre, sourcils froncés. Un bus déchargeait un troupeau de touristes sur Central Park Ouest. Chacun vérifiait son appareil photo avant de se diriger vers le mémorial consacré à John Lennon. La sonnerie n'en finissait pas à l'autre bout du fil, les pleurs de Mme Dunning résonnaient de façon lugubre dans ces pièces hautes de plafond.

— Allez, décroche ! ai-je marmonné dans le micro de mon téléphone.

5

L'agent Émilie Parker du FBI courut à travers le parking, tête baissée, en entendant un avion d'affaires survoler l'aéroport de Teterboro. Elle vit l'appareil se poser sur la piste et rejoindre le petit Gulfstream G300 qui l'avait déposée quelques minutes plus tôt.

Elle s'engouffra dans la Buick LeSabre de location, mit le contact et regarda sa montre. Pas encore 15 heures. Elle se trouvait chez elle, près de Manassas en Virginie, lorsque son patron l'avait appelée à 12 h 30. Moins de deux heures plus tard, elle arrivait à New York, quatre cents kilomètres plus au nord.

Vite fait, bien fait, pensa-t-elle. Depuis deux ans qu'on lui avait confié la direction de la Brigade anti-kidnapping pour la région Nord-Est, elle avait pris l'habitude de vivre à cent à l'heure.

— Émilie, le directeur adjoint m'a demandé de mettre mon meilleur limier sur le coup, lui avait annoncé John Murphy, l'agent qui dirigeait le Centre national d'analyse des crimes violents. Tu ne devineras jamais à qui j'ai décidé de confier l'enquête.

La jeune femme ne connaissait pas les détails de l'affaire, elle savait juste qu'on avait besoin d'elle comme conseillère auprès du NYPD à la suite de l'enlèvement d'un jeune homme nommé Jacob Dunning. C'était Donald Dunning, son père, qui lui avait envoyé son jet privé.

Émilie se demanda dans quel guêpier on l'avait fourrée. Elle sortit du parking sur les chapeaux de roue en appuyant sur une touche de numérotation rapide. Tom, son frère, décrocha.

— Je viens d'arriver, lui annonça-t-elle. Comment a-t-elle réagi?

— Tout va bien. On a installé le stand de citronnade à l'entrée de l'allée. C'est trop mignon que vous fassiez ça tous les dimanches.

— La petite peste, quelle menteuse! s'écria Émilie. Un stand de citronnade? À l'entrée du jardin? C'est elle tout craché. Elle t'a embobiné, Tom. Je lui ai dit non la semaine dernière. Il n'y a pas trop de voitures dans la rue, au moins? Où es-tu, là? Avec elle? Tu la surveilles?

— Bien sûr que oui, Émilie. Qu'est-ce que tu crois? Que je suis dans le bar d'à côté? Olive et moi, on ne se quitte pas d'une semelle.

À la fin de son engagement dans les Marines, un mois plus tôt, Tom avait décroché un boulot chez un sous-traitant du ministère de la Défense à Bethesda. Il commençait dans une semaine. Lui louer l'appartement en rez-de-chaussée de sa maison avait été un coup de génie, car elle disposait ainsi d'un baby-sitter à domicile. Émilie ébaucha un sourire en imaginant sa petite Olivia de quatre ans, debout derrière son stand au bout de l'allée, dans son manteau d'hiver. Restait à savoir si elle aurait des clients.

— On avait de la citronnade, au moins? s'inquiéta-t-elle.

— En ma qualité de commandant en chef, j'ai pris la décision de la remplacer par du Kool-Aid.

— Du Kool-Aid?!! Mais c'est du sucre avec des colorants! Interdiction de lui en donner plus d'un verre.

— À t'entendre, on dirait que je la force à avaler de l'antigel. En plus, elle ne boit pas son Kool-Aid, elle le vend. Inutile d'en faire une maladie. J'ai survécu à Kaboul, je devrais arriver à me dépatouiller avec ta fille. Tu ne sais pas combien de temps tu seras partie?

— Je te tiens au courant très vite. Tu l'embrasses pour moi, d'accord? Je sais bien que tu sauras t'en occuper. C'est juste que ça me rend dingue de la laisser depuis mon... enfin, tu sais.

— Ton D-I-V-O...

— Tom, je t'interdis de prononcer ce mot devant elle! D'ailleurs, elle est meilleure en orthographe que toi. Allez, je te laisse.

Depuis son divorce un an auparavant, Émilie avait demandé à intégrer un poste d'analyste à la Brigade anti-kidnapping, à cause des horaires. Les dossiers qui lui parvenaient des quatre coins du pays n'étaient pas particulièrement réjouissants, mais c'était le prix à payer si elle souhaitait continuer à exercer ses talents de profileur.

Un boulot idéal, qui lui laissait tout le temps de s'occuper d'Olivia, mais il aurait été exagéré de dire qu'Émilie grimpait aux rideaux dans son minuscule bureau en sous-sol des locaux du Bureau à Quantico.

Elle sourit en appuyant sur l'accélérateur à l'entrée de la voie rapide, coupant la route à un 4×4 Cadillac. À sa droite, les gratte-ciel de Manhattan apparurent de l'autre côté de l'Hudson.

Ça fait du bien de se retrouver sur le terrain, pensa-t-elle, le pied au plancher. *Place au meilleur limier du FBI!*

6

Je ne crois pas avoir jamais été aussi fier du NYPD. En moins de deux heures, tout le dispositif était en place.

J'avais pris position dans l'appartement des Dunning avec un technicien et deux collègues des Grandes Affaires criminelles. Plusieurs inspecteurs enquêtaient à la NYU afin de déterminer quand Jacob avait été vu pour la dernière fois. Une troisième équipe, constituée d'hommes en civil de l'unité d'intervention d'urgence, surveillait les alentours du Dakota et du mémorial Lennon, à Central Park.

Après le meurtre du chanteur, le Dakota était devenu une sorte de mausolée morbide, un peu comme le terre-plein de Dallas où Kennedy a été assassiné. La présence des Dunning dans ce lieu relevait sans doute de la coïncidence, mais on ne pouvait pas éliminer l'hypothèse d'un enlèvement perpétré par un déséquilibré.

Le technicien avait branché un enregistreur sur la ligne des Dunning. La compagnie du téléphone, contactée d'urgence, était prête à retracer l'origine de l'appel. Un ordinateur commencerait à scanner les millions de circuits concernés à la seconde où la sonnerie résonnerait chez les Dunning, à la recherche du numéro appelant.

Il nous restait le plus dur : attendre 16 heures en comptant les minutes entre deux prières.

Mon cœur a bondi dans ma poitrine à 15 h 30 quand une sonnerie a retenti. Il m'a fallu une bonne seconde pour m'apercevoir qu'il s'agissait de l'interphone, situé dans la cuisine.

Armando, le majordome, s'est précipité.

— Une personne du FBI, monsieur, a-t-il annoncé à Donald Dunning.

Quoi ? !! Qui a contacté le FBI ?

— Faites-la monter, a répondu Dunning avant de se tourner vers moi. J'ai oublié de vous avertir. J'ai appelé le ministère de la Justice de la chambre de Jacob à la cité U. Le ministre, Fred Carroll, sortait avec ma sœur lorsqu'ils étaient étudiants. Il m'a promis de m'envoyer l'un de ses meilleurs agents. Ça ne vous ennuie pas de collaborer avec le FBI, au moins ?

— Bien sûr que non.

J'ai échangé un regard en coin avec mes collègues Ramirez et Schultz. Pourquoi appeler les Fédéraux à la rescousse, alors que nous avions la situation en main ?

L'atmosphère s'est détendue lorsqu'une grande jeune femme aux cheveux châtains a franchi le seuil de l'appartement deux minutes plus tard. Même lorsqu'il s'agit d'un agent du FBI décidé à marcher sur vos plates-bandes, les jolies femmes sont toujours les bienvenues. D'autant que la nouvelle arrivante n'était autre qu'Émilie Parker.

— Inspecteur Mike Bennett, vous avez l'air surpris de me voir. J'en déduis que personne ne vous a prévenu de mon arrivée. Comme d'habitude. Nos patrons étaient pourtant censés se contacter…

— Freddy m'a expliqué que vous aviez résolu deux affaires d'enlèvement dans lesquelles les enfants étaient rentrés chez eux sains et saufs, la coupa Dunning.

— Trois affaires, en fait. Mais c'est exact.

Je commençais à comprendre. Dunning montrait ses muscles et déroulait son carnet d'adresses, histoire de ne rien laisser au hasard. Au lieu de me rebeller, j'ai mis ma langue dans ma poche et arboré mon plus beau sourire.

— Ce sera un plaisir de retravailler avec vous, Émilie.

7

— Monsieur Dunning, j'aimerais m'entretenir quelques instants avec vous et votre épouse, a repris l'agent Parker sur un ton mêlant savamment bienveillance et autorité. Auriez-vous la gentillesse de m'attendre dans la cuisine ? J'ai quelques détails à voir avec l'inspecteur Bennett.

— Bien sûr, a grommelé Dunning en quittant la pièce.

Je n'avais jamais vu quelqu'un se faire envoyer promener aussi poliment. J'avoue que j'étais impressionné. L'agent Parker ne manquait pas de métier.

Elle a soigneusement refermé les portes vitrées derrière elle.

— Avez-vous pensé à vérifier si les Dunning ont des antécédents, en termes de violences conjugales notamment ? m'a-t-elle demandé.

Elle souhaitait s'assurer qu'il ne s'agissait pas d'un crime maquillé en kidnapping avant d'envisager un véritable enlèvement. Règle numéro un : éliminer les proches de la liste des suspects. J'y avais pensé.

— Pas de casier, pas de disputes domestiques. Quant au personnel, la vérification des dossiers est en cours. Comment jugez-vous l'attitude des Dunning, *a priori* ?

— La mère souffre de fugue dissociative et le père donne l'impression d'avoir avalé un litre d'acide de batterie, a analysé Parker avec un haussement d'épaules. Deux réactions caractéristiques en pareil cas. Voulez-vous que je fasse procéder à des recherches auprès des services de criminalité en col blanc, au cas où? Autant vérifier qu'ils n'ont pas de dettes récentes et que rien ne cloche du côté des assurances. Tant qu'à faire, on peut également vérifier leur passé psychiatrique.

Ouah! Cette fille-là ne faisait confiance à personne. À mes yeux, la défiance est une qualité essentielle chez un flic.

— Allez-y.

Elle a sorti un bloc de son attaché-case et gribouillé quelques notes.

— Y a-t-il des témoins de l'enlèvement?

— Aucun. Une fille de la promo de Jacob dit l'avoir vu quitter un bar d'Alphabet City à 1 heure du matin dans la nuit de vendredi à samedi.

— Alphabet City? s'est étonnée Parker.

— Un quartier de Manhattan, pas loin de sa fac, est intervenu l'inspecteur Schultz.

— Un quartier pourri, a précisé Ramirez.

Parker a hoché la tête.

— Poursuivez.

J'ai enchaîné:

— On pense qu'il a été enlevé là-bas, parce qu'il n'a pas dormi à la cité U cette nuit-là. On a interrogé le type qui partage sa chambre et fouillé le bâtiment. Rien. S'il est parti en voyage, il a oublié d'en parler à son entourage.

Je lui ai tendu le brouillon du rapport que j'avais entamé, accompagné d'une photo récente du disparu.

— Excellent travail, a approuvé Parker en le feuilletant. Caractéristiques physiques, personnalité, comportement familial. Si jamais ça ne marche plus un jour avec le NYPD, on sera ravis de vous accueillir à Quantico. Parlez-moi de l'appel du ravisseur.

Je me suis approché du bureau où était posé le répondeur et j'ai appuyé sur la touche de lecture. L'agent Parker, surprise, a cligné des yeux en écoutant l'extrait du questionnaire qu'avait diffusé le ravisseur au bout du fil.

La conversation s'est arrêtée et j'ai éteint l'appareil.

— Les parents ont confirmé qu'il s'agissait bien de la voix de Jacob. Vous avez déjà vu un truc pareil ?

Parker a fait non de la tête.

— Jamais. On aurait dit un jeu télévisé d'autrefois. Et vous ?

J'ai laissé échapper un soupir de frustration.

— Plus ou moins. Il y a un an environ, je me suis retrouvé aux prises avec un type qui se faisait appeler le Professeur. Comme notre homme aujourd'hui, il fustigeait l'injustice de la société actuelle. Il résolvait le problème en abattant des gens.

— Je me souviens. Un tueur fou. L'avion qui s'est écrasé dans le port de New York, c'est bien ça ?

J'ai acquiescé.

— Attendez une seconde ! Le flic qui se trouvait à bord de l'avion ! C'était vous, Bennett ?

J'ai à nouveau hoché la tête.

— Vous croyez que notre homme cherche à l'imiter ? m'a demandé Parker.

J'ai pris une longue respiration, me souvenant de la partie de cache-cache que j'avais jouée avec la mort.

— Pour la tranquillité des Dunning, j'espère bien que non.

8

Armando apparaissait sur le seuil de la pièce toutes les deux minutes, une cafetière en argent à la main, prêt à remplir nos tasses de porcelaine fine. Je lui avais dit par deux fois de ne pas se donner tant de mal, mais il faisait la sourde oreille. Il était dans le même état que les parents de Jacob.

Le ronronnement d'un robot mixeur nous est parvenu de la cuisine. De mon poste d'observation dans le bureau, j'ai vu April Dunning, les joues ruisselantes de larmes, les cheveux décoiffés et la robe pleine de farine, ouvrir le frigidaire et apporter des œufs jusqu'au plan de travail.

Armando s'est signé en la voyant.

— *Pobre* madame Dunning, toujours elle fait des gâteaux quand ça va pas, a-t-il murmuré à notre intention.

J'avais emmené l'agent Parker dans la chambre de Jacob et nous discutions de la stratégie à mettre en place vis-à-vis des médias quand mon collègue Schultz m'a fait signe de le rejoindre à la fenêtre. Un

4×4 Chevy Suburban noir aux vitres teintées était garé devant l'entrée du Dakota, un gyrophare bleu posé sur le tableau de bord.

J'ai aussitôt alerté les types de l'unité de surveillance.

— C'est quoi, ce cirque ? Éteignez-moi tout de suite ce gyrophare. Quel est le triple idiot qui a fait ça ? Vous étiez censés vous montrer discrets.

— Une femme du cabinet du maire, m'a répondu le sergent en poste dans le hall de l'immeuble. Elle vient de monter.

Quelques instants plus tard, une cinquantenaire aux traits marqués, le visage encadré par une permanente blonde impeccable, a franchi le seuil de l'appartement.

— April ! s'est-elle exclamée. Je suis venue dès que j'ai appris la nouvelle.

Mme Dunning, surprise, s'est retrouvée prisonnière entre les bras de sa visiteuse, qui l'a relâchée pour répéter la manœuvre avec Donald Dunning.

— Putain, comme si on avait besoin de ça, ai-je grommelé entre mes dents.

J'avais reconnu Georgina Hottinger, la première adjointe au maire.

Avant d'être promue au rang de numéro deux, elle s'occupait du Fonds d'amélioration de la ville, un organisme chargé de solliciter les administrés les plus fortunés afin de financer les grands événements organisés par la mairie. Hottinger aurait pu nous être utile si on avait dû s'occuper d'une œuvre de charité, mais pas pour un enlèvement.

— Lequel d'entre vous est responsable de l'enquête ? a-t-elle demandé sur un ton conquérant en débarquant dans le bureau.

Le temps des mamours était révolu.

— C'est moi. Mike Bennett, Grandes Affaires criminelles.

— Veuillez me tenir directement informée de tous les développements. Tous, sans exception. J'entends que les Dunning soient traités avec tous les égards, étant donné les circonstances. Veillez en particulier à respecter leur vie privée.

En voyant ces deux yeux bleus impitoyables me transpercer, je me suis souvenu du surnom que le service de presse de la mairie donnait à Hottinger : Casse-Noisettes, en référence à son passé de danseuse au sein du ballet de San Francisco.

— April est une amie proche, inspecteur, a-t-elle poursuivi. J'espère que c'est clair. Je vous tiendrai pour personnellement responsable de la moindre gaffe. Comment se fait-il que le NYPD s'occupe de cette affaire ? Vous en avez les moyens, au moins ? Je croyais que les enlèvements relevaient de la compétence du FBI. Encore faudrait-il l'informer.

— Le Bureau a été informé, est intervenue Émilie Parker en lui lançant un regard assassin. Je suis l'agent Parker. Vous êtes ?

Hottinger a pirouetté sur elle-même, et j'ai cru un instant qu'elle allait balancer son poing dans le menton d'Émilie.

— Moi ? s'est-elle étranglée. Personne, ou presque. Je suis tout simplement responsable de la première ville de la planète jusqu'au retour du maire mardi. D'autres questions idiotes, agent Parker?

— Une seule, a riposté Émilie sans se démonter. Vous est-il venu à l'esprit en arrivant ici avec votre gyrophare que les ravisseurs de Jacob surveillaient peut-être cet immeuble? Ils ont averti les parents de ne pas alerter la police. Grâce à vous, c'est raté. Est-ce vous qui parliez de gaffe, il y a un instant?

Je me suis interposé avant que la situation ne s'envenime. Quand je pense qu'on accuse les mecs de passer leur temps à se battre!

— Je vous tiens informée, madame la première adjointe. Vous serez prévenue dès qu'il y aura du nouveau.

Tout en parlant, je l'entraînais vers l'entrée.

— Nous attendons que le ravisseur nous rappelle, je vais devoir vous abandonner pour retourner travailler.

Le regard de Parker lançait des flammes quand la porte de l'appartement s'est refermée derrière Hottinger.

— Les passe-droits des politicards m'énervent au plus haut point, Mike, m'a expliqué Parker. D'abord le cabinet du ministre de la Justice, maintenant celui du maire. J'ai oublié de vous dire, je suis arrivée ici dans le jet privé de Dunning. Vous croyez qu'on se mobiliserait autant si on avait kidnappé le gamin d'un pékin moyen?

— Sans doute pas, mais on peut comprendre la réaction des parents. Si votre enfant était en danger, vous remueriez ciel et terre.

Dans la cuisine, Mme Dunning a reposé un moule à gâteau avec une telle force que les carreaux de la porte vitrée ont tremblé.

— Vous avez raison, a admis Parker. Reconnaissez tout de même que cette adjointe est une pétasse de première.

J'ai éclaté de rire.

— Nous sommes d'accord à cent pour cent !

9

Il était 15 h 55 lorsque Donald Dunning s'est installé derrière son bureau Chippendale sur lequel trônaient un jeu d'échecs en marbre, plusieurs ouvrages reliés plein cuir, des soldats de plomb de collection, ainsi qu'un coquillage incrusté d'or. Comme nous tous, il n'avait d'yeux que pour le téléphone.

La sonnerie a retenti à 16 heures précises. Le numéro qui s'affichait à l'écran, précédé de l'indicatif 718, n'était pas le même que la fois précédente.

Dunning a essuyé ses mains moites sur son pantalon avant de soulever le combiné.

— Donald Dunning à l'appareil. Dites-moi ce que vous attendez de moi. J'accepte d'avance toutes vos conditions.

— Toutes mes conditions ? À part téléphoner à la police quand je vous avais bien dit d'éviter ce genre d'erreur, c'est ça ?

La même voix que précédemment.

— Je veux parler à un enquêteur. Je sais qu'ils sont là. À la prochaine entourloupe, je vous expédie un morceau de Jacob par FedEx.

Dunning a blêmi. Je n'avais jamais vu quelqu'un devenir aussi pâle. Il a remué silencieusement les lèvres et je lui ai fait signe de me passer l'appareil.

— Bonjour. Mike Bennett, du NYPD. Comment se porte Jacob ?

— Nous parlerons de Jacob le moment venu, Mike, m'a rétorqué le ravisseur. Vous avez entendu ce crétin pompeux ? Je tiens la vie de son fils entre mes mains, et il s'imagine encore qu'il va me donner des ordres.

J'ai sorti un bloc.

— Je crois surtout que la disparition de son fils explique la nervosité de M. Dunning. Vous avez tous les atouts en main, personne n'en doute. Nous souhaitons seulement savoir comment récupérer Jacob.

— C'est drôle que vous me disiez ça. Si j'avais vraiment tous les atouts en main, en lieu et place de trous du cul confirmés comme Dunning, ce genre d'épreuve de force serait inutile.

Tout en l'écoutant, je prenais des notes.

Un ancien employé mécontent ? Une vengeance personnelle ?

Mon interlocuteur s'est tu, puis j'ai entendu un bruit étrange au bout du fil. J'ai d'abord cru qu'il riait, avant de comprendre qu'il sanglotait. Je m'attendais à tout, sauf à des pleurs.

J'ai griffonné le mot «instable» dans mon carnet et laissé s'écouler quelques instants avant de le relancer.

— Que se passe-t-il ? Qu'est-ce qui vous met dans cet état ?

— Le monde, a murmuré mon interlocuteur d'une voix sourde. La cupidité et l'injustice. Ce serait si facile de tout changer, mais les gens se contentent d'attendre, les bras croisés, pendant que le navire coule. Dunning pourrait sauver une vingtaine de vies humaines avec le prix d'une seule paire de ses chaussures. Les actionnaires de Latvium s'enrichissent sur les cadavres des pauvres de la planète.

— Ils sauvent des vies en produisant des médicaments.

La règle numéro un de tout bon négociateur est de pousser son interlocuteur à parler.

— Je crois même que certaines grandes entreprises pharmaceutiques donnent gratuitement des médicaments aux pays du tiers-monde.

— Ce sont les arguments pourris qu'ils avancent dans leurs campagnes publicitaires financées à coups de millions de dollars, m'a répondu le ravisseur d'une voix lasse. Ils ne donnent que des médicaments de merde, dont beaucoup sont périmés. Parfois avec des morts à la clé. Les contacts de Latvium avec le tiers-monde se limitent à recruter des cobayes. Cerise sur le gâteau, ils blanchissent leurs bénéfices sur des comptes offshore en profitant des lois sur les copyrights, sous couvert de sociétés fantômes, pour éviter de payer des impôts aux États-Unis. Vous pouvez vérifier, Mike. C'est de notoriété publique. Si vous voulez savoir pourquoi le Congrès ferme les yeux, cherchez les mots « lobbyiste » et « corruption » dans le dictionnaire.

Il a soupiré avant de poursuivre.

— Vous n'avez donc rien compris ? Latvium est une multinationale, et comme toutes les multinationales, son seul but est d'enrichir ses dirigeants de façon indécente. La responsabilité citoyenne et les vies humaines sont des handicaps pour ces gens-là. Ce n'est pas nouveau, mais ce n'est pas près de changer.

Mon interlocuteur n'avait pas tout à fait tort. Il faisait preuve d'une grande éloquence et s'exprimait de façon raffinée, à la manière d'un universitaire.

J'ai écrit le mot « intelligent » sur mon bloc.

— Le vent est sur le point de tourner. Le destin frappe à notre porte. C'est ce qui me pousse à agir. Il faut réveiller les consciences, amener les gens à repenser leur mode de fonctionnement. Ces ailes ne servent plus à voler, se contentant de battre l'air. Un air à présent petit et sec, plus petit et plus sec que la volonté. Apprends-nous à prendre soin des autres, apprends-nous l'insouciance. Apprends-nous à rester assis.

Voilà qu'il se mettait à délirer. J'ai souligné le mot « instable », avec une annotation : « Drogué ? Schizo ? Psychotique ? Entend des voix ? »

Je devais le remettre sur les rails.

— Pour en revenir à Jacob. Peut-on lui parler ?

Il a soupiré bruyamment. La phrase suivante m'a désarçonné.

— Mieux que ça, Mike. Je vais vous le rendre.

J'ai ouvert des yeux grands comme des soucoupes.

— Cela dit, vous allez devoir venir le chercher, a enchaîné le ravisseur. Donnez-moi votre numéro de portable et rejoignez votre voiture. Je vous rappelle dans dix minutes.

Je me suis exécuté et il a raccroché.

— C'est terminé? s'est étonné Dunning d'une voix enjouée. Il va le libérer, c'est ça? Il aura changé d'avis. Il a dû comprendre que cette histoire le dépassait. April! Chérie! Jacob va rentrer!

Dunning a quitté la pièce en courant, prêt à se raccrocher au moindre espoir.

Je n'étais pas aussi optimiste. Le ravisseur de Jacob était très organisé. Il ne se serait jamais lancé dans une opération aussi complexe pour ensuite relâcher sa proie. Le plus inquiétant était encore la façon dont il avait détourné la conversation chaque fois que j'avais tenté de lui parler de Jacob.

Le scepticisme qu'affichait Parker m'a confirmé que nous étions sur la même longueur d'onde.

10

Une Impala noire banalisée, réservoir plein, m'attendait au coin de Central Park Ouest sous une pluie glaciale. Avant de me glisser derrière le volant, j'ai tendu à Parker l'un des deux gilets pare-balles posés sur le tableau de bord et j'ai enfilé le second.

Nous étions censés ouvrir la route, suivis par Schultz et Ramirez. La police volante avait été prévenue et un Bell 206 avait décollé de l'héliport Floyd Bennett de Brooklyn afin d'assurer notre surveillance en haute altitude.

Assis dans la voiture, nous attendions que le ravisseur me rappelle. J'en ai profité pour sonder ma collègue du FBI.

— Qu'a-t-il voulu dire avec cette histoire d'ailes ?

— Je crois qu'il s'agit d'un poème ; j'ai le titre sur le bout de la langue. Mon prof de littérature anglaise à la fac me tuerait s'il m'entendait.

— Où avez-vous fait vos études, Émilie ?

— À l'université de Virginie.

— La Virginie. Je comprends mieux pourquoi vous avez un petit accent du Sud.

— Un accent ? a réagi Émilie en faisant volontairement traîner les syllabes. C'est vous autres, fadas de Yankees, qui avez un accent.

La pluie tambourinait sur le toit de la voiture, au-dessus de nos têtes. Je venais de brancher le haut-parleur de mon portable et je réglais mon kit mains libres quand la sonnerie a retenti. Un troisième numéro, précédé cette fois du 516, le préfixe de Long Island. Notre homme tenait peut-être une boutique de téléphones.

J'ai décroché.

— Écoutez attentivement mes instructions. Vous allez vous rendre là où je vous dirai, a résonné la voix du ravisseur. Commencez par traverser Central Park.

J'ai retenu mon souffle en actionnant le démarreur. La pluie tombait de plus belle et les arbres décharnés découpaient leurs silhouettes noires sur le gris du ciel au-dessus de l'enceinte du parc.

Quelques minutes plus tard, je signalais notre position.

— J'arrive sur la 5e Avenue.

— Poursuivez tout droit en direction de Park Avenue et tournez à gauche.

J'ai obtempéré, grillant un feu rouge au passage.

— Je suis sur Park Avenue.

— Bienvenue à Silk Stocking, Mike, a répondu la voix de mon interlocuteur. Code postal 1-0-0-2-1 pour les intimes. Vous traversez actuellement l'un des quartiers les plus opulents du pays le plus riche de la planète. Dans le confort de leurs salons, les riverains versent davantage d'argent à nos deux partis politiques de carnaval que n'importe quel autre citoyen du pays.

J'ai continué ma route. Seul le ballet des essuie-glaces brisait le silence à l'intérieur de la voiture. Pas le moindre salon en vue, les immeubles défilaient dans la grisaille derrière le pare-brise.

Le dernier enlèvement notable dont avaient été chargées les Grandes Affaires criminelles était celui du propriétaire d'une usine textile, en 1993. La victime avait été retrouvée couverte de crasse et crevant de faim, mais vivante, au fond d'un trou creusé le long de la West Side Highway. Restait à savoir dans quel trou notre cinglé avait flanqué Jacob, en espérant que le gamin serait toujours en vie lorsqu'on l'en extirperait.

— Où êtes-vous? s'est enquis le ravisseur.

— Toujours sur Park, j'arrive à hauteur de la 110ᵉ Rue.

— Le quartier de Spanish Harlem. Vous avez vu à quelle vitesse on passe de la richesse à la misère? Au bout de Park Avenue, prenez le pont de Madison Avenue en direction du Bronx.

Les pneus de l'Impala ont patiné de façon inquiétante sur le tablier détrempé du vieux pont rouillé. Les eaux de la Harlem River, d'un vert brunâtre, étaient si boueuses qu'on aurait quasiment pu les franchir à pied.

— J'arrive dans le Bronx.

— Prenez le Grand Concourse vers le nord.

Des cités défilaient les unes derrière les autres. Nous passions devant un immense terrain vague où se succédaient des piles de pneus lorsque le ravisseur a repris sa visite commentée.

— Saviez-vous que le Grand Concourse a été conçu pour devenir la Park Avenue du Bronx? Regardez un peu ce qu'il en est. Des fenêtres au marbre usé, des façades de granit couvertes de graffitis à la mémoire de dealers disparus. Comment a-t-on pu laisser la misère s'installer à ce point, Mike? Vous êtes-vous déjà posé la question? Comment a-t-on pu laisser le monde partir à vau-l'eau de cette façon?

Nous nous trouvions à présent dans le 46ᵉ District, un secteur de taudis surnommé l'Alamo. Le plus petit district de tout New York, mais aussi le plus infesté par la drogue.

Tout en parcourant des yeux ce paysage sinistre, j'ai revu dans ma tête la chambre de Jacob: les coupes remportées lors de compétitions de cross, qu'il stockait au fond de son placard, le ticket de concert du Dave Matthews Band gardé en souvenir sur sa commode, la guitare Les Paul rutilante accrochée au mur. Jacob était encore un gamin, malgré son âge. J'ai serré les dents. Aucun gamin ne méritait de se retrouver dans un enfer pareil.

— J'arrive au carrefour de la 196ᵉ.

— Bien joué, a approuvé l'inconnu au bout du fil. Vous êtes presque arrivé, Mike. Prenez à droite, avant de tourner à gauche sur Briggs Avenue.

J'ai couvert le micro du portable d'une main en me tournant vers ma voisine.

— Quelle arme portez-vous ?
— Un Glock calibre 40.
— Tenez-vous prête.

11

Un jeune caïd noir en anorak North Face tout neuf, un parapluie Gucci à la main, faisait le guet au coin de la rue, en avant-poste des silhouettes encapuchonnées que l'on apercevait à intervalles réguliers devant les entrées d'immeubles. Même la pluie ne suffisait pas à chasser les dealers de Briggs.

Je me suis engagé sur l'avenue au volant de mon Impala banalisée, immédiatement signalé par un *woup woup* sonore.

— Cinq-zéro! a crié un ado à l'adresse de ses collègues, les mains en porte-voix. Hé! Un Cinq-zéro!

J'ai scruté les alentours d'un œil prudent. La tranchée étroite dessinée par l'avenue se poursuivait sur plusieurs centaines de mètres sans le moindre croisement.

J'ai jeté un coup d'œil dans le rétroviseur.

Où diable ont pu passer Schultz et Ramirez?

J'étais à peu près aussi rassuré qu'un shérif du Far West perdu dans un défilé rocheux.

— Arrêtez-vous au niveau du 250, m'a averti le ravisseur.

Émilie m'a tapoté l'épaule en me désignant un immeuble un peu plus loin. Faute de place, j'ai donné un coup de volant et l'Impala est montée sur le trottoir. Je me suis arrêté devant le 250.

À l'instar de beaucoup de bâtiments du Bronx, celui-ci avait connu des jours infiniment plus glorieux, ce que confirmaient les frises qui ornaient la façade. L'une des deux colonnes doriques de l'entrée était en ruine et des traces de fumée noire maculaient la brique au-dessus des fenêtres condamnées du deuxième étage.

Le temps de récupérer des torches électriques dans le coffre de la voiture, j'étais trempé jusqu'aux os. Émilie ne valait guère mieux. Nous avons traversé le trottoir zébré de fissures et poussé une porte d'entrée défoncée.

J'ai collé le portable contre ma bouche.

— Je suis dans le 250.

L'écho de mes paroles s'est répercuté sur les parois de façon inquiétante, tandis que je balayais le hall d'entrée de l'immeuble avec le faisceau de ma torche. Les murs étaient habillés de marbre, mais un voile de moisissure recouvrait le plafond sillonné de taches d'humidité. L'atmosphère glauque du lieu m'a plombé le moral. Pas besoin d'être devin pour comprendre que le temps nous était compté.

Où es-tu, mon petit Jacob ?

— Au cas où vous ne le sauriez pas, a repris la voix du ravisseur dans mon oreille, il y a des gens qui vivent ici, au milieu des rats. Plusieurs appartements du deuxième n'ont même plus de porte à la suite d'un incendie. Vous ne serez pas surpris d'apprendre que le taux d'enfants asthmatiques dans le coin est le plus élevé des États-Unis.

» L'individu sans scrupule qui a racheté l'immeuble l'an dernier, en même temps que quatre-vingts pour cent du pâté de maisons, a tout laissé en l'état dans l'espoir de chasser les locataires qui bénéficient encore de loyers encadrés. Il a acquis le tout lors d'une vente aux enchères des services fédéraux, alors que sa société a déjà été condamnée à mille trois cents reprises pour infraction à la loi. Je vous rappelle que nous nous trouvons dans le pays le plus riche de la planète, Mike. La glorieuse Amérique.

Sa litanie commençait à m'échauffer les oreilles.

— Où est Jacob ? J'ai suivi vos instructions à la lettre. Où dois-je aller, maintenant ?

— Vous ressortez par-derrière, vous traversez la cour et vous verrez la buanderie sur votre gauche.

Une porte nous attendait à l'autre extrémité du hall, et nous avons retrouvé la pluie. Un couvercle de toilettes cassé flottait au milieu d'une dizaine de vieux annuaires dans la cour transformée en piscine.

J'ai surveillé les fenêtres du coin de l'œil, à l'affût d'un mouvement. Le ravisseur avait très bien pu nous tendre un piège. J'ai tendu ma torche à Émilie, sorti mon arme de son étui, et poussé la porte sur le mur de gauche. J'ai allumé la lumière. Pas de Jacob. Rien qu'un vieil évier taché de rouille, à côté d'une machine à laver antédiluvienne équipée d'un dispositif à pièces de monnaie.

— Où est-il ?

— L'escalier à gauche. Descendez les marches.

Au-delà du lave-linge, des marches métalliques s'enfonçaient dans une cage d'escalier en béton. Nous les avons dévalées quatre à quatre, accompagnés par la danse affolée des faisceaux de nos lampes sur le mur.

J'ai poussé la porte qui se trouvait au pied des marches et une vague de chaleur humide m'a enveloppé, me coupant le souffle. Un peu plus loin, une chaudière s'époumonait en poussant des grincements de douleur dans un sous-sol aux parois de pierre. On se serait cru dans une grotte, ou bien des oubliettes.

— Je vais devoir mettre un terme à notre petite conversation, Mike. Vous trouverez Jacob à droite au fond du couloir. Faites-en bon usage, a conclu le ravisseur avant de raccrocher.

12

J'ai couvert Émilie qui s'est avancée au pas de course. Malgré l'obscurité, j'ai vu ses yeux s'écarquiller de surprise à l'instant où elle a franchi le seuil de la pièce de droite, la torche dans une main, son arme dans l'autre.

Je l'ai rejointe une fraction de seconde plus tard. Le faisceau de la lampe d'Émilie s'était figé sur une silhouette prostrée sur un bureau d'écolier. En me précipitant, j'ai senti contre ma joue le contact froid d'une chaînette : l'interrupteur du plafonnier. J'ai tiré sur la chaîne.

L'ampoule s'est allumée au bout de son fil, animée par un mouvement de va-et-vient qui faisait danser sur les murs de béton l'ombre immobile de Jacob.

Putain, non ! Pas ça !

Jacob, en caleçon, avait les poignets menottés dans le dos. J'ai pris son pouls. Rien. J'ai cherché désespérément un signe de blessure.

— Ses cheveux, m'a guidé la voix d'Émilie derrière moi.

Une masse de sang coagulé s'étalait dans sa tignasse, près de l'orifice qui trouait sa boîte crânienne. J'ai détourné les yeux, essuyé d'un revers de manche la sueur qui me dégoulinait le long du visage, et balayé du regard le tableau noir, le bureau d'écolier et le mur de béton avant de trouver la force de m'intéresser au corps.

J'ai arraché mon portable de son étui, prêt à le fracasser contre le mur. Ce malade nous avait conduits jusqu'ici en me susurrant à l'oreille ses commentaires acerbes alors que ce pauvre gosse était déjà mort.

— Il nous a menti de A à Z. Le gamin était mort depuis belle lurette quand il nous a contactés. Je jure de coincer ce fils de pute.

Tout en crachant ma haine, je tentais désespérément d'allumer mon portable.

— Vous pouvez compter sur moi pour vous y aider, m'a réconforté Émilie en posant une main sur mon épaule. Nous sommes sous le choc, on ferait mieux d'aller prendre l'air. Remontez un instant, si vous voulez.

Tu parles, que j'avais besoin de prendre l'air! J'aurais donné n'importe quoi pour échapper à cette crypte surchauffée. Au lieu de quoi j'ai composé le numéro de mon patron.

— Dis-moi au moins que les nouvelles sont bonnes, Mike, a fait la voix de Carole Fleming.

— J'aimerais bien. Je suis dans le sous-sol du 250 Briggs Avenue. On va avoir besoin des types de l'identité judiciaire et d'un légiste.

— Bon Dieu, a grommelé Fleming. Les détails?

— Il a fait sauter la cervelle du gamin. À votre place, je laisserais Georgina Hottinger annoncer la nouvelle aux parents, puisqu'elle adore jouer avec son gyrophare. Ce serait dommage de ne pas lui laisser le premier rôle.

J'ai retrouvé Schultz et Ramirez dans l'entrée. Ils avaient fini par arriver, cinq minutes après nous.

Je leur ai donné mes instructions.

— Bouclez-moi tout le monde dans ce trou à rats. À commencer par le concierge et le propriétaire de l'immeuble. Notre homme a pris son temps avec sa victime, je veux savoir pourquoi personne n'a rien remarqué.

13

Je suis redescendu au sous-sol, où j'ai trouvé Émilie occupée à examiner le corps. Elle avait retroussé les manches de son chemisier et enfilé des gants verts de chirurgien dénichés je ne sais où. Dans son sac, probablement. Cette fille-là m'impressionnait vraiment.

— La tache qu'on aperçoit par terre, tout comme la lividité cadavérique des jambes, nous indique qu'il a été tué sur son siège, m'a-t-elle annoncé sans relever la tête.

J'ai tâté d'un pouce le bras de Jacob.

— Il est en état de rigidité cadavérique semi-avancé. À vue de nez, il a été exécuté tôt ce matin. Les éraflures provoquées par les menottes et les écorchures aux genoux montrent qu'il a été brutalisé de son vivant. En rapprochant ces éléments du petit jeu de questions-réponses entendu lors du coup de téléphone initial, je pencherais volontiers pour une déviance de type maître/élève.

— Possible, a répondu Émilie en écartant une mouche de la main. Bienvenue en enfer.

J'ai observé les traits de Jacob. Il avait hérité de la peau laiteuse et des cheveux noirs de sa mère, des yeux bleus de son père. Des yeux à jamais paralysés par l'horreur, à l'image du rictus qui lui déformait les lèvres. Il portait sur le front une marque que je n'avais pas remarquée jusque-là, une petite tache grise en forme de X.

— Hé, Mike, m'a interpellé Émilie. Venez voir ça.

Je l'ai rejointe. Sur l'arrière du tableau avait été rédigée une devise :

MEMENTO HOMO, QUIA PULVIS ES, ET IN PULVEREM REVERTERIS.

— De quelle langue s'agit-il ? Du latin ?

J'ai hoché la tête.

— Oui. Mon instrument de torture préféré dans le lycée catho où j'ai fait mes études. *Memento* signifie «souviens-toi», et le mot *pulvis* signifie «poussière».

Un frisson m'a parcouru l'échine. Je venais de comprendre la signification de la phrase !

— «Souviens-toi que tu es poussière et que tu redeviendras poussière» ! La formule rituelle prononcée par les prêtres catholiques lors de l'office du mercredi des Cendres, en traçant une croix avec de la cendre sur le front des fidèles. Comme celle qu'on aperçoit sur le front de Jacob. Ce cinglé lui a imposé les cendres !

Émilie a claqué des doigts avec sa main gantée.

— Attendez une seconde ! Mais oui ! «Apprends-nous à prendre soin des autres, apprends-nous l'insouciance. Apprends-nous à rester assis. » Il s'agit d'un poème de T. S. Eliot, *Mercredi des Cendres*. Que cherche-t-il à nous dire ? Quel rapport avec cet enlèvement ?

— Je ne sais pas, mais j'ai la conviction que nous n'en sommes qu'au début.

J'ai essuyé la sueur qui me dégoulinait du front.

— Le mercredi des Cendres est dans trois jours.

14

Le concierge de l'immeuble était introuvable. Les locataires les plus proches vivaient dans un repaire de fumeurs de crack au premier étage. Comme de juste, ils n'avaient rien vu.

J'ai retrouvé la fraîcheur de la pluie avec un certain soulagement en émergeant de cet enfer surchauffé. L'eau qui tombait du ciel m'aiderait à me débarrasser de l'odeur de mort qui me collait à la peau et aux vêtements.

Malgré tous nos efforts pour rester discrets, j'ai reconnu le spécialiste des faits divers du *Post* derrière les bandes jaunes de police, au milieu d'une demi-douzaine de dealers. Les journalistes de tout poil n'allaient pas tarder à fondre sur Briggs Avenue comme des requins assoiffés de sang. Le meurtre rituel d'un fils de milliardaire n'était pas seulement une nouvelle de première importance, c'était du pain bénit pour toute la profession pendant un bon bout de temps.

La première camionnette de télévision arrivait sur place quand je suis retourné à ma voiture. Les orages médiatiques n'ont rien à envier à ceux du ciel. Le meilleur moyen d'y échapper est encore la fuite. Émilie est sortie de la bodega au coin de la rue et m'a rejoint dans l'Impala, avec un sachet contenant deux Coca et des serviettes en papier.

— Comme ils ne vendaient pas de whisky, j'ai pris du sucre, a-t-elle expliqué en me tendant une canette.

Je l'ai posée un instant sur ma nuque avant de l'ouvrir.

— Du *vrai* sucre, ai-je approuvé. Je vais être obligé de vous dénoncer à votre supérieur, Émilie Parker. Sans blague, vous avez été formidable tout à l'heure. J'ai vu que vous aviez l'habitude des cadavres. Je vous croyais spécialiste des enlèvements?

— J'ai travaillé comme profileur dans l'unité d'analyse du comportement, a-t-elle répondu très naturellement. J'ai de la chance, vous ne trouvez pas?

Je l'ai regardée s'essuyer la tête avec une poignée de serviettes en papier. Sur sa nuque, ses cheveux mouillés étaient couleur de cerises noires.

Elle s'est figée en voyant les brancardiers sortir le corps de Jacob dans un sac à cadavre. Ils l'ont hissé à l'arrière de la vieille camionnette du service médico-légal du Bronx garée à côté de notre Impala.

— J'en ai perdu quatre, a laissé tomber Émilie, le regard perdu à travers le pare-brise détrempé.

— De quoi parlez-vous?

— Dunning était très impressionné de savoir que j'en avais retrouvé trois. Personne ne lui a précisé que j'en avais perdu quatre, a-t-elle murmuré en posant les yeux sur moi. Cinq avec Jacob.

J'ai porté la canette à mes lèvres et avalé une gorgée. Ce n'était pas du jus de cerise noire, mais je devais m'en contenter.

— Trois sur sept. Pas mal. Si vous jouiez au base-ball, Émilie, vous seriez l'équivalent de Ted Williams.

— Sauf qu'il ne s'agit pas de base-ball, a-t-elle répliqué après un temps de silence.

J'ai avalé une autre gorgée de Coca avant d'enclencher la marche arrière pour laisser passer le fourgon mortuaire.

L'Impala est redescendue brutalement sur la chaussée mouillée.

— C'est vrai. Le base-ball ne fait pas pleurer les gens.

15

La nuit était tombée lorsque nous avons retrouvé Manhattan, une fois franchi le pont de Madison Avenue.

Émilie a appelé son patron au FBI et lui a annoncé la mauvaise nouvelle, après quoi elle a passé un coup de fil à un enfant, à en juger par la teneur de la conversation.

Je n'avais pas songé jusque-là à vérifier si elle portait une alliance. Elle n'en avait pas, mais cela ne prouvait rien. Elle pouvait très bien la retirer pendant le boulot.

Je sais, les mecs sont bêtes. Moi, en tout cas. Inutile de me faire un film en vain. D'ailleurs, est-ce que j'étais en train de me monter une mayonnaise ? Peut-être bien, après tout.

Tout en conduisant, j'ai appelé nos techniciens pour savoir s'ils avaient réussi à remonter la piste des téléphones. Les numéros relevés chez les Dunning et sur mon portable correspondaient à des appareils à cartes prépayées, achetés à Manhattan, dans le Queens, ainsi que dans le quartier de Five Towns, à Long Island. Des enquêteurs avaient été dépêchés sur place, avec l'espoir que les vendeurs se souviendraient de leur client.

L'appel suivant, aux équipes de l'identité judiciaire, s'est révélé moins prometteur puisqu'on n'avait retrouvé ni empreintes ni douilles sur la scène de crime. Notre homme avait eu la présence d'esprit d'emporter avec lui le morceau de craie avec lequel il avait rédigé son message.

Résultat des courses, le monstre qui avait assassiné Jacob était aussi calculateur et méthodique que prudent, ce qui n'arrangeait pas nos affaires. J'avais le plus grand mal à oublier sa voix d'universitaire cultivé.

Je venais de franchir le carrefour de Central Park Nord quand je suis sorti de ma rêverie. Le suspense était trop fort, j'avais besoin de savoir ce qu'il en était du match de basket de mes gamins. Si Seamus m'avait ridiculisé en endossant la casquette d'entraîneur, je ne m'en remettrais jamais.

Émilie m'avait demandé de la déposer au Hilton du Rockefeller Center, et elle m'a lancé un regard étrange en me voyant arrêter l'Impala devant mon immeuble de West End Avenue.

— Je dois absolument faire un crochet par chez moi. Une urgence. Si vous n'avez pas envie d'attendre dans la voiture, vous n'avez qu'à monter. Je me fais fort de vous dégoter un verre de scotch. Personnellement, je sais que ça ne me fera pas de mal.

16

Émilie n'en est pas revenue en découvrant Eddie, le portier de mon immeuble.

— Vous êtes si bien payés que ça, au NYPD ? m'a-t-elle demandé sur le chemin de l'ascenseur.

— Très drôle. Je vous rassure tout de suite, je n'ai rien d'un ripou. C'est une histoire compliquée, mais j'ai gagné l'équivalent du jackpot le jour où j'ai trouvé cet appartement.

Le cirque qui régnait chez moi s'entendait jusque sur le palier.

— Quelqu'un organise une fête ? s'est étonnée Émilie.

J'ai éclaté de rire en ouvrant la porte.

— Ici, c'est la fête tous les jours.

Ils étaient tous rassemblés dans le salon : Seamus, les grands, les moyens et les petits, qui se faisaient de moins en moins petits et de plus en plus chers à élever. Une nuée de gamins en train de rigoler, de se chamailler, de jouer, de regarder la télé. Ma fosse aux lions personnelle.

Plusieurs «papa!» ont fusé simultanément de la bouche de ceux qui avaient remarqué ma présence.

J'ai vu qu'Émilie, complètement déconcertée, ne comprenait rien à la scène à laquelle elle assistait. J'ai pris un malin plaisir à la gratifier d'un grand sourire sans lui donner d'explication.

— Ce ne sont pas tous les vôtres, a-t-elle balbutié.

J'ai embrassé la pièce d'un geste ample.

— Tous, sauf le curé. Un bon à rien qui traînait dans le coin.

— Très drôle, s'est offusqué Seamus. Je te signale qu'on a gagné. Voilà pour toi.

J'ai levé les bras au ciel.

— Non! Je ne te crois pas! Comment as-tu fait? Tu as menacé d'excommunier l'équipe adverse?

— Pas du tout. J'ai appliqué une tactique qui t'est étrangère : je me suis comporté comme un entraîneur. Ça t'apprendra, petit malin. En attendant, tu as décidé de ne pas nous présenter ta charmante camarade?

— Émilie, je vous présente le père Seamus Bennett, notre curé. Et accessoirement mon grand-père, même s'il m'en coûte de l'admettre. Émilie travaille sur une enquête avec moi, monseigneur. Elle appartient au FBI.

— Le FBI, a répété Seamus, impressionné, en serrant la main qu'elle lui tendait. Une vraie Fédérale, hein? C'est vrai qu'on vous autorise à torturer les suspects, de nos jours?

J'ai répondu à la place d'Émilie.

— Uniquement les vieux enquiquineurs.

Les enfants, réalisant enfin la présence d'une inconnue, en sont restés bouche bée. Trent, le comique de la troupe, a adressé à la visiteuse une courbette digne d'un larbin du haut de son mètre vingt.

— Bienvenue chez les Bennett. Puis-je vous débarrasser de votre manteau?

Émilie m'a regardé d'un air ahuri en lui serrant la main.

— Euh...

— Enchanté, a enchaîné Ricky en se prenant au jeu. Nous sommes positivement ravis de vous recevoir à dîner, madame.

Je me suis interposé.

— Allez, les clowns. La récréation est terminée.

Juliana, mon aînée, est sortie au même instant de la cuisine, ses éternels écouteurs d'iPod dans les oreilles. Elle a exécuté un demi-tour.

— Mary Catherine! a-t-elle crié en retournant dans la cuisine. Papa est rentré avec une invitée. Je rajoute une assiette?

Mary Catherine a fait son apparition quelques instants plus tard.

— Bien sûr, a-t-elle approuvé.

— C'est très gentil, mais je ne peux pas. Vous devez avoir assez de travail comme ça, madame Bennett.

— Vous avez entendu? s'est esclaffée Chrissy. Hé, tout le monde! Vous avez entendu? Elle a appelé Mary Catherine madame Bennett!

— Je suis désolée, s'est excusée Émilie, rouge de confusion.

— Assez, les enfants. On arrête, et je ne plaisante plus.

Je me suis tourné vers Émilie.

— C'est une longue histoire. Mary Catherine et moi ne sommes pas mariés...

J'ai éclaté de rire avant d'avoir achevé ma phrase.

— Ce n'est pas ce que je voulais dire. Je voulais dire...

— Il voulait dire que je suis au service de tout ce petit monde, m'a corrigé Mary Catherine en serrant sèchement la main d'Émilie.

— Je vous prie de m'excuser.

Une exquise odeur de romarin, d'ail et de poivre s'est échappée à cet instant précis de la cuisine. Émilie s'est retournée en voyant Juliana déposer sur la table de la salle à manger un superbe gigot d'agneau qui répandait un fumet divin.

Je devais bien une explication à mon invitée.

— Le week-end, Mary Catherine met les petits plats dans les grands.

Émilie a ouvert des yeux ronds en voyant Brian émerger de la cuisine avec une montagne de purée.

— Sincèrement, Émilie, je ne vous oblige pas à rester. Ne vous laissez pas impressionner par leurs fausses bonnes manières. Ici, tout est à la bonne franquette.

Socky s'est frotté contre les chevilles d'Émilie.

— Regarde, papa. Même Socky a envie qu'elle reste, s'est écriée Chrissy en papillotant des yeux de façon enjôleuse.

Émilie s'est baissée afin de caresser le chat.

— Si Socky insiste, je me vois mal refuser, a-t-elle déclaré.

Je lui ai servi d'office un grand verre de vin rouge.
— Dans ce cas, buvez. Vous allez en avoir besoin.

17

Émilie porta le vin à ses lèvres avec un large sourire.

Incroyable.

Autant d'enfants, d'origines ethniques aussi diverses. Il s'agissait forcément d'enfants adoptifs. Pour certains d'entre eux, tout du moins. Mais où était Mme Bennett? Ce Mike n'était pas un oiseau ordinaire.

Effarée, Émilie vit l'inspecteur Bennett prendre un petit Noir de sept ans et le basculer sur son épaule avant de le lâcher sur le canapé à côté d'une gamine asiatique. Elle n'en croyait pas ses yeux.

— Hé! s'est exclamé l'un des enfants. Regardez!

Émilie se reconnut sur l'écran de la télévision, devant un immeuble du Bronx, en compagnie de Mike. L'enlèvement faisait déjà les gros titres.

Les enfants applaudirent dans un même ensemble. L'une des ados porta deux doigts à sa bouche et siffla avec la dextérité d'un portier hélant un taxi. Émilie pouffa en voyant Bennett s'incliner avec grâce.

— Merci tout le monde. Pas d'autographes, s'il vous plaît. Le quart d'heure de gloire est terminé, il est temps de passer à table !

Jamais Émilie n'avait vu une tablée aussi grande, avec des assiettes en porcelaine, rien de moins. Comment faisaient-ils ? Tandis que chacun prenait place autour de la table, elle se vit en pensée avec sa petite Olivia en train de manger des plats diététiques sur le plan de travail de sa maison silencieuse. Le jour et la nuit.

Tous les convives joignirent les mains en fermant les yeux tandis que le vieux curé récitait le bénédicité.

— Bénis ce repas, Seigneur. Nous te remercions des bienfaits que tu nous accordes par la grâce de Jésus, Notre Seigneur. Amen. Et maintenant, attaquons !

Une scène étourdissante, tout droit sortie d'un vieux numéro du *Saturday Evening Post*. Jamais elle n'avait vu un repas aussi plantureux, en dehors du dîner de Thanksgiving chez son père.

En débarquant à New York ce jour-là, elle s'attendait à tout, sauf à partager un tel festin avec une famille aussi nombreuse que joyeuse. Elle se promit d'appeler sa fille à la première occasion pour lui raconter sa soirée.

Elle secoua la tête en croisant le regard de Mike, installé en bout de table.

— Et vous avez même un chat, remarqua-t-elle.

— Un bon à rien, lui aussi. Comme le curé, commenta Mike.

DEUXIÈME PARTIE

Examen de passage

18

Chelsea Skinner tremblait sans pouvoir se contrôler. Au départ, ce réflexe avait été provoqué par la peur, mais à présent, après avoir passé trois heures ligotée sur un sol de pierre glacial, elle était en train de geler sur place.

Elle n'avait jamais eu aussi froid de sa vie, hormis la première fois où elle avait skié, à l'âge de six ans, dans le Colorado. Voyant son haleine se transformer en buée dans le jardin de la maison que son père venait de construire, elle avait fait rire sa mère en feignant de fumer une cigarette.

Chelsea fondit en larmes, sans cesser de claquer des dents. Ce souvenir mettait le doigt sur son problème. Elle avait toujours voulu être plus âgée qu'elle ne l'était. Pourquoi fallait-il toujours qu'elle triche ? Pourquoi ne pas se contenter de ce qu'elle était ? Elle avait en permanence l'impression d'avoir un trou à l'âme. Elle avait beau essayer de le combler avec les fringues, la bouffe, les potes, les drogues, les mecs, elle ressentait toujours en elle cette béance qui l'empêchait de se sentir entière. D'une certaine façon, elle méritait ce qui lui arrivait. C'était écrit. C'était...

Arrête! s'admonesta-t-elle. *Tu arrêtes tout de suite!*

On l'avait enlevée, et voilà qu'elle culpabilisait, qu'elle s'en voulait. Assez! Elle n'était pas allongée sur le divan d'un psy. Ce n'était pas un séminaire d'estime de soi à Big Country, le centre en pleine cambrousse où ses parents l'avaient envoyée l'été précédent, histoire qu'elle se «remue les fesses», comme lui avait expliqué son ringard de père.

Ce cauchemar était tout ce qu'il y avait de plus vrai.

Première certitude: on l'avait assommée devant chez elle alors qu'elle rentrait d'une soirée passée à danser.

Deuxième certitude: on lui avait retiré son jean et son T-shirt, la laissant en culotte et soutien-gorge.

Troisième certitude: des liens en plastique entravaient ses poignets et ses chevilles, et on la retenait contre son gré dans ce qui ressemblait à une cave.

Autant d'événements bizarres, et même horribles, mais bien réels. L'une des recommandations de Lance, l'éco-psychologue qui s'occupait d'elle à Big Country, lui revint en mémoire. «C'est toi qui construis ta propre réalité.» Sur le moment, elle avait trouvé la réflexion complètement idiote, mais elle se demandait à présent si Lance n'avait pas raison. Dans une situation extrême, on avait le choix entre se lamenter sur son sort ou bien...

Chelsea se figea en voyant la lumière s'allumer. La porte de l'horrible petite pièce s'ouvrit en grinçant. Sa bouche se dessécha instantanément.

Sur le seuil se tenait un inconnu au visage dissimulé sous une cagoule de ski.

Non, ce n'est pas vrai..., pensa-t-elle en le voyant approcher et s'agenouiller à côté d'elle.

— Salut, Chelsea, l'apostropha-t-il d'une voix policée.

L'instant d'après, il lui assena un grand coup de tête et elle perdit connaissance.

Un crissement de fermeture Éclair la ramena à la réalité. Le type à la cagoule achevait de serrer la dernière lanière qui la retenait au diable sur lequel il l'avait attachée. Il la roula hors de la pièce, gravit quelques marches en tirant le diable derrière lui et remonta rapidement un long couloir carrelé. La pièce dans laquelle ils pénétrèrent, basse de plafond, était parcourue sur toute sa longueur par un plan de travail en acier brossé. Le diable s'immobilisa avec un claquement métallique.

— Je n'ai..., tenta Chelsea dont le tremblement avait repris. J-J-Je n'ai rien fait.

— Exact, approuva la voix de son ravisseur derrière elle. C'est sans doute là ton erreur. Tu ne t'es jamais demandé si tu n'aurais pas dû agir ?

Elle vit l'inconnu s'approcher de l'évier. Il prit un seau orange dans le placard du dessous et fit couler l'eau.

— À présent, je te propose un petit exercice, lui expliqua-t-il en remplissant le seau. Au sujet de l'eau. Sais-tu que 1,1 milliard d'êtres humains n'ont pas accès à l'eau potable? Ça fait beaucoup de monde, tu ne trouves pas? Maintenant, écoute bien la question: combien de litres d'eau potable faut-il pour laver ton T-shirt Abercrombie & Fitch et ton jean Dolce & Gabbana?

Je suis en plein cauchemar, se dit Chelsea, hypnotisée par son bourreau qui fermait le robinet et soulevait facilement de la main gauche le seau rempli d'eau. *Je me suis transformée en Alice, et je suis tombée dans le terrier du lapin après avoir mangé une part de gâteau.*

Chelsea finit par baisser les yeux.

— Je ne sais pas, répondit-elle dans un murmure.

Sans crier gare, l'inconnu lui envoya le seau d'eau glacée en pleine figure. Et elle qui s'imaginait avoir froid jusque-là!

— La réponse était cent cinquante litres! hurla l'inconnu masqué. Dans les villages du Cambodge et du nord de l'Ouganda, deux à trois cents personnes se battent quotidiennement pour se partager la seule pompe mécanique qui garantit leur survie. Des familles entières meurent chaque jour par manque d'eau, alors que tu te poses uniquement la question de l'eau quand le serveur d'un grand restaurant te demande si tu la préfères plate ou gazeuse! Passons à la deuxième question: combien de milliers d'enfants meurent chaque jour dans le monde de maladies liées à l'eau, choléra, dysenterie, hépatite?

Chelsea n'écoutait plus, trop frigorifiée pour réfléchir. Un glacier avait pris possession de son corps, pétrifiant ses muscles et ses tendons, lui glaçant les os. Le froid qui la tétanisait ne tarderait pas à transformer son cœur en glaçon et il se figerait à jamais.

L'inconnu retourna remplir le seau en sifflant le générique du jeu télévisé « Jeopardy ».

19

Émilie Parker fut tirée du sommeil à 6 heures du matin par une migraine carabinée. *Tu parles d'un réveil en douceur*, grimaça-t-elle en s'asseyant dans le lit. Elle souffrait de violents maux de tête depuis l'époque de ses études universitaires. Des attaques impitoyables qui l'élançaient toujours au même endroit, juste au-dessus de l'œil gauche, comme si un lutin s'acharnait sur son crâne à coups de pic à glace.

La douleur était telle qu'il lui arrivait de vomir. D'autres fois, de façon inexplicable, ses migraines lui donnaient une soif inextinguible. Avant d'être rattrapé par ses démons New Age, son mari lui disait souvent que ses maux de tête étaient la contrepartie d'une intuition qui lui permettait de sauver des vies humaines.

Aujourd'hui, elle lui aurait volontiers rétorqué que ses migraines étaient le fruit du stress imposé par un mari indigne. Elle récupéra dans son sac une boîte d'Imitrex dont elle avala un cachet sans eau. L'image du cadavre de Jacob Dunning, dans la chaufferie de cet immeuble du Bronx, lui apparut soudain.

Pour quelle raison avait-elle décidé de rester ? Son patron lui avait demandé de ne pas quitter New York tant que le médecin légiste n'aurait pas remis son rapport, mais elle se demandait si elle avait eu raison de lui obéir. À trente-cinq ans, elle avait passé l'âge de ce genre de connerie. Le charmant petit box de couleur beige qui lui servait de bureau à Quantico lui manquait. Ou alors elle aurait pu coller sa démission au Bureau et se lancer dans l'enseignement, avec l'assurance de disposer d'horaires plus adaptés à ceux d'Olivia. Place aux jeunes, autant laisser à un successeur plein d'enthousiasme le soin de courir après ces monstres, de s'occuper des familles de victimes.

Elle sortait un second cachet du flacon lorsque son portable la rappela à la réalité.

— Bonjour, c'est Mike. Désolé de vous réveiller.

Elle se surprit à sourire, apaisée par cette voix calme qui lui faisait l'effet d'une bouée de sauvetage sur la mer agitée de sa migraine. Elle songea au dîner de la veille, à toute cette smala. Au moins avait-elle passé un bon moment.

— J'espère que vous m'apportez de bonnes nouvelles, répondit-elle. Le battage médiatique aurait-il aidé un témoin à recouvrer la mémoire ?

— Si seulement, répondit son interlocuteur. Je viens d'avoir mon patron. Nous sommes apparemment en présence d'un autre enlèvement. Une gamine, cette fois. Chelsea Skinner. Elle a dix-sept ans, son père est le président de la Bourse de New York. Des amis l'ont déposée en taxi au coin de sa rue tard dans la nuit, mais elle n'est pas rentrée chez elle.

— Déjà ? Mon Dieu ! C'est incroyablement rapproché, même pour un tueur en série, remarqua Émilie. Vous voulez qu'on se retrouve au domicile des parents ?

— Non. Schultz et Ramirez viennent de partir là-bas. On nous demande de participer à la réunion de la cellule de crise mise en place au One Police Plaza. Je passe vous prendre à 8 h 30, le temps d'accorder nos violons. Vous aimez les bagels ? Je ne sais pas si mon épicerie juive a des *grits*[1], mais je peux toujours leur poser la question. Comment prépare-t-on les *grits*, d'ailleurs ?

— Dites-moi, Mike, rétorqua Émilie avec un sourire. Les flics new-yorkais ont-ils tous l'humour chevillé au corps ?

— Uniquement les beaux gosses à famille nombreuse, répondit Bennett du tac au tac. À tout à l'heure, agent Parker.

---

1. Bouillie de semoule de maïs, d'origine amérindienne, couramment consommée dans les États du Vieux Sud au petit-déjeuner. *(Toutes les notes sont du traducteur.)*

20

La cellule de crise avait pris ses quartiers dans des locaux flambant neufs, au neuvième étage du One Police Plaza. Les hiérarques du NYPD avaient mis les bouchées doubles au moment de réclamer des subventions aux services de la Sécurité intérieure, et l'endroit ressemblait à un centre de commandement militaire de film hollywoodien.

Des écrans plats dans tous les coins, des téléphones et des radios dernier cri, des tableaux PowerPoint géants couvrant l'un des murs de la pièce sur toute sa longueur. Il flottait encore dans l'air une odeur de moquette neuve. À moins qu'il ne s'agît de la cire des mocassins chics qu'arborait fièrement l'aréopage de puissants présents ce matin-là.

Le maire était rentré plus tôt que prévu, accompagné de cette chère Georgina Hottinger, tel un rémora collé au ventre d'un requin. Ils discutaient avec le préfet de police Daly et sa garde prétorienne de chefs de service à chemise blanche. Avec leur coupe de cadres supérieurs et leur bronzage, les inconnus qui s'entretenaient un peu plus loin étaient probablement des collègues d'Émilie.

Cette dernière les a rejoints et je me suis occupé en vérifiant mes SMS sur mon Motorola.

J'ai rempli deux gobelets de café, et Émilie est venue s'asseoir à côté de moi juste avant le début des festivités.

— J'ai demandé à notre labo de Washington de me transférer d'urgence l'analyse des traces de cendre retrouvées sur le front de Jacob, m'a-t-elle annoncé. Les huiles attendent les résultats la langue pendante.

— Parfait. De mon côté, j'ai eu des nouvelles des numéros de téléphone. Il semble que notre homme ait fait appel à des sans-papiers pour acheter des portables en liquide dans trois boutiques différentes. Sinon, le réseau Verizon a pu localiser les appels. Le premier a été passé de la West Side Highway, le deuxième du FDR Drive. Notre homme se déplaçait en permanence.

Dix minutes plus tard, Émilie et moi avons exposé les détails de l'affaire aux autres participants.

— Au cours des premières heures du samedi 21 février, Jacob Dunning a été enlevé en pleine rue par un inconnu. Ce dernier a pris contact avec la famille pour la première fois le dimanche. Le ravisseur a passé un deuxième appel quelques heures plus tard, au cours duquel il a demandé à parler à la police. Conformément à ses instructions, nous nous sommes rendus au 250 Briggs Avenue, un quartier particulièrement difficile du Bronx, et nous avons découvert Jacob au sous-sol. Il avait reçu une balle de calibre 380 dans la tête. Le cadavre se trouvait en position assise sur un pupitre d'écolier, face à un tableau noir, ce qui indique la volonté du tueur de mettre en scène son crime. Nous avons découvert sur le front de la victime un signe en forme de croix, probablement dessiné avec de la cendre. Aucune trace d'ADN, aucune empreinte, aucune douille n'a été retrouvée sur place.

J'ai fait signe à Émilie de poursuivre.

— À l'heure actuelle, rien ne nous permet de déterminer le mobile du tueur. Aucune demande de rançon n'a été formulée. Nous ne savons pas si le ravisseur comptait exiger de l'argent et s'il a changé d'avis en constatant que la police était avertie. La séquence de questions-réponses entre le ravisseur et sa victime, diffusée lors du premier appel, pourrait suggérer un mobile politique. Les premières analyses de la voix du ravisseur font état d'un suspect de sexe masculin, âgé de plus de trente-cinq ans et très cultivé. Le suspect semblait connaître de nombreux détails intimes sur la victime et sa famille. On n'écartera donc pas la possibilité d'un individu lié aux Dunning. C'est tout ce dont nous disposons actuellement.

Fleming, ma patronne, s'est levée.

— Pour ceux d'entre vous qui ne le savent pas encore, une résidente du quartier de Riverdale, une adolescente de dix-sept ans nommée Chelsea Skinner, a disparu tôt ce matin. Son père, Harold Skinner, est le président de la Bourse de New York. Bien qu'aucun contact n'ait été pris avec la famille, nous considérons jusqu'à nouvel ordre qu'il s'agit d'un enlèvement perpétré par le même suspect.

Nous sommes retournés nous asseoir dans une atmosphère lourde, au milieu des hochements de tête et des grommellements de stupéfaction. Nous ne disposions pour l'heure d'aucune piste sérieuse. Le pire des cas de figure pour un service de police confronté à une affaire hautement médiatisée.

Je n'ai pas été surpris de voir Georgina Hottinger entrer dans la pièce quelques instants plus tard. Je me doutais qu'elle voudrait nous gratifier de ses avis à la noix.

— Aucune information sensible ne doit sortir de cette pièce, a-t-elle déclaré. Pas une. Ceux qui ont l'intention d'appeler leurs contacts dans la presse feraient bien d'y réfléchir à deux fois s'ils tiennent à leur boulot. Inutile d'entretenir le cirque médiatique.

Elle s'est tournée vers Émilie.

— C'est clair ? Vous m'avez bien entendue ?

— Clair, je ne sais pas, mais vous parlez suffisamment fort pour qu'on vous entende, a répliqué Émilie avec un sourire affable, digne de la proverbiale courtoisie sudiste.

21

Nous avons passé l'heure suivante à peaufiner le dispositif. Le poste de commandement, géré par les chefs de service, agirait du One Police Plaza en coordination avec les agents de terrain chargés de collecter, analyser et diffuser les indices que nous pourrions recueillir. Une unité d'intervention d'urgence, renforcée par un groupe séparé d'enquêteurs, se tenait sur le pied de guerre, prête à agir.

En qualité de coordinateurs de l'enquête, Émilie et moi avons décidé de nous rendre au domicile des Skinner à Riverdale, un quartier du Bronx.

Je m'engageais sur la West Side Highway quand mon portable a sonné.

— Bennett à l'appareil.

— J'en ai autant à ton service, inspecteur, m'a répondu la voix de Seamus. Je voulais voir avec toi les détails de ce que tu sais au sujet de qui tu sais.

En clair: Mary Catherine, qui fêtait son anniversaire le mercredi suivant, et pour laquelle nous avions prévu une fête surprise. J'ai secoué la tête. Pas question de rater la réception mondaine de l'année si je ne voulais pas provoquer une catastrophe.

— Je suis occupé, je te rappelle plus tard.

— Ah, j'ai compris! Tu es avec elle, c'est ça? a murmuré Seamus sur un ton de conspirateur. C'est vrai qu'elle est mignonne comme tout. Je craquerais également si j'avais ton âge. Tu n'as qu'à écrire un petit mot d'amour, je me charge de le lui transmettre. Tu en crèves d'envie.

Je lui ai raccroché au nez.

— Qui était-ce? s'est enquise Émilie.

— Rien, un faux numéro.

Émilie m'a souri en secouant la tête.

— Je me demandais comment vous faites. Flic modèle, père modèle, la tête sur les épaules, tout ça avec dix gamins. Ah, j'oubliais le chat. Tout ça pour épater la galerie.

J'ai éclaté de rire en appuyant sur l'accélérateur.

— Comment avez-vous deviné? J'ai pris le chat en location uniquement pour ajouter la touche finale.

22

La propriété des Skinner se trouvait sur Independence Avenue, à un peu moins d'un kilomètre du Henry Hudson Parkway, près de Wave Hill. Leur manoir de style Tudor aux façades couvertes de lierre dominait la vallée de l'Hudson. Une vue à couper le souffle.

Le quartier, très verdoyant, avait des airs de campagne patricienne. En descendant de voiture, je me suis fait la réflexion que ça devait être génial d'avoir un jardin. Je me voyais déjà paressant sur l'herbe tiède, un verre glacé à la main, dans un calme et un silence parfaits. Un rêve inaccessible à New York où les terrains donnant sur l'eau dépassent les dix millions de dollars. Schultz et Ramirez nous attendaient dans l'allée gravillonnée en arc de cercle.

— Chelsea s'est échappée de chez ses parents hier soir vers 22 heures pour rejoindre des copines à une fête, nous a expliqué Ramirez en relisant ses notes. Les copines en question affirment l'avoir déposée en taxi au coin de la 254ᵉ Rue vers 2 h 30 du matin.

Elles ne voulaient pas la laisser devant la maison de peur de réveiller ses parents. La mère de Chelsea a retrouvé son sac et son portable dans l'allée, un peu avant 6 heures. Le ravisseur devait la guetter. Personne n'a aperçu quiconque, à pied ou en voiture. Les voisins n'ont rien entendu.

— On a déjà vérifié le dossier des Skinner. Rien sur eux. En revanche, Chelsea a eu un rappel à l'ordre l'an dernier pour avoir bu dans le métro. Cette gamine est visiblement un drôle de numéro.

Pas moins de quatre voitures de luxe étaient garées devant la demeure des Skinner. Nous nous sommes avancés jusqu'à la colonnade. Un homme mince et svelte, en costume à fines rayures, le visage bouleversé, a ouvert la porte avant que j'aie pu actionner la sonnette.

— Alors, du nouveau ? a-t-il lancé en regardant mon badge. Vous avez retrouvé Chelsea ? J'exige des réponses.

— Vous êtes Harold Skinner ?

— Non. M. Skinner est trop occupé à se consumer de chagrin à l'idée qu'on lui ait enlevé sa fille.

Une femme replète d'un certain âge est apparue derrière lui.

— Mark, je t'adore, mais je te demande d'arrêter, s'il te plaît. Je suis Rachel Skinner, s'est-elle présentée, et voici mon frère Mark. Donnez-vous la peine d'entrer.

Une douzaine de membres du clan Skinner attendaient dans le salon plongé dans un silence de mort.

Tous avaient les yeux rougis et l'air hagard, comme lors d'une veillée funèbre. Encore une famille unie, brisée par la douleur.

— M. Skinner est-il disponible ? Nous avons besoin de lui parler.

— Je suis désolée, s'est excusée Mme Skinner. Il se repose en ce moment. À vrai dire, il est sous calmant. Notre médecin de famille était là il y a quelques instants, il est reparti peu avant votre arrivée. J'ai une question à vous poser, inspecteur. J'ai cru comprendre que l'autre adolescent enlevé avait été retrouvé avec des traces de cendre sur le front. Un rituel catholique, si je ne m'abuse. Nous sommes juifs, et j'aimerais connaître la signification de ces cendres.

Comment pouvait-elle être au courant ? Nous avions veillé à ne pas ébruiter ce détail dans les médias. L'un des membres de la cellule de crise n'avait pas tenu sa langue. J'étais prêt à parier qu'il s'agissait de Hottinger, la première adjointe. Elle qui nous avait ordonné d'éviter les fuites.

— Il s'agit d'un symbole de repentance aux yeux des catholiques, en rémission de leurs péchés. C'est un moyen de partager symboliquement le sacrifice du Christ pendant la période de carême, au même titre que s'abstenir de fumer, de boire ou de manger de la viande.

— Je comprends. Peut-on en déduire que le ravisseur est catholique ?

Je ne pouvais décemment pas mentir à la malheureuse.

— Nous ne savons rien de lui. Pas même si c'est bien lui qui a enlevé Chelsea. Évitez de penser au pire, madame Skinner. Attendons la suite.

23

Le mur du couloir conduisant à la cuisine était couvert de photos de famille. Chelsea était une jolie fille avec des cheveux noirs et des yeux bleu clair tirant sur le gris. Le portrait d'elle le plus récent la montrait vêtue d'un sweat à capuche sur lequel s'étalait le mot «Sauveteur».

— Votre fille est ravissante, s'est extasiée Émilie à l'adresse de Mme Skinner.

Cette dernière nous a précédés dans la cuisine meublée d'une table immense.

— Chelsea a eu une tumeur au cerveau à l'âge de six ans, un médulloblastome, nous a expliqué notre hôtesse d'une voix douce en versant du café dans des tasses. Elle s'en est sortie avec un courage remarquable. Les opérations, la chimio, tout. Chelsea est une battante, ce qui lui arrive aujourd'hui n'est rien à côté de sa maladie. Elle s'en tirera, j'en suis intimement persuadée.

J'aurais aimé pouvoir partager la conviction de Mme Skinner.

Nous avons été interrompus par les techniciens du service, venus s'occuper des téléphones fixes et portables des Skinner. Dans le même temps, un type du FBI installait un logiciel de traçage des courriels, au cas où notre homme aurait changé de tactique.

Mme Skinner nous a conduits dans la chambre de Chelsea au deuxième étage. La pièce, dont le plafond à poutres apparentes était en pente, disposait d'un petit balcon dominant le jardin et la piscine couverte. Le mobilier moderne qu'elle avait choisi aurait mieux correspondu à une riche bourgeoise de trente-cinq ans qu'à une ado. En comparaison, la chambre de Jacob ressemblait à celle d'un enfant. Il devait pourtant y avoir un rapport entre lui et Chelsea. Tous deux étaient enfants uniques, élevés par des parents richissimes. Nous savions que Chelsea était inscrite à Fieldston, un établissement privé des environs, proche de l'institut Horace Mann où Jacob avait effectué ses années de lycée. Se connaissaient-ils? Ou bien un même prof enseignait-il dans les deux écoles? J'en étais convaincu, notre homme n'avait pas choisi ces gamins au hasard.

Mme Skinner repartie, Émilie a enfilé une paire de gants en caoutchouc et s'est intéressée à l'ordinateur de l'adolescente. La page de Chelsea sur MySpace lui servait d'écran d'accueil.

Penché au-dessus de l'épaule d'Émilie, j'ai lu en diagonale le blog de Chelsea. Certains de ses commentaires étaient pour le moins décalés. Un mélange de vantardises sexuelles, de fantasmes d'une grande violence et de photos suggestives très choquantes.

— C'est ça, les mômes d'aujourd'hui? s'est étonnée Émilie.

Elle a secoué la tête et je l'ai imitée en découvrant un portrait de Chelsea, les yeux lourdement maquillés au mascara, un sourire canaille aux lèvres. Devais-je m'attendre à ce genre de comportement quand ma fille Juliana aurait le même âge que Chelsea, dans trois ans?

— J'espère que non, ai-je maugréé. Je préfère rejoindre une communauté mennonite, ou mettre de l'argent de côté pour m'acheter une maison dans le désert. Avec mes dix gosses, on devrait pouvoir s'en tirer en cultivant nos terres. Je retournerais à des valeurs terriennes et réduirais notre empreinte carbone tout en les aidant à se forger un caractère à toute épreuve.

— N'oubliez pas le chat, m'a conseillé Émilie.

— Ce pauvre Socky, c'est vrai. On lui apprendra à garder les vaches.

24

Une sonnerie a retenti au moment où je quittais la chambre de Chelsea. Pas celle du téléphone des Skinner. La mienne.

— Bonjour, Mike. J'espère que vous avez bien dormi.

Le salopard! Je me suis immobilisé sur le palier, dopé à l'adrénaline. Ce petit malin avait composé mon numéro, au lieu d'appeler les Skinner.

— Très bien.

Le téléphone collé à l'oreille, je me suis précipité dans le bureau du rez-de-chaussée où était installé notre QG. J'ai montré mon portable d'un index volubile au technicien du service. Il a sorti un petit enregistreur d'une sacoche à ordinateur et me l'a tendu. J'ai approché l'appareil de l'écouteur en éloignant légèrement mon oreille.

— C'est gentil de me rappeler. Où êtes-vous? On pourrait peut-être avoir une conversation, tous les deux.

— Peut-être. Ou peut-être pas. La propriété des Skinner vous plaît, Mike? Un endroit magique, vous ne trouvez pas?

Comment savait-il que j'étais là ? Il l'avait deviné, ou alors il surveillait la maison.

— Quelle vue ! La majesté du fleuve sous le regard de ces rochers austères. Un paysage à mourir, si vous me passez l'expression. Thomas Cole en personne n'aurait pas été capable de rendre justice à un tel spectacle. Mais qui suis-je, pour citer un nom pareil à un policier ? Pour votre gouverne, Thomas Cole était peintre. Et fondateur de l'école de peinture de la vallée de l'Hudson.

Le faire parler, à tout prix.

— Frédéric Edwin Church ne faisait-il pas partie de la même école ?

— Mais si, Mike ! Je constate avec plaisir que vous avez quelques connaissances en histoire de l'art. Où avez-vous fait vos études ?

À l'école de police, espèce d'ordure.

Je me suis retenu, optant pour une réponse plus feutrée.

— Je suis allé au Manhattan College.

— Jamais entendu parler.

— C'est un établissement modeste. Si on parlait de Chelsea ? Nous sommes disposés à accepter vos conditions, il suffit de nous les indiquer.

J'aurais donné cher pour obtenir une réponse différente.

— Dans ce cas, écoutez-moi attentivement. Je vous invite à venir chercher cette chère petite Chelsea pour la rendre à sa maman chérie. Vous connaissez la procédure. Je vous rappelle dans votre voiture dans dix minutes. Libre à vous de venir accompagné de votre jolie petite copine du FBI, si ça vous chante.

25

Un bateau de la Circle Line rempli de touristes passait à hauteur du pont levant Amtrak lorsque nous avons franchi le pont Henry Hudson.

Je voyais d'ici ce qu'un guide inspiré aurait pu expliquer aux passagers.

Si vous levez les yeux, mesdames et messieurs, vous apercevrez un exemple caractéristique de flic new-yorkais au bord de la crise de nerfs, warnings allumés, franchissant le télépéage à la vitesse du son.

Sirène à fond, j'ai laissé dans mon sillage les cabines de péage en roulant à plus de cent à l'heure. Le ravisseur venait de m'apprendre que Chelsea se trouvait à Harlem et je refusais de laisser mourir un autre ado. Je n'allais pas laisser passer la moindre chance de retrouver cette gamine vivante s'il était encore temps.

— Où êtes-vous à présent? a demandé la voix du ravisseur dans mon oreillette.

Il avait à nouveau insisté pour me guider pas à pas, à la façon d'un GPS déviant.

— On vient de franchir le pont Henry Hudson.

— Saviez-vous qu'il a été érigé dans les années 1930 par Robert Moses, avec de la main-d'œuvre recrutée dans le cadre du New Deal ? En l'espace de vingt ans, Moses a doté New York de la plupart de ses grands ponts, de ses voies rapides et de ses plages publiques. Les tours jumelles ont été détruites il y a plus de dix ans et Ground Zero n'est toujours qu'un vaste trou. Notre civilisation n'est plus ce qu'elle était, Mike. C'est une évidence. Tout comme notre planète. Prenez une fourchette et arrêtez le minuteur du four, notre civilisation est cuite.

— Allô... Allô ? Je vous reçois mal...

Un alibi pour retirer mon oreillette, le temps d'essuyer la sueur qui me dégoulinait du front. À côté de moi, Émilie jonglait entre ses deux radios et son téléphone. J'ai posé la main sur le micro de mon portable.

— Qu'est-ce que ça dit ? lui ai-je demandé dans un murmure.

Outre le soutien de la police volante et des unités d'intervention d'urgence, la compagnie du téléphone s'évertuait à retracer l'origine exacte de l'appel.

— Verizon tente de procéder à une triangulation. Sans résultat pour le moment.

Tout en conduisant, je me creusais la cervelle, à la recherche d'un moyen susceptible de déstabiliser le ravisseur et de renverser le rapport de force en notre faveur. Il avait le dessus et il le savait, à entendre son ton suffisant.

— Vous êtes là ? a-t-il questionné d'une voix agressive tandis que je remettais en place l'oreillette.

— Allô? Allô? Oui, je vous entends à nouveau.
— Parce que vous m'aviez perdu? Mais oui, Mike, je vous crois. À présent, prenez la sortie du pont George Washington.

Et merde! Trop tard!

J'étais précisément en train de dépasser la bretelle du pont. D'un coup de volant, j'ai fait voler toute une famille de cônes de signalisation alignés le long de la bande d'arrêt d'urgence. Nous avons évité d'un cheveu une collision frontale avec un engin de chantier et l'Impala s'est miraculeusement engagée sur la bretelle de sortie.

— Vous m'entendez? a repris la voix du ravisseur. Dirigez-vous vers Broadway, si ce n'est pas trop vous demander.

26

J'ai suivi à la lettre les instructions du ravisseur à travers le quartier de Washington Heights et je me suis enfoncé dans Harlem. En quittant Broadway à hauteur de St. Nicholas Avenue, nous avons longé toute une série de cités HLM aussi déprimantes que des entrepôts d'usine.

Les épiceries de quartier et les restaurants chinois à emporter étaient tous protégés par des vitres blindées. On aurait pu se croire dans le secteur du Bronx où nous avions découvert le corps de Jacob Dunning.

Le ravisseur nous gratifiait d'une nouvelle visite guidée des quartiers difficiles de la ville.

— Profitez-en pour jeter un coup d'œil autour de vous, Mike, a continué mon cicérone. Vous vous souvenez de la guerre contre la pauvreté lancée par le président Johnson ? Eh bien, c'est la pauvreté qui a gagné. Comme on avait besoin de main-d'œuvre, on a attiré des Afro-Américains et des Latinos en masse dans les grandes métropoles, et puis les usines sont parties et la bourgeoisie blanche a quitté le navire.

Les inégalités raciales et sociales qui perdurent dans ce pays me rendent physiquement malade. Et il n'y a pas qu'à New York. Il suffit de voir ce qui se passe à Newark, Pittsburgh, Saint Louis. Nous sommes au XXIe siècle et on manque toujours cruellement d'emplois tandis que prospèrent les discriminations et le racisme.

— Où dois-je aller, maintenant ?

— Vous chauffez. Tournez à gauche sur la 141e Rue, encore à gauche sur Bradhurst, et enfin à droite sur la 142e.

Arrivé à destination, j'ai découvert un pavillon tenant à peine debout au milieu d'un pâté de maisons entièrement rasé. J'ai ralenti en examinant attentivement les décombres avalés par les mauvaises herbes. Une couche de bébé usagée, un vieux matelas, un chariot de supermarché tout rouillé, mais pas de Chelsea, Dieu merci.

— Continuez jusqu'au numéro 286. C'est là qu'elle se trouve, Mike. Je vais devoir vous quitter, passez le bonjour à sa maman de ma part.

Il a raccroché.

J'ai regardé les numéros des maisons et je me suis arrêté dans un crissement de pneus devant l'immeuble concerné. L'instant d'après, je bondissais hors de l'auto, les yeux rivés sur le dôme en forme de bulbe dominant de sa masse un bâtiment de trois étages.

J'ai saisi ma radio.

— Il s'agit d'une mosquée. Je répète. Je me trouve devant une mosquée située au 286 de la 142e Rue, côté nord. Je vais voir ce qu'il en est, rejoignez-nous.

Nous avons poussé une double porte ouvragée derrière laquelle se trouvait un hall d'entrée nettement moins reluisant. Avant d'accueillir une mosquée, l'immeuble avait dû abriter un cinéma.

Je me suis avancé dans la salle débarrassée de ses rangées de sièges.

— Il y a quelqu'un ?

Des ouvertures avaient été pratiquées dans les murs et des tapis d'Orient recouvraient le sol. La salle de prière, probablement. Un treillis de bois coupait l'espace en deux et une mosaïque aux motifs complexes habillait l'un des murs.

Un Noir trapu, coiffé d'une calotte vert, rouge et jaune, a poussé une porte à l'autre extrémité de la salle. Il s'est précipité vers nous, furieux.

— Qui êtes-vous ? De quel droit vous trouvez-vous ici ? Les chaussures sont interdites à l'intérieur de la salle de prière ! Vous ne respectez donc rien ? Vous ne voyez pas qu'il s'agit d'un lieu saint ?

J'ai sorti mon badge.

— Police. Nous sommes à la recherche d'une jeune fille qui a...

L'homme ne m'a pas laissé terminer ma phrase et m'a agrippé par le revers de ma veste.

— Je me fiche que vous soyez policier ! s'est-il écrié en m'entraînant vers la porte. Vous commettez un sacrilège, sortez immédiatement. Vous n'avez rien à faire ici !

Tout en cherchant à lui résister, je me suis souvenu d'un incident survenu dans une mosquée de Harlem dans les années 1970, au cours duquel un flic avait été tué. Il ne nous manquait plus qu'une émeute dans la communauté musulmane, en plein kidnapping.

Mon assaillant s'est affalé, plaqué au sol par Émilie. Un genou dans son dos, elle lui a passé les menottes. Je l'ai aidée à redresser le petit homme qui écumait de rage.

— Monsieur, calmez-vous, lui a intimé Émilie. Nous sommes sincèrement désolés d'avoir pénétré dans ce lieu avec nos chaussures. Nous n'étions pas au courant et nous vous prions de nous excuser. Nous sommes actuellement à la recherche d'une jeune fille qui a été enlevée. On nous a signalé sa présence dans ce bâtiment, nous vous serions reconnaissants si vous pouviez nous aider. La vie de cette jeune fille est en jeu.

— Je comprends, a répondu le gardien des lieux. Je me nomme Yassin Ali, je suis l'imam de cette mosquée. Je n'aurais pas dû perdre mon sang-froid, je suis tout disposé à vous aider.

Émilie lui a retiré les menottes et il nous a précédés jusqu'au foyer de l'ancien cinéma.

— Vous dites qu'une jeune fille serait retenue ici?

Son étonnement paraissait sincère.

— C'est impossible. Personne n'est entré ici depuis la prière du matin. Comment s'appelle la jeune fille en question? S'agit-il d'un membre de cette congrégation?

Je lui ai montré la photo de Chelsea.

— Une Blanche? s'est-il écrié, perplexe. Non, il doit y avoir erreur.

— Avez-vous remarqué un incident quelconque aujourd'hui ? Quoi que ce soit qui nous permette de retrouver cette jeune fille ? Je ne sais pas, une livraison inhabituelle ou bien…

— Non, je ne vois pas.

Un éclair a soudain traversé son regard.

— En fait, si. En arrivant ce matin, j'ai entendu un grand bruit du côté de mon bureau, dans l'allée qui sépare la mosquée du chantier voisin. J'ai pensé qu'un ouvrier avait déposé des gravats dans l'allée.

— Pouvez-vous nous y conduire ? a insisté Émilie. Il n'y a pas une minute à perdre.

27

La ruelle qui longeait le bâtiment était un véritable cloaque. Une canalisation d'égout, à en juger par l'odeur pestilentielle qui s'en échappait, déversait son contenu nauséabond le long du mur de l'immeuble en construction voisin. Une bâche d'un bleu délavé flottait au-dessus d'une ouverture pratiquée dans le mur, à hauteur du deuxième étage.

Quand les promoteurs immobiliers quittent le navire, on peut être certain de toucher le fond du panier à Manhattan. Les gravats accumulés dans la ruelle évoquaient les scènes de désolation de l'Amérique en crise des années 1930. Je me suis précipité, regrettant de n'avoir pas pensé à emporter des bottes de pêche. Je pataugeais au milieu d'un bourbier de sacs-poubelle et de briques cassées, il m'a même fallu enjamber une portière de voiture rouillée.

Je revenais sur mes pas lorsque je me suis pris les pieds dans un frigo abandonné. La loi oblige les concierges d'immeuble à retirer les portes des vieux appareils ménagers afin d'éviter à des enfants trop curieux de s'y enfermer et de mourir étouffés. Ce n'était pas le cas de celui-ci.

Pris d'une idée soudaine, j'ai ouvert la porte de l'appareil d'un coup de talon.

J'ai reçu un choc en pleine poitrine en regardant à l'intérieur.

J'avais beau refuser de voir ce que mes yeux me montraient, j'ai dû faire un effort pour réussir à détourner la tête.

Je me suis éloigné, m'arrêtant au pied du grillage qui fermait la ruelle. La main sur la bouche, je regardais fixement les éclats de verre éparpillés dans le terrain vague, de l'autre côté du treillis. Un train est passé dans le lointain en laissant dans son sillage sa signature métallique caractéristique. Le vent jouait avec un sachet en plastique qui frémissait en tourbillonnant.

J'ai attendu qu'Émilie s'approche du frigo abandonné avant de revenir sur mes pas. Nous sommes restés longuement silencieux devant cet étrange sarcophage blanc.

Coincée à l'intérieur, Chelsea nous fixait de ses yeux morts. Son meurtrier avait dû lui briser la nuque et lui casser les jambes en la fourrant à l'intérieur du compartiment, car son corps était comme désarticulé.

Un trou noir lui perçait le crâne et on avait dessiné une croix de cendre sur son front.

Émilie a posé une main gantée sur la joue de la morte.

— Je te promets d'attraper celui qui t'a fait ça, a-t-elle lâché dans un murmure avant de sortir son téléphone.

28

Les pales de l'hélico du NYPD qui volait à basse altitude au-dessus de nos têtes battaient à l'unisson de la rage qui m'animait. Laissant Émilie près du cadavre, j'ai remonté l'allée. Planté sur le trottoir, j'ai balayé du regard les maisons en brique à deux ou trois étages, de l'autre côté de la rue. La plupart des rez-de-chaussée accueillaient des boutiques abandonnées, mais certains appartements avaient encore des rideaux ou des stores aux fenêtres. Quelqu'un avait bien dû remarquer le manège du meurtrier.

Les habitants du quartier s'attroupaient déjà près du camion de l'unité d'intervention d'urgence, garé devant la mosquée. Derrière le pare-brise, le lieutenant Montana, la radio aux lèvres, réclamait du renfort. On apercevait des hommes coiffés d'un kufi et quelques femmes voilées, mais la plupart des badauds étaient de simples curieux en quête d'émotions fortes.

La foule grossissait à vue d'œil et je me suis approché en brandissant le portrait de Chelsea.

— Le corps de cette jeune fille a été retrouvé dans la ruelle que vous apercevez là-bas. Quelqu'un aurait-il remarqué quoi que ce soit d'inhabituel ce matin ?

— Une gamine blanche ? C'est pour ça qu'on en fait tout un tintouin. Je me disais bien ! s'est exclamée une petite boulotte en ricanant, entre deux bouchées du sandwich qu'elle tenait à la main.

— Tu parles, a approuvé un grand gaillard aux cheveux soigneusement tressés. Qu'est-ce que foutent les flics dans cette mosquée ? Les musulmans font rien de mal, au contraire. Marre du harcèlement. C'est de la discrimination religieuse *et* raciale. Rien à foutre des petites Blanches !

À la façon de se tenir du géant, la hanche droite légèrement en arrière, j'aurais parié un mois de salaire qu'il avait un flingue sous son sweat XXL des Giants. J'aurais été ravi de l'embarquer, histoire de passer ma colère sur ce petit malin, mais j'ai eu la sagesse de souffler un grand coup sans rien rétorquer. Quelques instants plus tard, deux voitures de patrouille du 25e se garaient le long du trottoir.

Je retournais sur la scène de crime quand j'ai entendu une fenêtre se fermer dans l'un des immeubles d'en face. Une Afro-Américaine d'un certain âge m'observait à travers la fenêtre sale d'un appartement du premier étage. Elle m'a adressé un léger hochement de tête avant de disparaître.

Elle souhaitait me parler, mais pas devant tout le quartier. Je suis aussitôt allé chercher Émilie en priant le ciel qu'il s'agisse d'une vraie piste.

Nous avons traversé la rue après avoir placé deux plantons à l'entrée de la ruelle. À peine avions-nous pénétré dans le hall que le tire-suisse de la porte grésillait. Un escalier étroit nous a conduits jusqu'au palier du premier et une porte s'est entrebâillée au fond du couloir. La femme que j'avais aperçue à sa fenêtre, un doigt posé sur les lèvres, nous a fait signe d'entrer.

L'appartement, d'une propreté méticuleuse, au plancher soigneusement ciré, était meublé avec goût. Un îlot central en granit trônait au milieu d'une cuisine équipée d'appareils en acier brossé. À travers la porte entrouverte de la salle de bains, une blouse d'infirmière séchait sur l'arceau du rideau de douche. Notre hôtesse s'est présentée sous le nom de Mme Price et nous a invités dans le salon où je lui ai montré la photo de Chelsea.

— Le corps de cette jeune fille a été abandonné dans l'allée qui longe la mosquée.

Mon interlocutrice a émis un bruit d'agacement avant d'examiner longuement le visage qui la regardait.

— Quand cessera-t-on de tuer les enfants ? a-t-elle commenté avec l'accent chantant caractéristique des îles de la Caraïbe. Le monde ne tourne pas rond, et ça ne date pas d'hier.

— Disposez-vous d'éléments susceptibles de nous aider, madame Price ? a insisté Émilie. Il est probable que le cadavre a été déposé après l'appel à la prière de 5 heures, ce matin.

— Ne me parlez pas de ces satanés haut-parleurs ! s'est écriée l'infirmière. Ça devrait être interdit.

Religion ou pas, c'est de la pollution sonore. Je les ai appelés des milliers de fois, mais si vous croyez que ça change quoi que ce soit !

— Avez-vous vu quelque chose ?

— Non, a-t-elle répondu à la question d'Émilie, mais vous devriez aller voir Big Ice. Le dealer du quartier.

J'ai immédiatement fait le rapprochement.

— Un type baraqué avec des tresses ? Une grande gueule ?

Mme Price a acquiescé en affichant une moue dégoûtée.

— Un vrai démon. Il empoisonne la vie des honnêtes gens qui travaillent et cherchent à élever correctement leurs enfants. Les sbires de Big Ice surveillent ce coin de rue vingt-quatre heures sur vingt-quatre. Ils ont forcément vu ce qui s'est passé. Il se croit plus malin que tout le monde en dirigeant les opérations depuis sa boutique et en laissant des petits jeunes se salir les mains.

— Comment s'appelle cette boutique ?

— Ener-J. Il vend toutes ces horreurs de vêtements hip-hop, juste au coin de la rue.

J'ai empoché la photo de Chelsea.

— Je vous remercie de votre courage, madame.

— Vous pourrez dire à la mère de cette belle jeune fille que je suis triste pour elle, a conclu l'infirmière en nous reconduisant à la porte de l'appartement. J'ai élevé mes trois fils dans ce quartier, et ça n'a pas été facile. Je ne sais pas comment je réagirais si on me les enlevait de cette façon-là.

29

La boutique de Big Ice était bien située au coin de rue indiqué par notre témoin. Je m'attendais à découvrir un commerce plus ou moins clandestin, mais le propriétaire de l'Ener-J Boutique ne se spécialisait pas dans la contrefaçon, ainsi que le confirmaient les logos Wu-Tang Clan, Phat Farm, Sean John, G-Unit et FUBU collés sur la vitrine. Des publicités en néon pour Timberland et Nike indiquaient qu'on y vendait aussi des chaussures.

La vendeuse qui s'épilait les sourcils derrière le comptoir n'a pas eu le temps de dire ouf en nous voyant débouler avec Émilie, accompagnés de plusieurs gars des forces spéciales, l'arme au poing. Big Ice, assis sur le banc réservé aux acheteurs de chaussures, enfilait une paire de Nike Dunks quand nous l'avons cerné.

— Ouais ? a-t-il grogné en levant la tête.

Outre les deux portables posés à côté de lui, un automatique chromé dépassait du sac en plastique estampillé Ener-J rangé sous le banc.

— À ta place, j'éviterais les gestes inutiles.

Tout en parlant, j'ai mis un genou à terre et ramassé le sac. Je lui ai brandi sous le nez le pistolet, un Browning Hi Power 9 mm.

— Tu as un permis de port d'arme ?

— Ce sac m'appartient pas, inspecteur. Quelqu'un a dû l'oublier. J'essayais juste une paire de pompes.

Le sac en plastique contenait également une boîte à chaussures. En la vidant, une douzaine de rouleaux de billets de vingt dollars ont rebondi sur la moquette beige.

— J'en déduis que cet argent ne t'appartient pas non plus. Pas plus que tout ce qu'on va trouver en perquisitionnant cette boutique.

— J'ai compris, a réagi Big Ice en nous dévisageant l'un après l'autre. Vous avez décidé de me foutre sur le dos le meurtre de cette gamine. Dès qu'une petite Blanche se fait buter, on accuse le premier Black qui passe. Ça me vénère.

Big Ice n'avait pas tort, notre action n'avait rien de légal, mais je m'en fichais éperdument. J'en avais ma claque d'interroger des gens qui n'avaient rien vu, et franchement marre de découvrir des cadavres d'ados.

— Passez-moi mon portable, j'appelle mon avocat, a poursuivi Big Ice en bâillant d'un air désinvolte. Je paie ce connard à l'année, vous pouvez déjà vous foutre au cul votre petite perquisition.

— Peut-être, mais je doute que ton Clarence Darrow[1] de carnaval puisse te rendre tes jolis rouleaux de billets verts.

---

[1]. Clarence Seward Darrow (1857-1938) est l'un des plus célèbres avocats américains du début du XXe siècle, connu pour sa défense des sans-grade.

Big Ice m'a regardé comme si j'étais un monstre à deux têtes.

— D'accord, a-t-il souri. Vous voulez jouer à quitte ou double, c'est ça ? Fallait le dire tout de suite au lieu de débarquer ici comme des bourrins en foutant une trouille bleue à ma copine. Que puis-je pour vous, messieurs ?

— Je sais que tes gars font le pied de grue au coin de la rue dès l'aube. Cette gamine n'est pas tombée du ciel, quelqu'un a forcément déposé son corps dans la ruelle. Donne-moi les infos dont j'ai besoin et je te laisse à ta paire de Nike. Avec un peu de chance, je pourrais même éviter d'embarquer ce sac en plastique mystérieusement abandonné par un inconnu.

— Avec le flingue ? a demandé Big Ice, une note d'espoir dans la voix.

— Ah non. Il va falloir que je le dépose aux objets trouvés.

Il a laissé échapper un long soupir et pris le temps de réfléchir. Quelques instants plus tard, il hochait la tête.

— D'accord, je vais passer quelques coups de fil.

Je lui ai lancé l'un de ses portables avec un sourire.

— Quel citoyen modèle, ce Big Ice !

30

Cerné par les hommes des SWAT, Big Ice a passé toute une série de coups de fil en laissant des messages.

— Vous inquiétez pas, m'a-t-il annoncé en repliant son téléphone. Ils savent ce qui les attend si jamais ils me rappellent pas dans les dix minutes.

Au-dessus d'un lot de blousons en cuir Avirex, une télé à écran plat diffusait les programmes de la chaîne afro-américaine BET. Big Ice s'est levé pesamment, a récupéré la télécommande sous le comptoir et zappé sur CNBC où un commentateur blanc et chauve en bretelles évoquait les dernières introductions en Bourse.

— Putain, quand je pense que c'est moi qu'on traite de truand, a remarqué Big Ice. Vous feriez mieux de vous en prendre à tous ces connards d'investisseurs qui s'achètent des multinationales avec la bénédiction des banques. Je devrais les imiter quand je vais chez McDo. « Combien, le Big Mac ? Trois dollars ? C'est bon, j'achète, mais vous avez qu'à demander le fric à la banque. » Je suis sûr que ça leur plairait. En plus, quand vous avez fini d'escroquer plusieurs milliards, on donne votre nom à un hosto. Faudra quand même m'expliquer.

Émilie a levé les yeux au ciel.

— Vous jouez en Bourse?

Big Ice s'est tourné vers elle en la fusillant du regard.

— J'ai la gueule d'un crétin incapable de prendre des risques, ma poulette? Bien sûr que je joue en Bourse. Je passe mon temps à gérer mon portefeuille et à engranger des dividendes. Vous croyez peut-être qu'une place à l'année dans la tribune des Knicks, ça coûte rien? Je peux vous présenter à mon agent de change, si ça vous intéresse, a-t-il plaisanté en adressant un clin d'œil à Émilie.

— Vraiment? a-t-elle rétorqué sur un ton sarcastique.

L'un des portables de Big Ice s'est déclenché.

— Écoute-moi bien, Snap, a répondu le dealer. C'est toi qu'étais au coin de la rue ce matin? Ta gueule, connard. T'aurais vu personne du côté de la mosquée, par hasard?

Il a hoché la tête en écoutant la réponse de son interlocuteur.

— Pourquoi ça? Parce qu'on a retrouvé une gamine blanche butée dans la ruelle, pôv' racaille, et que j'ai pas envie qu'on me colle ça sur le dos.

Il a refermé son téléphone.

— Alors?

— Snap dit qu'il a vu un Blanc sortir d'une vieille camionnette jaune vers 5 h 30. À c't'heure-là, le business est plutôt calme, il a cru que c'était un toxico en manque. J'ouvre plus tôt et ferme plus tard que la concurrence, les clients trouvent ça pratique.

J'avais du mal à dissimuler mon impatience.

— Je n'en doute pas. Continue.

— Eh ben, Snap m'a parlé d'un mec tout maigre en combinaison de travail, avec une tête de fouine, des cheveux gris et des lunettes. En le voyant sortir de la camionnette un frigo sur un diable, Snap a pensé qu'il livrait un truc sur le chantier d'à côté. Le type est revenu avec son diable vide, il est remonté dans sa camionnette, il a fait demi-tour et il s'est barré.

Inutile de lui demander si ce cher M. Snap avait eu la présence d'esprit de relever le numéro de la fourgonnette. Ce n'était pas grand-chose, mais c'était déjà mieux que rien.

— Ça va vous aider? s'est enquis Big Ice, un sourire aux lèvres, en frottant les paumes de ses mains de géant.

En guise de réponse, j'ai laissé tomber le sac contenant les rouleaux de billets sur le comptoir.

— Évitez de tout investir sur une seule entreprise, lui a conseillé Émilie en refermant la porte de la boutique.

31

Dehors, la foule donnait l'impression de s'être calmée. L'imam Yassin, debout sur le trottoir devant la mosquée, apaisait ses ouailles d'une voix rassurante.

J'en ai profité pour appeler la cellule de crise et transmettre les informations que je venais de recueillir, en prenant soin de préciser qu'il s'agissait d'un tuyau anonyme afin d'éviter des ennuis aux deux nouveaux collaborateurs du NYPD, nos amis Big Ice et Snap.

— OK, je me charge de rédiger le DD-5 et de le transmettre à qui de droit, m'a assuré Kramer, l'inspecteur des Grandes Affaires criminelles chargé de l'unité de renseignement.

J'ai souri en raccrochant. *Génial! Je n'ai même plus besoin de noircir moi-même la paperasse. Je sens que je vais beaucoup aimer travailler dans cette cellule de crise.*

J'ai rejoint John Cleary, le responsable de l'identité judiciaire, qui se dirigeait vers la ruelle, une boîte à la main.

— Hé, John! Je viens d'apprendre que le suspect n'a pas mis le corps dans le frigo. Il a préféré déposer le frigo directement dans la ruelle avec le cadavre déjà dedans.

— Arrête! a répondu Cleary en s'emparant du portable accroché à sa combinaison en Tyvek. Dans ce cas, au lieu de dégager le corps sur place, je vais demander à ce qu'on emporte le frigo tel quel au labo.

De retour dans ma voiture banalisée, j'ai contacté mon collègue Ramirez qui montait la garde chez les Skinner. Il a laissé échapper un hoquet de surprise en apprenant la nouvelle.

— Ça fait vraiment chier, a-t-il commenté. Pauvre femme. Elle mérite pas un truc pareil. Je me charge de l'avertir, Mike. J'aurais préféré me tirer une balle dans le genou, mais je m'en occupe.

Je me suis empressé de raccrocher, peu désireux d'assister en direct à la scène qui allait suivre.

— Alors, qu'en pensez-vous? m'a demandé Parker en prenant place sur le siège passager.

— J'en pense qu'on devrait manger un morceau. Je connais l'endroit idéal pour oublier les deux heures que nous venons de vivre.

Dix minutes plus tard, nous franchissions le seuil de Sylvia's, un restaurant de Lenox Avenue, à une quinzaine de rues de là.

— Vous avez de la chance, ai-je annoncé à ma collègue du FBI en lui montrant le menu alors que nous venions de prendre place à l'une des tables de ce petit paradis traversé par des fumets inouïs. Non seulement ils ont des *grits*, mais vous pouvez même commander des feuilles de chou vert.

— Des feuilles de chou vert ? Peuchère, a plaisanté Émilie en forçant sur son accent sudiste. Si je mange ça, je n'aurai plus jamais faim de ma vie. Cela dit, Mike, je n'aurais jamais pensé que vous étiez un amateur de *soul food*[1].

— Je suis capable d'écluser un pack de bières en mangeant des patates comme n'importe quel Irlandais, mais ma femme m'a fait découvrir les plaisirs de la table. Elle adorait manger. Tous les samedis, elle trouvait le moyen d'obliger Seamus à garder les enfants et elle m'emmenait dans un nouvel endroit. C'est comme ça que j'ai découvert Sylvia's, à l'occasion des brunchs jazz qu'ils organisent tous les week-ends.

Nous avons fait le point sur l'enquête en dégustant les travers de porc fondants à souhait de Sylvia.

— J'ai l'impression qu'on commence à y voir un peu plus clair, a déclaré Émilie entre deux bouchées. J'ai connu des témoins plus affriolants, mais cette crapule nous apporte au moins la preuve que notre homme existe et qu'il est capable de commettre des erreurs. Sur le moment, je ne savais pas quoi penser de cette histoire de cadavre dans un frigo. Vous ne trouvez pas ça... bizarre ? Il se complique beaucoup la vie.

---

1. Nom couramment donné aux spécialités culinaires afro-américaines, largement inspirées par des ingrédients spécifiques au Vieux Sud rural.

J'ai acquiescé en m'essuyant la bouche avec une serviette en papier.

— Ouais. Ce monstre ne se contente pas de faire son boulot. Il le transforme en une véritable aventure.

— Je serais curieuse de savoir ce qui le motive, a poursuivi Émilie. Pourquoi procéder à des enlèvements puisqu'il ne réclame pas de rançon? Quel est l'intérêt d'appeler la famille quand on a déjà tué la victime?

— Il cherche à attirer l'attention sur lui. Je ne vois pas d'autre explication. Il dramatise les situations comme le font la plupart des psychopathes. Pourquoi agissent-ils de la sorte? Parce qu'ils sont conscients d'avoir une faille, d'où le besoin de gratifier leur ego. Regardez Lee Harvey Oswald, ou encore les abrutis de la fusillade de Columbine. Incapables d'accéder à la célébrité par des moyens normaux, ils ont recours au meurtre.

— Soit, a réagi Émilie en levant un index luisant de sauce barbecue, mais vous avez discuté avec ce type, Mike. C'est quelqu'un de cultivé et d'éloquent, je ne vois pas où se trouve la faille chez lui.

J'ai haussé les épaules.

— Il est peut-être difforme. Je ne crois pas un instant que ce cinéma des questions-réponses soit un écran de fumée. Tout cultivé qu'il est, notre ami prend son pied.

— Je ne peux pas vous donner tort sur ce point.

La serveuse nous a demandé si nous avions besoin de quoi que ce soit et ça m'a fait un choc d'entendre Émilie commander un Jack Daniel's.

— Vous avez définitivement renoncé au Coca pur sucre ? Vous entendez ce grondement souterrain ? C'est J. Edgar qui se retourne dans sa tombe.

— Que voulez-vous, Mike. C'est le résultat de votre mauvaise influence sur moi, a-t-elle rétorqué avec un clin d'œil. On m'avait bien dit de me méfier des flics new-yorkais. Pauvre de moi.

On nous a apporté l'addition, et j'ai posé ma carte de crédit dans la coupelle.

— Hé, qu'est-ce que vous faites ? m'a arrêté Émilie en fouillant dans son sac. On partage. Ce n'est pas un rencard, tout de même.

— Ah bon ?

Je ne la quittais pas des yeux en tendant ma carte à la serveuse.

Elle a soutenu mon regard pendant un long moment délicieux, puis elle a rougi. Ou alors c'est moi qui ai rougi. Je me suis demandé quelle mouche m'avait piqué. Depuis la mort de ma femme, deux ans plus tôt, je me sentais systématiquement mal à l'aise face aux personnes du sexe opposé. Ce n'était pas le cas avec l'agent Émilie Parker.

Peut-être bien que j'étais en train de perdre la boule.

32

Il était près de 21 heures lorsque l'agent Parker regagna son hôtel, au bord de l'épuisement, après avoir assisté à la réunion de fin de journée de la cellule de crise. Six minutes plus tard, elle plongeait avec délice dans la piscine de l'établissement.

Elle éprouvait un plaisir toujours renouvelé chaque fois que sa tête déchirait la surface de l'eau. Où qu'elle se trouve, il lui suffisait de fendre le liquide froid et de caresser le fond rugueux de la main pour retrouver toute sa sérénité.

Elle s'assit en tailleur dans les profondeurs de la piscine et ferma les yeux, débarrassée de ses soucis terrestres. Pas de hiérarchie pointilleuse, pas de stress, encore moins de cadavres d'adolescents.

Ses parents avaient une piscine dans la maison de Virginie où elle avait grandi. Entre six et dix ans, elle avait passé le plus clair de ses étés à s'imaginer dans la peau d'une sirène, au fond de l'eau. Elle serra les paupières et tendit la main, dans l'attente du prince des eaux qui l'emmènerait dans son royaume lointain.

Une minute plus tard, les poumons prêts à éclater, elle se souvint que Chelsea Skinner avait exercé les fonctions de sauveteur.

Elle refit surface et se mit à nager. En temps ordinaire, quelques longueurs suffisaient à lui laver la tête mais, après avoir parcouru le bassin à cinq reprises, elle s'aperçut que l'enquête refusait de la lâcher. Traverser la Manche n'aurait sans doute pas suffi à l'en détourner.

Les équipes du labo du NYPD travaillaient toujours sur le corps lorsque la réunion de la cellule de crise avait pris fin. Mike lui avait expliqué que les techniciens avaient dû découper le haut du frigo à la scie pour parvenir à en extraire Chelsea.

Le meurtrier ne se comportait pas de façon habituelle. La plupart des tueurs en série s'efforcent de rester discrets. À l'inverse, celui-ci faisait tout pour attirer l'attention sur lui.

Quelle avait été sa formule, déjà ? *Passez le bonjour à sa maman de ma part.* Même chez un prédateur sociopathe, une telle arrogance avait de quoi surprendre, sans parler du manque absolu d'empathie. À ce stade, il ne s'agissait plus de confiance en soi, mais de morgue. Si son manège n'avait pas été repéré par l'un des dealers de Big Ice, il aurait fait un sans-faute.

Vingt longueurs plus tard, Émilie Parker retourna dans sa chambre et composa le numéro de son frère.

— Comment elle va ? demanda-t-elle à Tom.

— Tu vas adorer, Ém'. Ce matin, un abruti de la classe de ta fille a entendu la maîtresse l'appeler

Olivia Jacqueline, et il a passé le reste de la matinée à la surnommer O. J. Parker.

— Quel petit crétin.

— Attends la suite, poursuivit son frère en riant. Le gamin en question se nomme Brian Kevin Sullivan, alors Olive l'a surnommé B. K. Sullivan. Depuis, tous les autres gosses l'appellent Burger King Sullivan. À mon avis, Burger King hésitera à deux fois dorénavant avant d'embêter notre Olive.

Émilie laissa échapper un petit rire.

— Où est-elle ?

— Elle dort. Elle a décidé que sa poupée jumelle My Twinn dormirait avec elle cette nuit, alors elle n'a pas beaucoup de place dans son lit. Elle m'a dit de te préciser que la boutique American Girl se trouve sur la 5e Avenue. Elle te demande aussi de ne pas oublier de saluer Éloïse à l'hôtel Plaza[1].

— Compris, approuva Émilie, heureuse de retrouver un semblant d'insouciance. Tu es le meilleur oncle de la terre, Tom.

— Et le meilleur frère. Fais gaffe à toi.

En raccrochant, la jeune femme remarqua qu'on lui avait laissé un message. Elle reconnut la voix de Mike et composa son numéro sans attendre.

— Qu'y a-t-il ? demanda-t-elle.

— Rien, répondit Bennett. Je voulais uniquement vous dire qu'aucun nouvel enlèvement n'a été signalé au cours de la dernière demi-heure.

---

[1]. *Eloise at the Plaza* (2003) est un téléfilm pour enfants des studios Disney.

Elle revit son visage, repensa à leur déjeuner, au merveilleux dîner de la veille avec tous les siens. Quel contraste avec la solitude de cette chambre, de sa vie en général ! Elle n'avait jamais imaginé entamer une nouvelle relation avec quelqu'un depuis que son mari était parti. Le temps passé en compagnie de Mike lui en donnait l'envie pour la première fois.

— Où êtes-vous, Mike ?

La question était sortie toute seule.

Émilie ! Qu'est-ce qui te prend ?

— Pardon ? Je ne vous entendais pas, un de mes gamins criait comme un forcené. Ça y est, je me suis isolé dans la cuisine. Vous disiez ?

Émilie prit le temps de réfléchir avant de répondre. Pas question. Surtout avec un flic. Dans une autre ville, qui plus est. Jamais ça ne marcherait.

— Rien. À demain, Mike.

33

Je me suis retrouvé tout seul dans ma cuisine, hypnotisé par mon téléphone. Il s'était passé quelque chose entre nous, l'espace d'un instant, mais j'avais laissé passer ma chance sans la saisir.

Cela dit, j'avais été très heureux d'entendre le son de sa voix. Ce n'était pas aussi bien que de voir son visage, mais presque. Émilie était un excellent flic, elle était drôle, et jolie par-dessus le marché. Tout ce que j'aimais.

Je rêvassais toujours quand mon portable a sonné. *Allez, Casanova, il est temps de reprendre pied dans la réalité.*

Il s'agissait de ma patronne, Carole Fleming.

— Mike, un larbin quelconque de la mairie a demandé une copie de tous tes rapports, sur la requête de la première adjointe. Tu as une idée de ce qu'elle veut ?

— Figure-toi qu'on s'est pris la tête avec Hottinger lors de l'enlèvement du fils Dunning. Elle a probablement l'intention de me chercher des noises.

— Cette pétasse anorexique ira se faire voir, a répondu Carole avec virulence. Les rapports internes sont strictement confidentiels. Si elle a besoin d'un renseignement, elle viendra me poser la question directement. Tu mènes cette enquête avec un maximum de professionnalisme. Tant que je serai là, tu n'as pas à t'inquiéter. Va dormir, Bennett.

Ouah!

Une chef qui avait confiance en moi, au point de prendre les coups à ma place? Ça changeait de l'ordinaire.

En parlant de dormir..., ai-je pensé en sortant de la cuisine. Un chantier indescriptible m'attendait sur ce qui avait un jour été une table de salle à manger : des cornues, des éprouvettes en plastique, des chronomètres, de la teinture pour tissu, et assez de balsa pour construire un avion.

Eh oui, c'était la pire semaine de l'année, celle du concours de sciences annuel organisé par le collège du Saint-Nom.

Six de mes dix enfants mettaient la dernière main à leurs projets respectifs. Jane analysait une poignée de terre du Riverside Park, Eddie étudiait la géométrie des ombres, Brian s'intéressait aux rapports entre télévision et activité cérébrale. À moins qu'il ne soit tout simplement en train de regarder la télé au lieu de faire ses devoirs, allez savoir.

Le virus des sciences avait même atteint ma petite Chrissy de cinq ans, poussée par ses aînés à fabriquer un stéthoscope à l'aide de rouleaux de papier toilette vides. Les scientifiques de Los Alamos avaient dépensé moins d'énergie à inventer la bombe atomique.

J'ai tendu la main en voyant une boule de papier alu me raser le crâne.

— C'est ta balle, Trent ?

— C'est pas une balle, papa ! a-t-il répondu, outré. C'est Jupiter !

À 23 h 50, je bordais le dernier de mes futurs Edison avant de faire un petit tour dans la cuisine. Les joues marbrées de colle, les doigts de toutes les couleurs, Mary Catherine finissait de tout ranger.

— Ma pauvre Mary, je suis certain que vous n'aviez jamais imaginé goûter un jour aux joies de la science de cette façon. Je me sens déjà un peu plus intelligent, pas vous ?

— Je proposerais volontiers un sujet aux profs du Saint-Nom, plaisanta-t-elle, une brosse à la main. « Évaluez la capacité de résistance au stress du crâne humain. »

34

Il était 2h20 du matin lorsque Dan Hastings quitta la bibliothèque principale de l'université Columbia. Au lieu d'emprunter la rampe d'accès réservée aux handicapés, l'étudiant en première année d'économie, un beau blond au sourire malin, enclencha la fonction escalier de son fauteuil roulant i-BOT et descendit d'une traite les marches qui s'étalaient devant la façade grecque du bâtiment.

Qui a dit que les chats échaudés craignent l'eau froide ? sourit-il intérieurement en franchissant la dernière marche, confortablement calé dans sa chaise high-tech.

Dan avait perdu l'usage de ses jambes lors d'un accident de VTT en Mongolie, où il effectuait une virée de l'extrême avec son père, dans la vallée de l'Orkhon. Il volait littéralement sur une piste de jeep, telle une réincarnation de Gengis Khan, lorsque sa roue avant était restée coincée entre deux pierres.

Au terme d'un vol plané impressionnant, son atterrissage forcé lui avait pulvérisé la neuvième, la dixième et la onzième vertèbre thoracique. Pourtant, il ne se plaignait jamais. Son cœur et son cerveau fonctionnaient parfaitement, tout comme son pénis. L'i-BOT, véritable Ferrari de la chaise roulante, l'aidait à relativiser en lui permettant de se rendre là où il le souhaitait, comme avant.

Ce soir, il terminait tard à cause du putain d'exam de stats qui l'attendait le lendemain. Sans compter que le type avec qui il partageait sa piaule organisait une fête avec ses potes pacifistes. Il préférait encore dormir sous les ponts que se taper cette bande d'écolos.

Dan assumait ses positions conservatrices, qui faisaient de lui un ovni dans un nid de gauchistes comme Columbia.

Il accéléra et le moteur du fauteuil roulant laissa échapper un joyeux ronronnement en traversant College Walk en direction de Low Plaza. L'esplanade, qui regorgeait pendant la journée d'amateurs de bain de soleil et de joueurs de *footbag*, était déserte à présent, dominée par la bibliothèque Low dont le dôme majestueux se découpait dans la nuit. Dans les années 1960, au plus fort de l'époque hippie, les adversaires de la guerre du Viêtnam avaient pris d'assaut ce bâtiment. Une honte. Le pire, c'était qu'un grand nombre de ses copains continuaient à croire à toutes ces conneries.

Pas lui. Dan n'étudiait pas l'économie pour rien. Au départ, il comptait décrocher son diplôme avec mention et se lancer dans une carrière lucrative en débutant comme stagiaire dans une grande banque de Wall Street. Depuis que Bear Stearns, Goldman

Sachs et Merrill Lynch avaient bu le bouillon, Dan pensait plutôt tracer son chemin dans une société de capital-investissement. N'importe laquelle, pourvu qu'elle ait du répondant.

Réussir ou mourir, tel était le credo de Dan Hastings.

Il mit les écouteurs de son iPod et sélectionna un petit Fall Out Boy sur le menu déroulant. Avec « My Chemical Romance », le truc le plus béton pour rouler plein pot en chaise roulante.

Il passait devant Lewisohn Hall lorsqu'il remarqua une lueur étrange. Un éclair bleu provenant de l'une des entrées sud. Un portable. Il ralentit et retira ses écouteurs.

— Hé, Dan ! Par ici, l'interpella une voix.

C'est quoi, ce truc ? pensa Dan en se dirigeant vers la voix. Un type de son année ? Un canular d'étudiant ? Une invitation à participer à un vol de petites culottes chez les filles ? Pas de problème, il faut tout essayer dans la vie.

Arrivé au niveau de la voix, il freina brutalement et faillit s'éjecter du fauteuil en voyant apparaître un type vêtu d'un caban, le visage dissimulé sous une cagoule de ski, une arme à la main.

C'était quoi, ce bordel ? Que foutaient encore les types de la sécurité ?

Il avait entendu dire que le quartier de Morningside Heights, tout près, était assez dangereux, mais aucun étudiant ne s'était jamais fait agresser sur le campus jusqu'à présent.

— Tiens, prends-le, dit-il en tendant son iPod. Sinon, j'ai cent cinquante dollars et une carte

American Express dans mon portefeuille, à l'intérieur de mon sac. Je te les laisse, mec.

— En voilà un gentil garçon ! s'extasia l'inconnu encagoulé en attrapant Dan par le revers de sa veste.

Il l'extirpa brutalement du fauteuil et ouvrit d'un coup de pied la porte de service derrière lui.

— Qu'est-ce que tu fous ?! s'écria Dan en voyant que son agresseur le traînait à l'intérieur du bâtiment plongé dans l'obscurité.

L'homme le fit basculer sur un genou et lui entrava les jambes, les bras et la bouche avec de la bande adhésive.

— Chuuuut ! conclut l'inconnu en le hissant sur son épaule.

TROISIÈME PARTIE

Le signe de la croix

TROISIÈME PARTIE

Le signe de la croix

35

— Papa, je t'en supplie, ne laisse surtout rien tomber ! m'a imploré Jane en me voyant tituber comme un zombie sur le trottoir devant le Saint-Nom, les bras chargés de maquettes.

Le concours de sciences officiellement terminé, il restait désormais à exposer les projets devant les juges, comme dans les émissions culinaires à la télé où chacun dévoile fièrement son gâteau.

À ceci près qu'aucun de mes six enfants ne caressait l'espoir de repartir avec un chèque de dix mille dollars.

Le transport effectué sans casse, j'ai repris mon souffle et résisté à la tentation de stimuler mon pauvre cœur lorsque je suis passé devant le défibrillateur du gymnase.

J'ai accompagné Chrissy jusqu'à la porte de sa classe de maternelle. Quand j'ai voulu l'embrasser, elle m'a repoussé.

— Pas ici, papa. Sinon, ils vont dire que je suis un bébé, m'a-t-elle tancé.

Mais tu es *un bébé*, ai-je pensé.

— M'autorisez-vous au moins à vous serrer la main, mademoiselle Bennett?

Elle a brièvement saisi les doigts que je lui tendais avant de disparaître sans un regard en arrière. Par la porte ouverte, je l'ai vue prendre une copine par le bras et lui chuchoter un secret à l'oreille. C'est fou ce que les enfants grandissent vite. Heureusement que je ne vieillissais pas à la même allure.

Je redescendais les marches de l'école quand je me suis aperçu que j'avais oublié de rallumer mon portable après l'avoir rechargé. Je me disais bien que ce début de journée était anormalement calme.

Oh, oh…

En l'espace de vingt minutes, j'avais reçu deux messages de ma chef et quatre d'Émilie Parker. J'ai commencé par rappeler cette dernière, sans doute parce que je la trouvais plus à mon goût.

— Que se passe-t-il?
— Allumez la télé, sur la Fox.

Je me suis précipité au presbytère du Saint-Nom, juste à côté de l'école. Mme Maynard, la secrétaire paroissiale, a relevé la tête du bureau où elle était occupée à remplir des enveloppes.

— Le père Bennett n'a pas terminé de dire la messe de 8 heures, Mike, m'a-t-elle annoncé.

— Ça vous ennuie si j'allume la télé? ai-je répliqué en me précipitant dans le salon sans attendre sa réponse.

«En direct», annonçait le bandeau qui défilait au bas de l'écran de l'antenne locale de la Fox.

DISPARITION DU FILS D'UN MAGNAT DE LA PRESSE.

On apercevait à l'image une vue tremblotante d'un campus universitaire, probablement filmée d'un hélicoptère. J'ai reconnu le dôme de granit de la bibliothèque Low, à l'université Columbia. Des hommes du NYPD tendaient de la bande jaune devant l'entrée d'un bâtiment, sous le regard curieux d'une foule grandissante.

— Non !

Le mot a jailli spontanément de ma bouche quand j'ai identifié l'objet que protégeait la police : un fauteuil roulant vide.

Pour un peu, j'aurais emprunté le chapelet accroché au mur, derrière le téléviseur. Le ravisseur avait enlevé un troisième jeune. Ce cauchemar ne s'arrêterait donc jamais ? Qu'entendait-il prouver ? Putain, comme si on avait besoin de ça.

Je tenais toujours entre mes doigts crispés le téléphone allumé.

— Émilie ? Où êtes-vous ?

— Je me rends là-bas en métro. Columbia, c'est bien dans les hauteurs de Manhattan, non ? Inutile de passer me prendre, on se retrouve directement sur place.

36

— Où souhaitez-vous aller, Mike ? m'a demandé Mary Catherine lorsque j'ai pris place à côté d'elle à l'avant de notre minibus. Starbucks, ça vous dit ? Ou le petit snack sur la 11e ? Et si on achetait plutôt des bagels tièdes pour les manger dans le parc ? Je meurs de faim après la nuit qu'on vient de passer à tout préparer.

— Désolé, Mary Catherine. Changement de programme. Un autre jeune a été enlevé. On m'attend à l'université Columbia de toute urgence.

Une lueur s'est allumée dans son regard et elle a démarré sur les chapeaux de roue. Elle n'a pas le pied particulièrement léger sur l'accélérateur.

— Accrochez-vous, Starsky. On est presque arrivés.

En chemin, j'ai téléphoné à ma chef, Carole Fleming.

— Enfin ! a-t-elle soupiré. Je te cherchais partout. La presse a eu vent du rapt avant nous. Tu es déjà sur place ?

— Quasiment.

— Ils ont annoncé à la télé qu'il s'agissait du fils de Gordon Hastings, le magnat des médias, mais la nouvelle ne nous a pas été confirmée.

— Je m'en charge.

Nous arrivions à destination; Mary Catherine avait effectué le trajet en un temps record.

Une foule de journalistes, à laquelle se mêlaient de nombreux étudiants, avait envahi Low Plaza. De nouvelles sirènes déchiraient l'air à chaque instant, à mesure que les voitures de patrouille arrivaient au carrefour de la 116e Rue et de Broadway. J'ai vu Émilie Parker sortir du métro et je l'ai hélée.

— Ah, je vois, a persiflé Mary Catherine en lui lançant un regard vénéneux. Vous aviez oublié de me dire qu'elle serait de la partie.

J'ai ouvert ma portière.

— Bien sûr, puisque c'est la spécialiste des enlèvements au FBI. Pourquoi cette question, Mary?

— Pour rien. Votre boulot ne me regarde pas, Mike, a-t-elle répondu en faisant vrombir le moteur. Pas plus que les gens avec qui vous travaillez. C'était un plaisir de vous servir de taxi.

Elle a enclenché une vitesse et exécuté un demi-tour acrobatique. Stupéfait, je l'ai regardée s'éloigner sur Broadway à toute allure.

Je me demande si elle n'est pas en train de péter les plombs.

Un dommage collatéral du concours de sciences, sans doute.

— C'était votre nounou ? s'est enquise Émilie qui m'avait rejoint en courant.
— Je n'en suis plus très certain.

37

Un attaché-case à la main et un gobelet de café dans l'autre, Francis X. Mooney traversa la gare de Grand Central, perdu dans le flot des banlieusards se rendant à leur travail. Il approchait de la célèbre horloge trônant au centre du gigantesque hall lorsqu'il repéra une fille qui faisait la queue à l'un des guichets de la Metro North. Il se figea sur place, les jambes flageolantes, le cœur battant, le souffle court.

Cette peau laiteuse, ces longs cheveux noirs. *Mon Dieu, c'est elle!* pensa-t-il, pris de panique. Il avait forcément merdé puisque Chelsea Skinner était là, devant lui. Vivante!

Son malaise se dissipa lorsque la jeune femme tourna la tête pour ouvrir son sac. Francis constata, au comble du soulagement, qu'il s'agissait d'une cadre trentenaire grande et empâtée, très différente de la jeune fille qu'il avait enlevée et tuée d'une balle dans la tête.

Il se remit en marche, se demandant ce qui lui arrivait. Le stress, le manque de sommeil, la fatigue physique. Il était en train de perdre les pédales.

Il fit halte devant une rangée de cabines téléphoniques et sortit de son attaché-case le petit flacon de Vitalin rangé à côté de son Browning 9 mm.

Depuis trois semaines, il tenait grâce aux amphétamines : de l'Adderall, du *crystal meth*, des *bennies*. Il avait lu dans un journal que l'armée de l'air donnait des amphétamines à ses pilotes lors des missions les plus longues.

Lui aussi était en mission, non ? La mission la plus importante jamais accomplie au monde. Tous les artifices qui lui permettaient de tenir étaient bons.

Il avala une demi-douzaine de comprimés, ôta ses lunettes et posa son front brûlant sur l'aluminium du téléphone à pièces. Le grondement des milliers de pieds sur les dalles de marbre de la gare tripla rapidement de volume tandis que les amphétamines commençaient à produire leur effet. Il remit ses lunettes et gagna directement la sortie de Lexington.

Il traversa l'avenue et pénétra dans le hall de marbre et d'acier du Chrysler Building. Il prit son gobelet de café dans la main qui tenait déjà l'attaché-case et posa son passe électronique sur le lecteur du tourniquet.

Le nom du cabinet d'avocats pour lequel il travaillait, ERICSSON, WEYMOUTH & ROTH, l'accueillit en grosses lettres sur sa plaque de cuivre rutilante au soixantième étage. À vingt-neuf ans, Francis avait été le plus jeune juriste du cabinet jamais coopté par les associés. À l'époque, il aurait bien aimé que le nom de MOONEY figure sur la plaque et il aurait sans doute pu y parvenir. Bah !

Il s'en moquait depuis belle lurette. Aujourd'hui en particulier, alors qu'il retrouvait son poste pour la dernière fois.

Il prit à gauche juste avant la porte de verre et contourna le bureau d'accueil. Pas question de se faire remarquer, alors qu'il s'était fait porter pâle toute la semaine précédente, créant des retards épiques dans les dossiers en cours. Dans un cabinet de haut vol comme le sien, figurant en bonne place dans le top 100 du magazine *Forbes*, les absences injustifiées relevaient de la haute trahison, au même titre que pisser sur le bureau de l'associé principal.

Son assistante personnelle, Carrie, faillit tomber à la renverse quand elle le vit se glisser dans le box qui lui servait de bureau.

— Francis ! Quelle bonne surprise ! Je me demandais si vous viendriez ce matin, je m'apprêtais à vous appeler. Steinman, votre rendez-vous de 9 heures, vient de téléphoner. Une urgence au studio, il n'arrivera à New York que jeudi.

Mooney lâcha un soupir afin d'exorciser sa fureur.

« Une urgence au studio. » L'équivalent de « Je vous ai mis le chèque au courrier » chez ces connards d'Hollywood. Mooney avait pourtant pris le risque de venir ce jour-là, sachant le bénéfice que le cabinet pouvait tirer d'un rendez-vous avec ce patron de studio multimillionnaire.

Il avait agi comme un idiot. Il ne pouvait pas être sur tous les fronts à la fois, même en se gavant d'amphés.

— Ah, j'oubliais ! ajouta Carrie en prenant un mémo dans une corbeille à courrier. Le standard m'a signalé que Kurt, de New York Heart, vous a appelé vendredi. Il a précisé que c'était urgent.

New York Heart était une association de lutte contre la pauvreté pour laquelle Mooney travaillait bénévolement. À leur demande, il s'occupait actuellement d'un paumé de Harlem attendant son exécution dans un couloir de la mort en Floride.

Francis esquissa une grimace. Avec tout le reste, il avait zappé ce dossier. Dans le cas d'un condamné à mort suspendu à une décision d'appel, l'urgence n'est jamais un signe encourageant.

Il repensa au programme très dense qu'il s'était fixé. Trouver un peu de temps pour l'association n'allait pas être facile, mais il n'avait pas le choix.

— Laissez tomber le reste et annulez tous mes rendez-vous jusqu'à nouvel ordre, Carrie. Je dois impérativement me rendre là-bas.

— Vous êtes sûr, Francis? murmura l'assistante d'un air inquiet. Vous êtes absent depuis une semaine et je sais que plusieurs clients se sont plaints, sans parler de vos associés. M. Weymouth est furieux. Dites-moi comment je peux vous aider.

Mooney lui sourit. Depuis sept ans qu'elle travaillait pour lui, Carrie avait fait preuve d'une intelligence, d'une méticulosité et d'une loyauté exemplaires. Le jour venu, comprendrait-elle ce qu'il avait voulu accomplir? Et les autres?

Mais là n'était pas la question. Il se moquait bien de ce que les gens penseraient de lui. La mission dépassait sa propre personne.

Il déposa un baiser sur le front de sa secrétaire.

— Vous êtes un amour de vous soucier de moi, Carrie. Croyez-moi si vous voulez, je ne me suis jamais senti aussi léger de toute mon existence, la rassura-t-il avant de repartir en direction des ascenseurs.

38

On distinguait parfaitement le fauteuil roulant vide des fenêtres du service de sécurité de l'université Columbia. Debout devant la baie vitrée, Jesse Acevedo, le responsable, n'a pu s'empêcher de secouer la tête d'un air navré.

— Vous pouvez être certain que ça fera la une du *Post*, a-t-il grommelé entre ses dents. Cette histoire va me coûter mon poste. L'enlèvement d'un étudiant handicapé au beau milieu du campus ! Et pas n'importe quel handicapé, le fils d'un des types les plus puissants de la planète. Ma fille fait ses études ici. Le jour où je suis viré, fini la bourse accordée aux enfants du personnel. Comment voulez-vous que je me sorte de ce guêpier ?

Le malheureux faisait pitié à voir. Certes, il était dans le pétrin, mais je n'avais pas vraiment le temps de m'apitoyer sur son sort.

— Parlez-moi de ces fameux tunnels.

— Je suis désolé, ne m'en veuillez pas, a-t-il répondu en reprenant place derrière son bureau.

Le téléphone sonnant au même moment, il a soulevé le combiné et l'a reposé immédiatement.

L'instant suivant, la sonnerie résonnait à nouveau. Cette fois, il a débranché le cordon.

— Les tunnels…, a-t-il soupiré. Très bien. Plusieurs tunnels relient entre eux certains bâtiments de l'université. Lewisohn, celui près duquel on a découvert le fauteuil roulant, est relié à Havemeyer et Math, ainsi qu'au théâtre Miller. Un quatrième couloir souterrain, plus ancien, passe sous Broadway et conduit à l'un des bâtiments du Barnard College.

J'ai acquiescé.

— Le Reid Hall, plus précisément. Je suis au courant.

Peu avant, nous avions découvert que la porte du sous-sol du bâtiment avait été forcée. Sur place, John Cleary et les équipes de l'identité judiciaire passaient au crible le moindre centimètre carré de souterrain avec un aspirateur spécial et des cotons-tiges. Le tueur avait forcément emprunté ce passage pour se rendre jusqu'au campus de Columbia et repartir avec son fardeau.

— Qui est au courant de l'existence de ces tunnels ? a demandé Émilie.

— Les étudiants, les enseignants, les techniciens de surface. Plusieurs passages sont théoriquement fermés, mais ça n'empêche pas les jeunes de s'en servir comme raccourcis. Les campus universitaires ont tous leurs histoires de fantômes, comme les hôtels, et ces tunnels sont cités dans la plupart des légendes qui circulent à Columbia.

La voix du ravisseur, avec ses intonations raffinées, me trottait dans la tête. Il avait le profil d'un professeur d'université.

— Une dernière question. A-t-on déjà surpris un enseignant dans ces tunnels ?

— Je ne sais pas, m'a répondu Acevedo. Je vais vérifier et je vous tiens au courant. Ou alors je laisserai une note à l'intention de mon successeur.

— J'ai presque de l'admiration pour ce cinglé, m'a confié Émilie pendant que nous redescendions l'escalier. Je n'ai jamais vu un criminel aussi prolifique. Ce type-là remporte haut la main la médaille d'or du kidnapping.

Elle m'abandonnait quelques instants plus tard, le temps de se procurer deux cafés à la cafétéria du rez-de-chaussée. Habillée d'un chemisier moulant et d'une jupe bleu marine, elle avait encore les cheveux humides et ne portait quasiment pas de maquillage, ce qui n'était pas pour me déplaire. Sa façon de se triturer le lobe de l'oreille lorsqu'elle était plongée dans ses pensées était particulièrement charmante, de même que la lueur qui brillait dans ses yeux bleus.

— Que fait-on ? s'est-elle informée. On jette un œil dans sa chambre ? On va à la bibliothèque où il travaillait juste avant sa disparition ?

— Non. Le mieux est encore de rendre visite à ses parents. Notre ami ne devrait pas tarder à m'appeler.

39

L'antenne de l'association caritative New York Heart à Harlem était située sur la 134ᵉ Rue, à un jet de pierre de St. Nicholas Avenue. Lorsqu'il grimpa quatre à quatre les marches poussiéreuses conduisant à l'étage, une odeur âcre de transpiration et de marijuana fit naître une bouffée de nostalgie en Francis X. Mooney.

Depuis dix ans, il assurait bénévolement les fonctions de conseiller juridique principal de cette organisation assurant la prise en charge des plus pauvres. Un sourire aux lèvres, il examina en passant les affiches et autres photos du jardin collectif et du théâtre communautaire, financés par l'association, qui ornaient les murs de la cage d'escalier. New York Heart accomplissait un travail exemplaire.

— Alors, les enfants ? demandait-il, dix minutes plus tard, à la demi-douzaine de travailleurs sociaux rassemblés dans une salle de réunion minuscule.

Il adressa un sourire au jeune type, la vingtaine élancée, assis de l'autre côté de la vieille table. Son interlocuteur lui rappelait l'époque, au même âge, où il rêvait de changer le monde. Il était heureux de constater que tous les jeunes gens d'aujourd'hui n'étaient pas des gamins gâtés, geignards et égocentriques.

— Je n'ai reçu ton message que ce matin, Kurt. Où en est-on du pourvoi de M. Franklin ?

Kurt, le juriste maison, leva la tête de son bagel au fromage frais. Ancien élève de l'université Fordham, il n'avait pas encore passé l'examen du barreau, mais Francis fondait de solides espoirs sur lui.

— Francis, je voulais vous informer que le pourvoi de M. Franklin a plus ou moins été jeté au panier, répondit-il entre deux bouchées. Ces enfoirés ont décidé de le passer à la casserole vendredi. Vous pouvez être sûr que les péquenauds du coin feront la queue pour assister au spectacle. Je ne vois pas ce qu'on peut tenter d'autre. Les républicains ont de quoi se réjouir. Une victoire de plus pour eux.

Des ricanements fusèrent tout autour de la table, à la stupéfaction de Mooney. Le système s'apprêtait à exécuter Reginald Franklin, un enfant pauvre de Harlem, à la limite du handicap mental. Pas vraiment de quoi rire.

— Vous avez épluché l'ordonnance ? insista-t-il.

— Bien sûr. Les juridictions d'appel ont décidé de s'en tenir au verdict initial.

— Comme toujours, commenta Mooney. Avez-vous pu vous procurer le rapport de police, comme je vous l'avais demandé ? Avez-vous insisté sur l'incompétence de son défenseur ? J'ai cru comprendre qu'il s'était endormi en plein procès.

Comme personne ne pipait mot, Kurt reposa son bagel et se redressa.

— Non, je n'ai pas eu le temps, déclara-t-il enfin. Mais je vous ai appelé.

— Pas eu le temps, pas eu le temps! hurla Mooney.

Le grincement de sa chaise traversa l'air de la pièce tandis qu'il se levait.

— Vous déconnez tous ou quoi? Ce type va mourir!

— Putain, Francis, marmonna Kurt, tête baissée. Calmez-vous.

— Je n'ai pas du tout l'intention de me calmer!

Il avait beau ne pas vouloir pleurer devant cette assistance de gamins, il ne put se retenir. Un torrent de larmes jaillit sur son visage marbré de rouge par la colère.

— Vous ne comprenez donc pas? Je n'ai plus le temps de me calmer.

Sur ces mots, il quitta la pièce à grandes enjambées.

40

Nous traversions Low Plaza en direction des bâtiments de l'administration où nous attendait le dossier de Dan Hastings, lorsque mon portable a sonné.

— Mike, a résonné la voix de mon collègue Schultz. Viens vite. Je suis dans le bureau du vice-président, à la bibliothèque Low. On a besoin de toi. Tu ne vas pas y croire.

Schultz et Ramirez, verts de rage, nous attendaient sur le palier du premier étage du célèbre bâtiment couronné d'un dôme. L'administration de l'université refusait de les laisser visionner les enregistrements des caméras de sécurité pour cause de « respect de la vie privée ».

— Ces abrutis nous traitent comme si nous étions des sbires du KGB aux portes du goulag alors qu'on essaie de sauver la vie d'un de leurs étudiants.

Les yeux de Ramirez lui sortaient des orbites.

Au bout de vingt minutes de palabres enflammées, après les avoir menacés d'une double injonction municipale et fédérale, j'ai enfin réussi à convaincre nos interlocuteurs de nous fournir les bandes et le dossier personnel de Dan Hastings.

— Il faut être à New York pour voir ça, a remarqué Émilie Parker tandis que nous marchions en direction de Broadway, où était garée la Crown Victoria que l'antenne locale du FBI avait mise à sa disposition.

— Ce serait pareil sur n'importe quel campus d'une université de l'Ivy League.

Le père de la victime, Gordon Hastings, vivait à l'autre bout de Manhattan, sur Prince Street, au cœur de SoHo. J'ai mis la radio sur 1010 WINS où un journaliste détaillait son pedigree. Il avait travaillé pour le compte de Rupert Murdoch avant de créer son propre consortium de stations de radio et de chaînes de télévision, principalement au Canada et en Europe. Son patrimoine était estimé à huit cents millions de dollars. Une telle richesse dépassait mon entendement, tout comme les affres qu'il devait connaître depuis qu'on avait enlevé son fils.

Tout en conduisant, Émilie a appelé ses collègues de New York pour leur demander de faire des recherches sur Gordon Hastings dans les diverses banques de données fédérales.

— Il est né et a grandi en Écosse, m'a-t-elle expliqué en raccrochant, mais il a pris la nationalité américaine il y a quelques années. Rien à signaler, à part une enquête des services fiscaux depuis qu'il a évoqué l'existence de comptes offshore dans une interview.

À l'entrée de Prince Street, un grognement d'agacement m'a échappé. Une demi-douzaine de camionnettes de télévision étaient garées devant la façade en fonte de l'immeuble de Hastings. Émilie s'est arrêtée en double file et toutes les caméras ont braqué sur nous leur objectif impavide.

J'ai fixé sur eux un regard tout aussi froid.

— Pas de commentaires. Et je vous conseille de bouger votre putain de camionnette si vous avez envie de la revoir un jour. Elle bloque une borne à incendie.

— Je constate que vous avez l'art et la manière avec les médias, a souri Émilie en fendant la foule des journalistes à son côté. Si jamais l'envie vous prenait un jour de travailler à Washington, je vous conseille de déposer un CV au service de presse de la Maison-Blanche.

— Moi qui veillais à garder mon sang-froid. D'habitude, je vide mon chargeur en l'air.

En fin de compte, nous nous sommes déplacés pour rien. Le concierge de l'immeuble, un allumé aux airs de don Juan, a étouffé un fou rire lorsque nous lui avons demandé à rencontrer Hastings.

— Holà, vous tombez de la lune, les gars? Tout le monde sait que seuls la seconde femme et les jeunes jumeaux de M. Hastings sont autorisés à vivre dans le duplex de toit jusqu'à la conclusion du divorce.

— Dans ce cas, nous aimerions parler avec la future ex-Mme Hastings, s'est interposée Émilie avant que j'aie pu demander au type de procéder à une analyse d'urine aux frais de l'administration.

— Ça m'étonnerait, a rétorqué notre ostrogoth à belle gueule. Sauf si vous avez envie d'aller vous balader au Maroc où elle fait des photos pour l'édition italienne de *Vogue*.

Nous avons tout de même appris que le magnat des médias faisait suivre son courrier au « môle 59 », du côté de la 23ᵉ Rue.

Renseignement pris, il s'agissait du port de Chelsea, au bord de l'Hudson, sur l'esplanade de laquelle zigzaguaient des gamins en rollers au milieu de types chargés de sacs de golf.

— L'autre loufiat était encore plus allumé qu'il y paraissait, a remarqué Émilie d'un air perplexe en immobilisant la voiture. Il n'y a aucun immeuble dans cet endroit, personne ne vit ici.

— Mais si, ai-je répondu en désignant les yachts amarrés au-delà d'une zone grillagée.

41

Le yacht de Gordon Hastings, baptisé *Tempête dans un Verre d'Eau*, était le plus majestueux de la marina, avec ses soixante mètres de long. Dix minutes plus tard, nous attendions le magnat dans le salon de proue lambrissé de merisier.

Des rangées entières d'écrans plats étaient fixées aux murs, au milieu de tableaux et de meubles anciens. Sur des écrans d'ordinateur défilaient des graphiques boursiers. Outre l'équipage, huit ou neuf collaborateurs de Hastings travaillaient à bord. Comme nous, ils attendaient l'arrivée du maître des lieux, visiblement stressés.

John McKnight, le capitaine, nous a raconté à mi-voix dans quelles circonstances le jeune handicapé avait perdu l'usage de ses jambes.

— L'accident est survenu lors d'une randonnée VTT en Asie voulue par M. Hastings. Il en porte le poids sur la conscience ; c'est même ce qui l'a conduit au divorce, si vous voulez mon avis. L'enlèvement de Dan est insupportable pour lui. Nous sommes tous effondrés. Dan était le garçon le plus adorable et le plus normal qu'on puisse imaginer. Il avait accepté son sort comme si de rien n'était. Il s'était comporté de façon exemplaire après l'accident.

— Jusqu'à preuve du contraire, il est inutile de parler de lui au passé, capitaine.

Un homme en chemise hawaïenne et pantalon de toile, pieds nus, est sorti de l'une des cabines arrière. Musclé et bronzé, il s'est approché et nous a serré la main lorsque nous nous sommes présentés. Les chiffres de la lourde montre en or qu'il portait au poignet avaient été remplacés par de petits drapeaux. Un pyjama dépassait de son pantalon à la ceinture. Il marchait droit et ne sentait pas l'alcool, mais j'ai tout de suite deviné qu'il avait bu.

— Merci de vous être déplacés, a-t-il déclaré avec un fort accent écossais.

Son crâne chauve et sa moustache n'étaient pas sans évoquer Sean Connery.

— Vous avez du nouveau ?

— Rien pour l'instant, monsieur, a répondu Émilie. Je n'ose imaginer ce que vous devez ressentir.

Il a longuement fixé ma collègue du FBI et un mauvais rictus lui a tordu les lèvres.

— Votre manque d'imagination est peut-être responsable de la mort des deux premières victimes, agent Parker, a-t-il ricané. J'ai acheté le *New York Mirror* il y a quelques semaines. Vous devriez le lire plus souvent.

Ouah.

Un sosie de James Bond qui se comporte comme Attila. Pas de doute, il avait *vraiment* bu. Je sais bien qu'il souffrait, mais l'épreuve qu'il traversait ne justifiait en rien des propos aussi odieux.

Je me suis avancé.

— Le ravisseur de Jacob Dunning et de Chelsea Skinner a pour habitude de contacter la famille. Nous ne savons pas s'il s'agit de la même personne dans le cas de votre fils, mais c'est l'hypothèse retenue. Avec votre permission, nous aimerions installer sur vos lignes téléphoniques des appareils permettant de retracer les appels.

— Si vous voulez…, a grommelé Hastings, bougon.

— Je vous remercie, monsieur, lui a souri Émilie. À tout hasard, connaissez-vous les Dunning et les Skinner ?

— Bien sûr que non, a craché Hastings. Quelle question idiote ! Vous croyez peut-être qu'on a monté une cabale entre milliardaires ? Il n'y a pas de professionnels du kidnapping chez vous ?

— Vous en avez deux en face de vous, monsieur, a rétorqué Émilie avec un sourire encore plus charmeur. Merci encore de votre aide.

J'ai attendu qu'il se soit éclipsé pour féliciter Émilie de la façon dont elle avait traité ce crétin.

— Bien joué, Parker.

— J'ai de qui tenir, Mike, a-t-elle conclu avec humour.

42

De retour sur la terre ferme, nous avons retrouvé les équipes techniques du NYPD et du FBI qui ont procédé à l'installation du matériel sur les lignes du bord. Outre l'enregistrement des conversations éventuelles, ils comptaient cette fois utiliser un logiciel d'analyse vocale, un équipement dernier cri susceptible de détecter les mensonges d'un correspondant anonyme tout en détaillant la palette de ses émotions. Nous en avons profité pour brancher mon portable sur le même système.

Les techniciens venaient d'achever l'installation quand une voix s'est élevée de l'un des ordinateurs du luxueux salon.

— Vous avez du courrier, a-t-elle résonné sur un ton curieusement enjoué.

Je me suis tourné vers la secrétaire de Hastings.

— Je ne savais pas que ce gadget existait encore.

— Il avait disparu, mais M. Hastings a insisté pour le garder, par nostalgie, m'a-t-elle expliqué sur un ton qui en disait long sur les idiosyncrasies de Sa Majesté l'empereur Hastings.

Nous nous sommes précipités. L'assistante du magnat a fait apparaître le courriel à l'écran.

De : danhastings@aol.com
Objet : Entre la vie et la mort

La secrétaire s'est mordu la lèvre en cliquant sur le message.

Hastings,
Si vous souhaitez revoir votre fils vivant, préparez cinq millions de dollars en billets de cent. Je vous accorde trois heures. Plus vite on règle les détails, plus vite vous pourrez retourner à votre existence de grippe-sou décadent.
Je crois inutile de vous rappeler de quoi je suis capable.

— Que se passe-t-il ? s'est écrié Hastings en jaillissant de sa cabine.
Il s'est figé devant l'écran. Tout le monde a sursauté en l'entendant pousser un cri de bête sauvage.
— Danny ! Mon fils !
Il a fait tomber une lampe de bureau en voulant s'agripper à l'écran. Il a manqué son coup et s'est affalé sur le tapis d'Orient à côté de la lampe.
Le capitaine McKnight l'a relevé avec une dextérité qui signalait une certaine habitude, puis il lui a parlé d'une voix apaisante en le reconduisant à sa cabine.

Tandis que je relisais le texte du courriel, les images terrifiantes de Jacob Dunning et Chelsea Skinner défilaient dans ma tête.

Je crois inutile de vous rappeler de quoi je suis capable.

Je ne pouvais malheureusement pas donner tort au ravisseur.

43

Pendant que les techniciens recherchaient l'origine du courriel, je me suis approché d'Émilie.

— Je peux vous parler un instant, sur le pont?

Je lui ai montré d'un geste la porte du salon.

En chemin, nous sommes arrivés devant une ouverture derrière laquelle on apercevait une salle à manger. Verres en cristal et argenterie étaient disposés pour une vingtaine de convives. Pour une raison que je serais bien en peine d'expliquer, ce tableau m'a paru dérisoire. Pas étonnant que Hastings ait perdu les pédales. En dépit de ses huit cents millions de dollars de fortune, la vie ne lui avait rien épargné. Je le plaignais, malgré son attitude.

— Ça ne me dit rien de bon, Parker.

Sur le quai, des yuppies s'amusaient à taper des balles de golf.

— Cette histoire sent mauvais. Envoyer un courriel correspond mal à la personnalité de notre homme. Il aime trop le son de sa propre voix pour expédier un message écrit. Il adore me parler et pleurer sur mon épaule. Je ne suis pas convaincu que nous ayons affaire au même ravisseur.

Ramirez a passé la tête sur le pont.

— Mike, viens vite! Moi qui croyais que les ronds-de-cuir de Columbia battaient tous les records! On vient d'atteindre un nouveau sommet.

De retour dans le salon, j'ai découvert un grand type chauve en costume rayé, occupé à récupérer les ordinateurs sur les bureaux.

— Vas-y, Vin! s'est exclamé Hastings de l'un des canapés, la mine hilare.

Il a allumé un cigare.

— Dis-leur qu'on n'a plus besoin de leurs services.

— Vinny Carbone, s'est présenté le nouvel arrivant en me tendant la main. Je suis l'avocat de M. Hastings. À ce titre, je représente ses intérêts.

J'ai posé sur Parker un regard effaré.

— J'ignorais que nous étions en plein procès.

— Résultat des courses, interdiction d'installer des mouchards sur les ordinateurs de M. Hastings, a poursuivi l'avocat. Il est en indélicatesse avec vous, plus particulièrement avec les services fiscaux, et nous sommes au regret de refuser toute forme de coopération. Je vous demanderai également de débrancher vos appareils des téléphones, et je vous recommande de remporter avec vous les micros cachés que vous avez pu installer. Nous procéderons à une fouille en règle du bateau après votre départ.

Des mouchards? Des micros cachés? Ramirez avait raison, ces gens-là étaient pires que les abrutis de Columbia.

J'ai levé les mains en signe d'apaisement.

— Monsieur Carbone, s'il vous plaît. Il s'agit d'un enlèvement. Dan Hastings a des droits en tant que citoyen, nous ne pouvons pas renoncer comme ça.

— Dis-lui de foutre le camp de mon yacht, Vinny! a hurlé Hastings en martelant chaque mot avec son barreau de chaise. Dis-lui qu'on s'occupe de tout. Comme des grands. Tu peux être sûr que Dan nous reviendra dans un sac en plastique si je laisse agir ces trous du cul.

— Je ne pourrais m'exprimer mieux moi-même, jeune homme, a ajouté l'avocat avec son accent de Brooklyn. Dehors!

Je suis passé à côté de Carbone.

— Tout de suite, chef.

Je me suis planté devant Hastings en m'efforçant de rester calme.

— Je ne suis pas certain qu'il s'agisse du même ravisseur.

Émilie, qui m'avait emboîté le pas, était au bord de l'implosion.

— Vous croyez peut-être pouvoir acheter la vie de votre fils? s'est-elle exclamée. Vous allez le tuer, oui!

— Va te faire voir, fliquette de mes deux! a éructé Hastings. Vous avez déjà deux cadavres sur les bras! Vous n'êtes que des nases!

Tout en parlant, il nous chassait de sa main armée d'un cigare. Brusquement, le personnage racé de tout à l'heure s'était volatilisé.

— Ne vous inquiétez pas pour moi, monsieur Hastings ! lui a crié Émilie en s'éloignant. J'ai envie d'aller me faire voir ailleurs depuis que j'ai eu la malchance de croiser votre route.

44

Maître Vinny Carbone nous a suivis sur la passerelle.

— Vous n'êtes tout de même pas aussi cinglé que votre patron, lui a déclaré Émilie. Vous savez pertinemment qu'il s'agit d'une enquête fédérale.

Je l'ai prise par la manche afin de la tempérer.

— Attendez une seconde, agent Parker. Je crois pouvoir arranger ça. Écoutez-moi, Vinny. Si vous voulez des injonctions, on vous en fournira, mais je peux vous affirmer que nous allons éplucher ses factures téléphoniques. Je n'aurai aucun mal à le boucler pour entrave à la justice. Je peux même le transformer en suspect de choix, si ça vous arrange. Vous préférez le museler, ou bien vous me laissez convoquer ce poivrot à Harlem pour interrogatoire ?

Vin n'a pas réfléchi longtemps. En dépit de ses manières vulgaires, il savait ce qu'il faisait.

— Laissez-moi lui parler une seconde.

En attendant son retour, nous avons tenté de faire le point avec Parker tout en regardant le ballet des voitures sur la West Side Highway.

— Il faut avancer le plus vite possible avant que cet imbécile ne provoque la mort de son fils, a suggéré Émilie.

— Très bien, Parker. Supposons qu'il s'agisse bien du même ravisseur. Dan Hastings correspond-il au portrait-robot des victimes ?

— C'est un gosse de riches, étudiant en première année comme Dunning. Et il est fils unique.

— Pas du tout. On nous a parlé tout à l'heure de deux demi-frères.

— C'est juste, a reconnu Émilie. Vous pensez que c'est un détail important ?

— Je ne sais pas. Je constate une différence. En outre, le père est en plein divorce, alors que les parents des deux autres victimes forment des couples unis.

— Exact. Ce qui tendrait à prouver qu'il s'agit d'un ravisseur différent.

— Ou bien il existe un lien entre les trois affaires que nous n'avons pas encore découvert.

— Si c'est le cas, il faut le trouver au plus vite.

Un fourgon blindé s'immobilisait au même instant sur le parking du port de plaisance. Deux employés armés en uniforme sont descendus du véhicule. Ils ont tiré du compartiment arrière deux énormes sacs de billets.

— Sinon, a conclu Émilie, ce yacht de cinglés ne tardera pas à mettre les voiles.

45

Gordon Hastings nous a finalement autorisés à remonter à bord, à la condition que nos techniciens travaillent sous la surveillance de ses hommes. Son responsable informatique n'a pas quitté d'une semelle le spécialiste Internet du FBI pendant l'installation du logiciel de traçage des courriels.

La hache de guerre n'était pas encore enterrée lorsque la voix synthétique a lâché un nouveau «Vous avez du courrier», à 15 heures précises. Hastings a voulu ouvrir le courriel lui-même.

Vous suivrez à la lettre les instructions suivantes :
1. Mettez les cinq millions de dollars dans une valise noire à roulettes.
2. Vous et vous seul apporterez l'argent. Rendez-vous à 16h45 sur le terrain de jeux de la cité Polo Grounds, sur la 155e Rue à Harlem.
3. Vous recevrez les instructions suivantes lorsque nous aurons la certitude que vous n'avez pas été suivi par la police.

Attention : au moindre soupçon de surveillance policière aérienne ou sur le terrain, vous ne reverrez jamais votre fils. Les deux premiers meurtres vous ont montré de quoi je suis capable. Vous avez la chance de pouvoir sauver votre précieux héritier, ne la gâchez pas.

Hastings et son avocat se sont isolés dans une cabine pour discuter de la suite. Carbone était seul lorsqu'il est ressorti cinq minutes plus tard.

— M. Hastings a décidé de verser la rançon et de la livrer lui-même. Sa décision est irrévocable. Il accepte de porter un micro caché afin que vous puissiez suivre ses faits et gestes, c'est tout. À ce détail près, contentez-vous de suivre les instructions du ravisseur. Pas de surveillance aérienne. Compris, Bennett ?

J'ai accepté à contrecœur, mais nous n'avions pas le choix. La balle était dans le camp de Hastings. Cela ne signifiait pas pour autant que nous renoncions à tout mettre en œuvre pour récupérer son fils vivant.

À l'instar d'Émilie, j'ai appelé ma hiérarchie afin de la tenir au courant. Ma chef, Carole Fleming, avait déjà contacté le porte-parole officiel de Hastings.

Carbone était connu pour ses liens avec la mafia. Restait à savoir s'il pouvait y avoir un rapport avec la situation présente. Nous n'avions pas le temps de vérifier, il restait moins de deux heures avant le rendez-vous fixé par le ravisseur.

Debout au bar, Hastings a vidé une tasse de café tandis que nos techniciens installaient sur lui un micro caché. Un peu plus loin, ses hommes de confiance remplissaient la valise. Le kidnappeur avait bien fait d'exiger qu'elle soit munie de roulettes, les cinq millions en billets de cent pesaient près de cinquante kilos.

— Hastings a déjà du mal à lacer ses chaussures. Comment voulez-vous qu'il sauve son fils ? m'a demandé discrètement Émilie.

— Ce n'est pas son boulot, c'est le nôtre.

46

Les inspecteurs Ramirez et Schultz sont restés à ronger leur frein sur le yacht tandis que je gagnais la 155e Rue, à l'autre bout de la ville, en compagnie d'Émilie. La circulation était relativement fluide et nous sommes arrivés au but en un temps record, même si je dois avouer que nous avons grillé tous les feux rouges.

Jack Bloom, un îlotier affecté au secteur 4, nous avait donné rendez-vous au pied de la tour sud de la cité Polo Grounds.

— Ici, on patrouille l'arme à la main, nous a-t-il confié en nous conduisant tout en haut du bâtiment. Passages à tabac, agressions sexuelles, on consacre notre temps à supplier les gestionnaires des cités de fermer à clé les portes de toit, mais ils nous répondent qu'ils ne peuvent pas à cause des consignes d'incendie. Quand on tourne en bas dans les cours, il faut constamment garder un œil en l'air, des fois qu'un gamin veuille nous balancer un colis aérien.

La vue sur le Yankee Stadium, de l'autre côté de la Harlem River, était magnifique. Bloom nous a expliqué que la cité avait été construite sur le site de l'ancien stade de base-ball, le Polo Grounds.

— Non! s'est étonnée Émilie. Vous parlez du célèbre Polo Grounds? Celui où les Giants ont tiré le gros lot en remportant la coupe?

Bloom a acquiescé gravement.

— Depuis, je peux vous assurer qu'on tire surtout au revolver entre gangs rivaux dans les cages d'escalier pour le contrôle du trafic de drogue.

— En tout cas, cet endroit est aussi sinistre que les deux précédents, ai-je fait remarquer à Émilie. Il s'agit peut-être du même ravisseur, après tout.

Vingt minutes plus tard, on nous signalait par radio que Gordon Hastings était arrivé et attendait dans une voiture à une centaine de mètres de la 155e Rue, la valise à son côté. J'ai regardé ma montre: 16 h 30. Encore un quart d'heure.

Toutes les mesures avaient été prises. Les appareils de la police volante, sur le qui-vive, étaient prêts à décoller de Highbridge Park, un peu plus au nord. Un bateau de l'unité fluviale posté sur la Harlem River n'attendait que notre feu vert pour intervenir. Deux équipes d'intervention d'urgence ainsi qu'un contingent de l'unité de Récupération d'otages du FBI avaient pris place dans plusieurs appartements disséminés autour du terrain de sport. Je les entendais régler leurs fréquences sur ma radio.

Si notre homme était assez bête pour montrer le bout de son nez, il ne pouvait nous échapper. Je croisais les doigts.

J'ai poussé un long soupir en observant les cours de la cité depuis le toit. Pour la première fois depuis le début de l'affaire, nous disposions d'un atout que le ravisseur entendait s'approprier : l'argent. Le tout était d'utiliser cette carte maîtresse à bon escient.

— Mike, venez voir ! m'a hélé Émilie, postée près d'un muret de protection.

Sur la place jouxtant le terrain de sport, de jeunes Blacks en costumes africains traditionnels installaient des instruments de musique. Un beat de batterie a résonné entre les façades.

J'ai souri.

— Pas mal. Vous voulez danser, Émilie ?

— Mais non, espèce de bêta, s'est-elle moquée. Ce sont des types des unités spéciales de surveillance.

J'ai éclaté de rire.

— Je le crois pas !

Émilie a hoché la tête.

— Le type en sarouel avec un boubou vert est le responsable de l'escadron des Cols blancs. Quelle heure avez-vous ?

J'ai essuyé d'un revers de manche la sueur qui me couvrait le visage.

— Moins dix.

47

Les battements de mon cœur se sont envolés, à l'unisson du vent, quand j'ai vu Hastings descendre de sa voiture garée sur le boulevard Adam Clayton Powell Junior. J'ai suivi sa progression entre les immeubles à l'aide de jumelles Nikon surpuissantes.

— Attention, a grésillé la voix d'un type des unités de surveillance sur la radio. Un Afro-Américain en veste de cuir marron arrive par le sud.

Je me suis précipité avec Émilie à l'autre coin du toit. De notre nouvel observatoire, nous avons vu un jeune Black au crâne rasé, les yeux protégés par des lunettes noires, traverser le parking sud. Il avançait en ligne droite vers Hastings, qu'il a interpellé à l'instant où ce dernier pénétrait sur le terrain de sport. J'ai monté le son de ma seconde radio, branchée sur la fréquence du micro caché du magnat.

— Par ici!

Hastings s'est arrêté et il a attendu, le souffle court, agrippant des deux mains la poignée de la valise.

— Où est Danny? a-t-il demandé en voyant l'inconnu s'approcher. Où est mon fils?

Sans prendre la peine de lui répondre, le type a sorti de sa poche un portable déplié qu'il a tendu à Hastings. Même sans jumelles, j'aurais deviné l'expression de joie qui s'est affichée sur le visage du père.

— Ah, Danny! s'est-il écrié en fondant en larmes. C'est toi? Seigneur, je te croyais mort. Tu vas bien, au moins? Tu ne souffres pas trop?

Soulagé, j'ai échangé avec Émilie un regard surpris. Le ravisseur n'avait pas pris autant de gants avec ses deux premières victimes. L'annonce que Dan Hastings était en vie signalait un changement de tactique appréciable.

— Je vais te récupérer, Danny, poursuivait le magnat. J'ai fait tout ce qu'ils demandaient. Tu ne tarderas pas à rentrer à la maison. Je…

La joie de Hastings s'est effacée aussi vite qu'elle était apparue. Le ravisseur avait coupé court à la conversation en récupérant le téléphone. Il était extrêmement frustrant pour nous de ne pas pouvoir entendre les deux côtés de la conversation.

— Bien sûr que j'ai l'argent, a affirmé Hastings. Mais ne comptez pas toucher un centime tant que mon fils n'aura pas été relâché.

Hastings a écouté la réponse de son interlocuteur avant de reprendre la parole.

— Que voulez-vous que je regarde? Le téléphone?

Il a éloigné l'appareil de son oreille en examinant l'écran.

Une photo? Une vidéo envoyée directement sur le portable?

J'ai approché de mes lèvres la radio branchée sur la fréquence des équipes de surveillance.

— Qui d'entre vous distingue l'écran du téléphone ? Que voit-on ?

— On dirait quelqu'un dans une chaise roulante, a répondu un sniper. Je ne suis pas sûr.

— C'est bon, c'est bon, a fini par réagir Hastings en tendant la poignée de la valise au Black qui lui avait fourni le portable.

De toute évidence, les images envoyées à Hastings l'avaient convaincu que son fils allait être relâché. Personnellement, je demandais à voir.

— La somme est là, dans la valise, a repris Hastings. J'ai tenu parole, vous pouvez libérer Danny.

48

Tandis que le Black au portable mettait un genou à terre et ouvrait la valise afin d'en vérifier le contenu, Émilie et moi avons quitté le toit précipitamment. Le tout était d'arriver en bas le plus vite possible et de suivre l'argent, seul moyen efficace de retrouver le fils Hastings.

— Il se dirige vers Bradhurst, a grésillé la radio au moment où nous parvenions au pied de l'immeuble, deux minutes plus tard.

J'ai rapidement repéré la silhouette du jeune type de l'autre côté du terrain de sport. Je me suis tourné vers Émilie.

— Je le prends en chasse, à pied. Suivez-moi avec la voiture en veillant à garder au moins deux rues de distance entre nous. Il y a plus d'antennes sur le coffre de cette satanée bagnole du FBI que sur la tête d'un martien. Pas question d'attirer son attention.

Émilie s'est exécutée et j'ai pris le type en filature en restant le plus loin possible. Il avançait d'un pas tranquille, sans jamais regarder derrière lui, comme s'il se fichait d'être suivi. On pouvait se demander s'il était timide, ou complètement idiot. Personnellement, je penchais pour la seconde solution.

Tout en marchant, je gardais le contact avec l'impressionnante équipe de surveillance mise sur pied pour l'opération. Cette partie d'East Harlem constitue pourtant un véritable casse-tête. Il nous fallait tenir compte non seulement de la Harlem River et de la voie rapide qui la longeait, mais aussi d'une ligne de métro souterraine, sans parler des cités qu'une falaise rocheuse séparait du reste de Harlem. Le quartier fourmillait de ruelles, de petites rues et d'impasses, un dédale dans lequel il était facile de nous semer. Nous jouions au chat et à la souris avec les ravisseurs et j'aurais été bien en peine de dire qui remporterait la partie.

À mon grand étonnement, le type est sorti des cités en prenant sur sa droite. Il est passé sous la portion surélevée de la 155e Rue et s'est engagé sur un tronçon de rue bloqué par un panneau ROUTE BARRÉE. Plusieurs véhicules étaient garés au fond de l'impasse.

Alors que je m'attendais à le voir monter précipitamment dans l'une des voitures, il a tourné une nouvelle fois à droite face au mur rocheux qui fermait la rue et s'est dirigé vers un escalier dont je n'avais pas remarqué la présence. Arrivé au pied des marches, j'ai ouvert de grands yeux en voyant à quel point elles étaient raides.

De mes cuisses ou de mes poumons, je ne sais pas ce qui était le plus à plaindre lorsque j'ai enfin grimpé les derniers degrés.

— Nous avons un visuel, a fait une voix dans ma radio au moment où notre homme débouchait près d'une bretelle d'accès à la voie rapide. Une voiture banalisée avait été postée cent mètres plus loin, au cas où le Black aurait voulu évacuer l'argent par la route.

Mais ce n'était pas le cas. Le temps que j'arrive à Harlem River Drive, il traversait Edgecombe Avenue près de l'intersection avec la 155ᵉ Rue. J'ai cru un instant qu'il allait s'engouffrer dans le métro au coin de la 155ᵉ et de St. Nicholas Avenue où était postée une autre unité, mais il s'est dirigé vers le guichet d'un snack où il a commandé une part de pizza.

Une part de pizza ?!!

Ce type-là ne manquait pas d'air. Dans une situation pareille, comment pouvait-on se montrer aussi désinvolte ? Quelque chose clochait.

Je dévisageais les gens qui entraient et sortaient du métro quand Émilie s'est arrêtée à ma hauteur. Je suis monté à côté d'elle et nous avons regardé le Black terminer sa part de pizza et repartir avec l'argent en direction de l'Hudson, vers l'ouest.

La suite est allée très vite. Il traversait la rue suivante lorsqu'un motard en tenue de cuir et casque noirs, monté sur une trial BMW, a déboulé dans un ronflement de moteur.

Sans pouvoir réagir, sinon assister à la scène la bouche ouverte, nous l'avons vu attraper au vol la poignée de la valise que venait de lâcher le Black et franchir le feu au rouge en frôlant le capot de notre voiture. L'instant suivant, il repartait en sens inverse sur la 155ᵉ Rue.

49

Le motard est passé devant nous comme une flèche. Dans un réflexe, Émilie a fait demi-tour en montant sur le trottoir. Je criais des ordres dans ma radio quand la BMW a tourné à gauche sur Amsterdam avant de s'enfoncer dans un jardin public. J'ai bien cru que l'essieu allait rendre l'âme lorsque Émilie est partie à l'assaut de son deuxième trottoir de la matinée en fonçant dans son sillage.

J'ai dû élever la voix pour qu'elle m'entende au milieu du vrombissement du moteur alors que la voiture cahotait dangereusement sur l'herbe à la poursuite de la trial.

— L'heure n'est plus à la discrétion.

Le motard a stoppé périlleusement devant l'entrée d'une piscine. Abandonnant la BMW, il s'est enfui au milieu des arbres avec l'argent.

Je me suis lancé à ses trousses. Je venais de franchir une trouée dans un épais buisson quand j'ai compris où il se dirigeait : High Bridge, la passerelle pour piétons qui relie Manhattan au Bronx. Construit aux alentours de 1850, ce pont étroit qui enjambe les eaux de la Harlem River était à l'origine un aqueduc permettant d'approvisionner la ville en eau. Aujourd'hui abandonnée, cette passerelle située à un jet de pierre de la Cross Bronx Expressway divise les élus qui hésitent entre la rénover et la démolir.

Le motard, la valise sur le dos, a entamé l'ascension d'un échafaudage oublié. Quelques instants plus tard, il franchissait un mur de fils de fer barbelés en profitant d'un trou et courait en direction du Bronx sur les pavés zébrés de mauvaises herbes du petit pont.

J'ai aussitôt saisi ma radio.

— Appelez les gars du 44ᵉ dans le Bronx! Cet enfoiré est en train de traverser High Bridge à pied!

J'en connais un autre, de cinglé, ai-je murmuré en m'attaquant à mon tour à l'échafaudage après avoir fourré ma radio dans une poche. Parvenu sur le pont, je me suis arrêté un instant, impressionné par l'étroitesse de l'édifice : large d'à peine trois mètres, haut de quarante, il était mal protégé par une rambarde métallique qui m'arrivait à peine à la ceinture. Une chute était synonyme de mort atroce et j'ai dû prendre sur moi pour oublier mon vertige.

Le motard se trouvait à l'autre extrémité du pont quand je l'ai vu se débarrasser de son fardeau en le poussant dans le vide. Je m'attendais à ce que la valise tombe à l'eau, mais elle a atterri au milieu d'un nuage de poussière sur la rive est de la rivière, entre le Major Deegan Expressway et les voies de chemin de fer de la Metro North.

— Il l'a jetée! Vite! L'argent est tombé à côté des voies de chemin de fer, côté Bronx.

En relevant la tête, ma radio à la main, j'ai vu que le motard me fonçait droit dessus!

Il avait retiré son blouson de cuir et tenait, serré dans la main, un objet non identifiable d'où sortaient des fils qui lui couraient le long des épaules jusque dans le dos.

Une bombe?!! Qu'est-ce qu'il...

J'ai sorti mon Glock.

— COUCHEZ-VOUS! TOUT DE SUITE!

J'ai crié de toutes mes forces, mais il a fait la sourde oreille.

— À GENOUX!

Il continuait. La vision de ce type qui se ruait vers moi était surréaliste. J'allais appuyer sur la détente quand il a choisi l'option à laquelle je m'attendais le moins.

Bifurquant brusquement sur sa droite, il a sauté par-dessus la rambarde et s'est jeté dans le vide sans un cri.

Je crois bien que mon cœur s'est figé brièvement. Je me suis précipité vers le garde-fou et je l'ai vu tomber comme une pierre. Une tache de couleur vive que j'ai tout d'abord prise pour une explosion s'est éparpillée dans son sillage. J'ai cru un instant qu'il s'était fait sauter, avant de reconnaître la corolle orange d'un parachute.

Le salaud!

Loin de se suicider, il avait tout bonnement sauté en parachute de la passerelle. J'aurais été mieux inspiré de lui tirer dessus sans hésiter. Peut-être avais-je encore une chance avant qu'il ne touche l'eau...

— Vite! La Brigade fluviale et la Volante! Ce salopard a joué les James Bond en sautant du pont en parachute! Je répète : il a sauté du pont en parachute!

50

J'ai bien cru que nous allions faire un tonneau dix minutes plus tard, quand Parker a quitté la voie rapide, côté Bronx, pour s'engager à toute allure sur un chemin de service réservé aux cheminots de la Metro North. La voiture freinait encore quand j'ai sauté de mon siège et que je me suis rué vers l'endroit où j'avais vu tomber la valise, le long des rails.

Tel un possédé, je me suis mis à chercher de tous côtés dans la végétation, piétinant dans ma frénésie une canette de Prestone, la boîte en carton d'un Happy Meal et toute une collection de pneus. Où était passée cette foutue valise ? Soudain, j'ai vu une poignée noire. La soulevant, je me suis aperçu, contre toute attente, que la valise était légère comme une plume. Pas étonnant, puisqu'elle était vide.

Je me suis laissé choir sur l'herbe. À moins de trente mètres, un sentier menait à la voie rapide. Les ravisseurs devaient se trouver sur place lorsque l'argent leur était tombé du ciel. À cette heure-ci, ils étaient loin.

Nous avions raté notre coup en perdant la trace des cinq millions de dollars.

— Merde et remerde ! a grondé Émilie quand je lui ai montré la valise vide.

Elle m'a tendu la main et m'a aidé à me relever.

— Les types de la Fluviale ont quand même réussi à coincer le parachutiste. Allons-y.

J'étais toujours dopé à l'adrénaline quelques minutes plus tard quand j'ai bondi hors de la voiture du FBI et rejoint la rive de la Harlem River. Les équipes de la Fluviale avaient récupéré le parachutiste dans l'eau et le gardaient prisonnier à l'entrée sud de la Cross Bronx Expressway.

J'ai relevé le motard sauteur, l'ai menotté dans le dos et allongé sur le ventre dans une flaque d'eau, en me faisant aider par un collègue.

J'ai découvert un gamin, le visage couvert d'acné, coiffé d'une crête cendrée.

— Assez rigolé ! Où se trouve Dan Hastings ? Où est-il ?!

Je criais à tue-tête.

— Quoi ? Danny qui ? m'a répondu le gamin d'un air surpris. C'est l'un des nouveaux membres de l'équipe ? Un nouveau membre des Birdhouse ?

J'ai plissé les paupières, l'air mauvais.

— Je te donne deux secondes pour m'expliquer de quoi tu parles, sinon je te balance à la flotte. On verra comment tu nages avec des menottes.

— Hé, mec ! J'ai rien fait, moi ! Un type qui s'appelle Mark m'a juste demandé de sauter du pont. Il m'a dit qu'il faisait partie de l'équipe Birdhouse.

Vous connaissez les skateboards Tony Hawk, non ? Ils avaient besoin d'un plan balèze pour un de leurs films. Je sais bien que c'était pas tout à fait légal, mais il m'a donné dix mille boules en cash, alors j'ai accepté. Je devais récupérer la valise d'un Black au coin d'Amsterdam, filer jusqu'au pont en bécane et sauter. Il m'a versé la moitié avant le tournage. C'est pas des conneries, je le jure devant Dieu !

J'ai fusillé du regard le jeune abruti.

— Et tu as pensé quoi en me voyant te mettre en joue ? Que c'était un séminaire d'acteurs ?

— Ben oui, a approuvé le gamin en hochant la tête. Je me suis dit que c'était pour le film. Ôtez-moi d'un doute, là. Vous êtes en train de me dire que personne n'a tourné la scène ?

Comment pouvait-on être aussi bête ?

Deux flics en uniforme du Bronx nous ont rejoints.

— Je peux te dire que tu n'en as pas encore fini avec tout ce cinéma. La prochaine séquence se déroule en taule.

De retour dans la voiture, j'ai fait le compte rendu de mon interrogatoire à Émilie.

— Cet idiot s'est fait engager par un inconnu pour sauter du pont. Le pire, c'est que je le crois.

Je touchais le fond dans cette enquête. En laissant filer l'argent, nous avions perdu toute chance de remonter jusqu'au fils Hastings. Le ravisseur nous avait eus en beauté. Un ratage de première.

Nous comparions nos notes avec celles des unités de surveillance quand Gordon Hastings nous a rejoints.

— Espèce de crétin! Vous avez perdu mon fric et tué mon fils! a hurlé l'Écossais, le visage écarlate, en se précipitant vers moi sur le bas-côté de la voie rapide.

Il a eu la chance que la demi-douzaine de flics et d'agents fédéraux qui nous séparaient l'arrêtent avant qu'il ne parvienne jusqu'à moi. Dans mon état de frustration, j'aurais été ravi de redessiner à coups de poing sa gueule de millionnaire.

51

Cinq minutes plus tard, j'arrivais avec Émilie dans les locaux du 13ᵉ District où étaient gardés les deux suspects de la course-poursuite.

Comme j'ai perdu à pile ou face dans le bureau du capitaine O'Dwyer, c'est à moi qu'a échu la pénible responsabilité de raconter les détails de ce fiasco aux huiles du One Police Plaza.

O'Dwyer, qui dirige le 13ᵉ, n'est pas à proprement parler un tendre, avec sa trogne d'Irlandais, mais il m'a adressé un hochement de tête compatissant en m'abandonnant à mon triste sort. J'ai cru perdre définitivement l'usage de mes deux tympans après le savon carabiné que je me suis pris, une fois mon exposé terminé.

Je pansais mes plaies, assis sur un siège en plastique de l'administration, quand Émilie m'a rejoint après avoir passé un moment dans la salle d'interrogatoire du commissariat.

— Même topo, m'a-t-elle expliqué en se laissant tomber sur la chaise orange vif à côté de la mienne. Le Black au crâne rasé et le gamin à la moto ont été payés en liquide par ce mystérieux Mark. Un motard de race blanche très baraqué, les bras couverts de tatouages et une barbe rousse à la Lincoln. Peut-être un déguisement.

J'ai répondu par un haussement d'épaules.

— C'est incompréhensible. On se retrouve à zéro. Et même moins que zéro.

Dan Hastings avait disparu, tout comme les cinq millions de dollars. En prime, j'avais failli abattre un casse-cou de dix-neuf ans et j'étais passé à deux doigts de casser la figure d'un multimillionnaire. Une mauvaise journée au boulot, même à l'aune de mon palmarès. Il nous fallait reprendre la main.

— Buvons un café et passons en revue tous les éléments dont on dispose depuis le début.

À défaut de trouver un Starbucks, nous nous sommes rabattus sur un snack grec en face du tribunal du Bronx.

— On sait, depuis l'enlèvement de Jacob Dunning, que le ravisseur a fait appel à des sans-papiers pour se procurer des portables. Vous croyez qu'il a pu s'adresser à un autre intermédiaire, le Mark en question, pour récupérer l'argent de la rançon ?

— C'est possible, a admis Parker. D'un autre côté, le récit des témoins semble indiquer que nous avons affaire à un protagoniste solitaire. En même temps, il serait logique de croire que le ravisseur agit pour de l'argent. Le meurtre des deux premières victimes aurait servi à convaincre le père de Dan Hastings qu'il était prêt à tout. Auquel cas on peut en déduire que Hastings père était sa véritable cible.

Mon cou, malmené par les événements de la journée, a émis un craquement sinistre quand j'ai voulu tourner la tête. Je me suis levé.

— Vous avez peut-être raison, Émilie. Retournons à Columbia.

52

Nous nous sommes rendus directement à la cité U où résidait Dan Hastings. En raison de son handicap, ou alors parce que son père avait le bras long, Dan s'était vu attribuer une chambre dans l'un des nouveaux bâtiments de la 118ᵉ Rue, habituellement réservés aux étudiants en droit. Un agent de la sécurité du campus nous a ouvert la porte de son logement. Une chambre immaculée, dotée d'un mobilier de première qualité, dont le placard contenait une collection impressionnante de vêtements Barneys achetés à prix d'or. Près du lit, nous avons découvert plusieurs numéros de la très conservatrice *National Review* ainsi qu'un exemplaire du dernier bouquin du journaliste politique Sean Hannity. Pour couronner le tout, l'énorme télé à écran plasma de Dan était allumée sur la chaîne Fox News.

— C'est bien la première fois qu'un étudiant réactionnaire est inscrit à Columbia, a remarqué Émilie. Qu'en pensez-vous ?

La chaîne diffusait un reportage consacré aux fêtes du Mardi gras à La Nouvelle-Orléans. J'ai repensé aux traces de cendre retrouvées sur le front de Jacob Dunning et de Chelsea Skinner. Tout semblait indiquer que l'argent était la motivation principale du ravisseur, mais l'allusion au mercredi des Cendres continuait de me tarauder.

Nous sommes retournés dans les locaux des services de sécurité où l'on nous a donné le numéro de portable du voisin de chambre de Dan Hastings. Kenny Gruber, un étudiant en première année de droit, nous a fixé rendez-vous devant le gymnase où il s'entraînait au basket.

— Dan était très apprécié malgré son handicap, nous a-t-il expliqué tout en sirotant une canette de Red Bull. Je lui connaissais plus d'amis que n'importe qui d'autre ici et il organisait des fêtes géniales. Vous avez parlé avec Galina ?

— De qui s'agit-il ? a questionné Émilie.

— Sa petite amie, Galina Nesser. Un vrai canon. Une déesse russe, étudiante en physique. Quand je vous disais que Dan n'était pas comme tout le monde. Je me suis toujours demandé comment un type en fauteuil roulant avait réussi à draguer une fille avec un aussi joli petit cul.

— Hmmm, a toussé Émilie.

— Je suis désolé, madame. J'en oublie les bonnes manières, s'est excusé Gruber. Si vous voulez en savoir davantage sur Dan, je vous conseille de vous adresser à Galina.

— Madame ? s'est étonnée Émilie alors que nous quittions le campus un peu plus tard. Je fais si madame que ça ?

— Bien sûr que non. Surtout avec un aussi joli petit…

J'ai évité de justesse le coup de poing de l'agent Parker.

— Eh là ! Je disais juste que vous aviez un joli petit palmarès à votre actif. Rien d'autre.

53

Francis X. Mooney jura entre ses dents en voyant le bouchon qui attendait son taxi au carrefour de la 115ᵉ Rue et de Lenox Avenue. Les voitures roulaient pare-chocs contre pare-chocs en direction de la 125ᵉ Rue.

Il glissa un billet de vingt dollars dans la fente pratiquée à travers la vitre grasse séparant l'arrière de l'espace conducteur et ouvrit sa portière. Déjà en retard, il allait devoir terminer à pied.

Il gagna le trottoir et se mit à courir. *Putain de journée*, pensa-t-il, en sueur. Avec autant de fers au feu, il avait le plus grand mal à suivre.

Il arriva de justesse à son rendez-vous avec la mère de Reginald Franklin, condamné à mort en Floride. Malgré l'importance de la mission qu'il s'était fixée, il ne pouvait pas abandonner le malheureux à son triste sort.

Il s'engagea sur la 137ᵉ Rue, tout près du Harlem Hospital Center, et poussa la porte d'entrée fatiguée d'un immeuble crasseux de deux étages. Il posait le pied sur la première marche de l'escalier, au milieu d'odeurs rances, lorsqu'il fut accueilli par un aboiement furieux.

Pas étonnant que Kurt n'ait pas fait de zèle, se dit-il. Aucune importance. Chien ou pas, la vie d'un être humain était en jeu.

L'appartement de Mme Franklin était situé au premier étage. Elle entrouvrit sa porte en entendant les pas de son visiteur sur le palier. Un chien énorme s'échappa du taudis. Un canario, la même race que le monstre qui avait récemment mordu à mort une habitante de San Francisco. L'animal à la robe tachetée devait peser dans les soixante-dix kilos.

Francis souffla en constatant que la vieille femme noire toute desséchée retenait le molosse à l'aide d'une chaîne.

— J'appartiens à l'association New York Heart, se présenta-t-il. Je viens vous voir au sujet de votre fils Reggie. Je veux essayer de lui obtenir un sursis d'exécution. Pourriez-vous enfermer cet animal, madame?

— Vous avez de quoi me prouver votre identité? s'enquit-elle entre deux aboiements assourdissants.

Francis lui montra sa carte de l'association. Le canario voulut la lui arracher en même temps que la main.

— C'est bon, c'est bon, déclara la vieille dame.

Il se demanda un instant si c'était une vue de l'esprit, ou bien si elle l'observait en ricanant.

— Vous m'aviez annoncé votre visite, non? J'y pensais plus. Bougez pas, le temps que j'enferme Chester dans le placard.

La porte de l'appartement claqua avant de se rouvrir quelques instants plus tard. Au fond de son placard, Chester était au bord de la crise de nerfs.

— Z'avez qu'à entrer, l'invita-t-elle d'un geste impatient. Et oubliez pas de fermer c'te porte. Vous disiez quoi à propos de Reggie?

Il la suivit jusqu'au salon où un téléviseur diffusait les images d'un épisode de *Judge Judy*, une série de téléréalité judiciaire. La vieille dame s'allongea sur un canapé sans baisser le son.

— Alors? Qu'est-ce qu'vous voulez?

— Je viens d'apprendre que le dernier pourvoi de Reginald a été rejeté. J'ai pris la liberté d'adresser au gouverneur une requête de suspension d'exécution. Le courrier est prêt, il n'attend plus que votre signature avant que je puisse le déposer chez FedEx. Un de mes anciens camarades d'université siège à l'Assemblée législative de Floride. Sans rien pouvoir me garantir, il s'est engagé à intervenir personnellement au nom de Reggie. Nous avons de sérieuses chances d'obtenir satisfaction.

— Faut payer? s'inquiéta Mme Franklin.

— Pour mes services? Bien sûr que non, madame Franklin.

— *Ça*, je sais, rétorqua-t-elle en apposant sa griffe. Je veux parler du FedEx. Je sais que ça coûte cher, ces vacheries.

— Non, non. Tout est pris en charge.

— Bon, réagit-elle avec un léger ricanement. C'est tout?

Un putain de merci ne t'arracherait pas la gueule, s'énerva Francis en son for intérieur. Un regard au décor de la pièce suffit cependant à lui montrer que ce n'était pas la faute de la vieille femme, mais celle de la pauvreté abjecte dans laquelle elle vivait. Mme Franklin n'était qu'une victime du système, comme son fils.

— C'est tout, répondit-il. Je vais devoir vous laisser. C'est un plaisir et un devoir de vous aider, votre fils et vous.

54

Il était presque 17 heures lorsque j'ai demandé à Émilie de me déposer chez moi. La réunion de la cellule de crise avait été repoussée à 18 h 30, et j'avais besoin de prendre une douche et de me changer. La perspective de cette réunion ne m'enchantait guère, car ma hiérarchie allait vouloir trouver un bouc émissaire après la disparition des cinq millions de dollars.

À peine arrivé à l'appartement, j'ai pris un costume propre dans le placard de l'entrée. Je m'arrange toujours pour être sur mon trente et un quand je dois passer sur le gril.

— Je rêve ou quoi ? Papa rentre avant l'heure du dîner ? s'est écriée Fiona, l'une de mes filles, en me voyant entrer dans la salle à manger.

Toute ma petite bande, en uniforme de l'école, faisait ses devoirs. J'ai distribué tout un lot de câlins et de tapes dans les mains, agrémenté de quelques chatouilles.

On me demande souvent au boulot pourquoi j'ai voulu autant d'enfants, mais je suis bien en peine de l'expliquer. Mes gosses se chamaillent parfois, il faut faire la queue à la salle de bains, la pagaille qui règne à la maison en découragerait plus d'un, sans même parler des dépenses engendrées par une telle smala. J'envie sincèrement ceux qui n'ont pas de problèmes d'argent, mais ce sont dans des moments comme celui-ci, quand je vois mes enfants heureux d'être ensemble, tranquillement installés devant leurs cahiers, que ma vie prend tout son sens, que mon bonheur est à son comble.

Mes enfants sont ma tribu. Nous les avons choisis avec Maeve, ma femme, et nous leur avons transmis le meilleur de nous-mêmes. Non seulement ils ont pris à cœur de retenir les leçons que nous leur avons inculquées – la politesse, le respect de l'autre, la générosité en toute circonstance –, mais ils commencent à en gratifier leur entourage. C'est fou le nombre de profs, de voisins, de parents d'élèves qui me disent à quel point mes enfants sont formidables, gentils et prévenants. Quatre-vingt-dix-neuf pour cent du mérite en revient à Maeve, et à présent à Mary Catherine, mais le petit pour cent qui reste me comble bien au-delà de tout ce que j'ai pu réaliser sur le plan professionnel.

Mary Catherine, perdue au milieu de tous ces uniformes bleu et or à carreaux, m'a adressé un sourire.

— Vous êtes là, Mike ? Je vous prépare à dîner ?

J'ai posé mon portable sur une console en me dirigeant vers ma chambre.

— Simple arrêt technique. Je dispose tout juste d'une heure avant que cet instrument du diable se mette à sonner.

Vingt minutes plus tard, j'enfilais un costume digne de ce nom, sans taches de transpiration, d'antigel ou d'herbe. J'ai bien failli tourner de l'œil en pénétrant dans la salle à manger. Les cahiers de textes, les manuels, les stylos rouges, les calculatrices et autres doubles décimètres avaient disparu, remplacés par une table digne d'un repas dominical.

Mary Catherine, Brian et Juliana sont arrivés avec du poulet frit, du pain de maïs au piment et une salade. Un autre repas de rêve imaginé par mon ange gardien, Mary Catherine. J'ai secoué la tête en posant sur elle un regard de reproche.

Avec ma femme, Mary Catherine est la personne la plus généreuse qu'il m'ait jamais été donné de rencontrer.

Je me suis demandé s'il ne fallait pas voir dans ce festin le signe qu'elle ne m'en voulait plus.

La prière dite, j'ai englouti une part de pain de maïs encore chaud en fermant les yeux de bonheur.

— Je ne comprendrai jamais comment une Irlandaise peut réussir aussi bien la cuisine sudiste. À moins que vous ne soyez originaire du sud de l'Irlande.

La bulle d'insouciance dans laquelle nous flottions tous a brusquement éclaté lorsque mon portable a sonné. J'allais le récupérer quand Chrissy s'en est emparée.

— Pas question, papa, a-t-elle déclaré en le lançant à Bridget, assise en face d'elle. Tu ne bouges pas d'ici. Pas de téléphone, pas de boulot.

Ils ont tous pris le relais.

— Pas de téléphone, pas de boulot !

Tout en chantonnant ce refrain à la façon d'une comptine, ils se passaient le portable. Je vous laisse deviner qui était le dindon de la farce.

— Allez, les enfants ! Ce n'est pas drôle.

Mes récriminations étaient d'autant moins crédibles que je peinais à garder mon sérieux.

Tout ça ne me rendait pas mon téléphone. Comment voulez-vous gagner face à dix gamins qui jouent à cache-cache avec votre portable ? Onze personnes, devrais-je dire, car Mary Catherine, qui venait de récupérer l'appareil, s'est empressée de le donner à Brian après avoir fait semblant de me le tendre. Brian l'a lancé à Eddie qui a décroché.

— Bonjour. M. Bennett n'est pas disponible actuellement, mais vous pouvez laisser un message après le bip sonore, a-t-il récité, provoquant les rires de toute la tablée.

— Mike, c'est toi ? a fait la voix d'Émilie quand j'ai enfin réussi à récupérer l'appareil.

— Désolé, Parker. Mes enfants se croient drôles. Quoi de neuf ?

— Je vous le donne en mille.

— Non !

— Eh si, a-t-elle laissé tomber d'une voix pesante. Un nouvel enlèvement, Mike. J'arrive devant chez vous.

55

Je bouclais à peine ma ceinture qu'Émilie, au volant de la voiture du Bureau, me tendait déjà ses notes. Attention de sa part: un café brûlant était posé sur le porte-gobelet du siège passager, accompagné d'un cookie aux deux chocolats de chez Zaro. Elle se débrouillait plutôt bien au milieu de l'intense circulation de cette fin de journée. Un peu de malbouffe et une bonne dose de frustration automobile, ma nouvelle coéquipière se faisait vite au mode de vie des flics new-yorkais.

J'ai parcouru les notes et moins d'une minute a suffi à anéantir la sérénité que m'avaient procurée la douche et la visite aux miens. La dernière victime en date était également la plus jeune: une lycéenne de dix-sept ans nommée Mary Beth Haas, dont la disparition avait été signalée à midi. On l'avait aperçue pour la dernière fois à la sortie de la Brearley School, une institution privée de la haute bourgeoisie située sur la 83e Rue Est. Elle était censée se rendre au gymnase de l'établissement, quatre rues plus haut, mais n'avait jamais reparu. La malheureuse semblait s'être évaporée.

Une première conclusion s'est imposée d'emblée à mon esprit.

— La similitude avec le rapt de Dan Hastings est frappante. Comme lui, Mary Beth a été enlevée dans une école prestigieuse au cœur de Manhattan. Commençons par vérifier si certains enseignants ne travaillent pas dans les deux établissements.

— À propos de Hastings, rien de neuf ? s'est enquise Émilie.

— Les types du 26e District se sont mis en chasse de sa petite amie russe, sans succès pour l'instant.

La lecture du dossier m'a appris que la mère de Mary Beth, Anne Haas, était P-DG et actionnaire principale du Price Templeton Fund, le deuxième plus important fonds commun de placement de Wall Street. Pas étonnant que cette nouvelle affaire ait provoqué un tsunami au One Police Plaza.

— J'ai effectué des recherches sur Google, m'a annoncé Émilie. La mère de Mary Beth est la cinquième ou sixième femme la plus riche du pays. Ce fonds commun de placement a été créé par son père, mais elle a fait ses preuves en commençant au bas de l'échelle comme analyste, et tout le monde dit qu'elle se serait de toute façon retrouvée dans le fauteuil de P-DG, même si son père ne lui avait pas légué trente-quatre pour cent du capital. Elle est un des principaux mécènes de l'Orchestre philharmonique de New York et de la bibliothèque municipale.

— Encore un rejeton d'une des grandes fortunes de la ville, comme les Dunning, les Skinner et Gordon Hastings.

Émilie a acquiescé.

— Je n'arrive pas à croire qu'il ait encore frappé aussi vite. Il a enlevé Mary Beth avant même d'avoir récupéré la rançon de Hastings.

— On aurait pu croire que les cinq millions lui suffiraient.

J'aurais volontiers déchargé mon agressivité en tapant du poing sur le tableau de bord.

Comment faisait ce type ? Il en était à deux enlèvements par jour. Et que cherchait-il, si ce n'était pas l'argent ?

Nous avons franchi le pont de Brooklyn, et Émilie s'est engagée sur la première bretelle, celle du très chic quartier de Brooklyn Heights. Deux voitures banalisées stationnaient déjà devant la façade grecque de la demeure des Haas dans Columbia Heights, une rue bourgeoise bordée d'arbres. La maison dominait la Brooklyn Promenade et devait jouir de la plus belle des vues sur le bas de Manhattan. Une collègue de la Criminelle Sud nous a ouvert la porte. Derrière elle, l'un des *geeks* du NYPD s'escrimait sur un téléphone mural.

Une femme blonde toute menue, aux cheveux très courts, la cinquantaine, est descendue de l'étage. Elle parlait à toute vitesse dans son téléphone tout en se passant constamment la main dans les cheveux. J'ai grimacé intérieurement en voyant l'expression de désespoir sur son visage. Je devinais parfaitement la tristesse, la rage et l'impuissance qui me saisiraient si l'un de mes enfants disparaissait. Mme Haas vivait visiblement l'enfer.

— Je crois que le FBI vient d'arriver, John. Je te rappelle.

La malheureuse mère a mis fin à la conversation en rejoignant le rez-de-chaussée. D'un signe, elle nous a demandé de la suivre dans le salon, où elle a laissé tomber bruyamment son portable sur le vieux coffre de bateau en chêne servant de table basse avant de s'effondrer sur un vaste canapé recouvert de soie. Malgré son tailleur de couturier, on aurait dit une petite fille lorsqu'elle a replié sous elle ses jambes en collants noirs. Une petite fille à qui l'on aurait volé sa poupée.

La silhouette de Manhattan se découpait dans la nuit, par-delà l'immense baie vitrée à laquelle elle tournait le dos. Elle s'est retournée, le regard perdu au milieu des tours de bureaux.

— J'ai tenu à échapper à cet enfer afin de trouver ici un semblant de sécurité et de normalité à la naissance de Mary Beth, a-t-elle murmuré en secouant la tête. Depuis l'âge de quatorze ans, elle ne voulait plus qu'on la conduise le matin et qu'on aille la chercher l'après-midi à Brearley. Elle voulait absolument prendre le métro. Certains de mes amis sont contraints d'engager des tuteurs lorsqu'il s'agit d'expliquer à leurs enfants comment vivent les gens normaux, mais c'était tout l'inverse avec Mary Beth. On aurait dit qu'on lui arrachait une dent chaque fois qu'elle profitait des avantages que nous permettent les moyens dont nous avons la chance de bénéficier.

Elle m'a lancé un regard perplexe, comme si je connaissais le remède au mal dont elle souffrait. Le sentiment d'impuissance me rendait fou.

— Votre mari est-il ici ? lui ai-je demandé.

— Il travaille à Londres pour la banque UBS pendant la semaine, mais il a pris le premier avion. Vous ne me croirez sans doute pas, mais figurez-vous qu'un imbécile de Brearley a tenté de me convaincre que ma fille faisait peut-être l'école buissonnière. Mary Beth est capitaine des équipes de cross et de volley, elle a été admise au Bard College, elle n'est pas du genre à sécher les cours. Je vous en prie, dites-moi que vous savez qui l'a enlevée. Dites-moi que vous allez me rendre ma Mary Beth.

Son regard bouleversé s'est accroché au mien, puis elle s'est mise à pleurer en silence. Elle a cessé de me fixer lorsque Émilie s'est assise à côté d'elle et lui a posé la main sur le poignet.

— Nous allons tout mettre en œuvre, madame Haas, a-t-elle tenté de la rassurer. Je ne peux rien vous promettre, sinon que nous irons au bout du monde s'il le faut pour vous rendre votre fille.

56

Malgré sa détresse, Anne Haas a réussi à nous parler de Mary Beth. Élève modèle qui rêvait d'aider les populations les plus démunies, elle passait tous ses étés dans des camps de bénévoles en Amérique latine depuis l'âge de quatorze ans.

— Cette année, au lieu d'aller en Europe comme la plupart de ses amies, Mary Beth a prévu de monter un théâtre pour enfants à Pérez Zeledón, l'une des régions les plus pauvres du Costa Rica, nous a expliqué la P-DG en nous tendant un portrait de sa fille. Elle ne parle que de ça.

Pleine de charme en dépit de ses rondeurs, Mary Beth avait des yeux bleus et de longs cheveux noirs. Sur la photo, elle portait un bandana vert, une chemise camouflage et un large bermuda à poches. Debout sur une piste boueuse en pleine jungle, elle souriait en faisant un signe de la main au photographe. J'ai été surpris d'apprendre que Mary Beth ne possédait pas de compte Facebook ou MySpace, contrairement aux autres victimes. Un anachronisme par les temps qui courent. Une gamine intelligente et particulièrement attachante. Anne Haas s'apprêtait à nous conduire dans sa chambre lorsque le téléphone a sonné. Le technicien du NYPD, installé avec tous ses équipements près de la cheminée, a hoché la tête vigoureusement après avoir jeté un coup d'œil sur son écran. J'ai fait signe à Mme Haas de décrocher tout en prenant le casque que me tendait l'informaticien.

Mme Haas a saisi l'appareil sans fil d'une main aussi pâle que son visage.

— Oui ?

— Madame Haas, a répondu le ravisseur. Pauvre, pauvre madame Haas. Quelle ironie, vous ne trouvez pas ? Surtout quand on sait quel rang vous occupez sur la liste publiée par *Forbes*.

J'ai hoché la tête pour signaler aux autres qu'il s'agissait bien du même homme.

— Ah, madame Haas, poursuivait la voix à l'autre bout du fil. Vous êtes radieuse sur les photos des galas de charité que vous organisez. Tous ces diamants rutilants, quand vous souriez aux paparazzi. Sous les projecteurs, vous arrive-t-il de vous demander si vous n'avez pas dépassé le statut de simple mortelle ? J'ai tendance à penser que oui. Vous péchez par orgueil, Anne. Ça ne vous ennuie pas que je vous appelle Anne, au moins ? À force de passer du temps avec votre fille, c'est un peu comme si je faisais partie de la famille.

— Espèce de sale connard ! a explosé Mme Haas. Rendez-la-moi.

Le ravisseur a laissé échapper un long soupir.

— Mon Dieu, mon Dieu! Quel langage, surtout pour une femme de la haute société comme vous! Vous devriez avoir honte. Je doute que les profs cul serré de St. Lawrence, si fiers de leur pedigree anglo-saxon, vous aient appris à parler de la sorte. Vous aurez sans doute été contaminée par ces charretiers de traders de l'entreprise paternelle. J'imagine que vous ne deviez plus en pouvoir au milieu de tous ces guerriers de la finance dopés à la testostérone. Ce qui nous amène à parler d'un autre de vos péchés mignons, Anne. La luxure. Si j'en crois la rumeur, vous avez entretenu des liaisons adultères avec toutes sortes de partenaires. Vous souhaitez davantage de détails? C'est ça, l'avantage de la richesse. Le sexe, l'argent, la possibilité de payer des larbins pour blanchir vos bilans. Vous êtes une vilaine pécheresse, Anne, tout comme le poseur anglais insipide qui vous sert de mari.

— Laissez-moi parler à Mary Beth, a supplié Mme Haas. Rien qu'un instant. Si j'ai pu vous heurter, j'en suis sincèrement désolée.

— Pas tant que moi. Je regrette, mais vous n'allez pas pouvoir parler à Mary Beth. Je vais vous rendre votre humanité, Anne. Comme tous les humains, vous devez accepter la réalité du deuil. Le péché et le deuil vont de pair. À présent, je vous prie de bien vouloir me passer mon ami l'inspecteur Bennett. J'ai eu beaucoup de plaisir à bavarder avec vous, malgré vos écarts de langage. J'espère que l'inspecteur ne vous a pas trop bercée d'espoirs concernant Mary Beth, madame la présidente. Tout bien réfléchi, j'en arrive à souhaiter qu'il vous ait poussée à espérer. L'orgueil précède la chute. Salut, salut !

J'ai pris le téléphone des mains d'Anne Haas, en larmes.

— Bennett à l'appareil. Comment va Mary Beth ?

— Mary Beth va très bien, Mike. Pour l'instant. Je lui réserve un petit examen. Un examen de *passage*, en quelque sorte. Tout dépend d'elle. Je vous rappelle juste après les corrections.

— Attendez une seconde. Vous ne voulez pas d'argent ?

— Tout l'argent du monde n'empêchera pas Mary Beth de rencontrer son destin, Mike.

Je ne comprenais plus rien, ça n'avait aucun sens. Un claquement sec en arrière-plan m'a fait grimacer. *Clic clac*. Putain. Ce salaud venait d'armer un automatique.

— Je vous conseille de prier pour elle, Mike. C'est tout ce qui lui reste.

57

Mary Beth Haas mordit à pleines dents les épaisseurs de gaze qui lui bâillonnaient la bouche et parvint péniblement à se redresser en position assise.

Elle était enfermée dans un coffre en métal aux parois rouillées et glacées. Son ravisseur lui avait attaché les bras à l'aide d'une camisole de force. Cela faisait plusieurs heures qu'elle se trouvait là, dans le noir absolu. La terreur qu'elle éprouvait initialement avait laissé place à la fureur, puis à une tristesse infinie qui la laissait désespérée, inconsolable.

Recroquevillée sur elle-même dans l'obscurité, elle repassait en boucle dans sa tête les événements de l'après-midi.

Elle savait bien qu'elle n'était pas censée quitter l'école pour se précipiter au gymnase de la 87ᵉ Rue, mais, en tant que capitaine d'une équipe de volley titulaire du championnat de l'État de New York, ses profs et son entraîneur fermaient généralement les yeux lorsqu'elle se rendait au Brearley Field House entre deux cours.

Elle sortait de l'un de ces tunnels aménagés pour les piétons sous les échafaudages, en face du gymnase, lorsqu'elle avait été apostrophée par un type, debout près de la portière ouverte d'une fourgonnette.

— Mary Beth?

Elle avait le souvenir de s'être tournée vers la voix et d'avoir ressenti un curieux pincement à la poitrine qui l'avait paralysée. Son corps tout entier s'était figé et elle avait basculé en avant, incapable de se retenir. Un goût prononcé de plante médicinale lui avait envahi le nez et la bouche, et puis plus rien.

Elle s'était réveillée avec un mal de crâne carabiné, les bras emprisonnés dans la camisole. Depuis combien de temps se trouvait-elle dans ce coffre? Sept heures? Huit, peut-être. Huit heures dans l'obscurité et le silence. Huit heures tenaillée par la faim, la soif et l'envie d'aller aux toilettes. C'était comme si elle était perdue en mer, au milieu de la nuit, sans le moindre espoir d'être secourue.

La tristesse qui l'avait submergée tout à l'heure commençait à se dissiper, à s'éteindre à la façon d'une chandelle mourante. Elle songea à ses amies, à ses professeurs. À sa mère. *Je suis désolée*, s'excusa-t-elle intérieurement. *Désolée de m'être fait prendre si bêtement.*

Elle avait perdu toute notion du temps lorsqu'elle reconnut le grincement caractéristique d'un volet roulant. *Mon Dieu! Voilà quelqu'un! Le type qui m'a enlevée.*

Une panique animale l'envahit à l'idée qu'il la touche. Ce type-là ne devait pas être différent des autres cinglés du même acabit, ses intentions ne faisaient guère de doute. La torturer, la violer, la tuer. Elle laissa échapper un gémissement. Elle aurait préféré qu'on l'enterre tout de suite, pour ne pas avoir à souffrir.

Elle se ressaisit aussitôt et trouva la force de s'isoler au fond d'elle-même, décidée à se battre. Mordre, crier, multiplier les coups de pied s'il le fallait. Cette perspective la réconforta. Si elle était animée par une forte envie de vivre, le désir de se battre l'habitait encore davantage, ce qui était rassurant.

Un véhicule s'avança et le volet roulant se referma peu après dans un cliquetis métallique. Mary Beth sentit sa résolution mollir quand le conducteur coupa le moteur et ouvrit sa portière. Elle mordit le bâillon de toutes ses forces et retrouva son ardeur.

J'ai envie de vivre. Mon Dieu, laissez-moi une chance de m'en tirer.

58

Le grincement d'une serrure se fit entendre tout près et le couvercle du coffre métallique s'entrouvrit.

Elle le reconnut immédiatement, malgré la pénombre. À son costume, ses cheveux gris, ses lunettes. Il paraissait intelligent. L'air d'un bon père de famille, une allure bienveillante de médecin, ou de prof. *Jusqu'où va se loger la méchanceté chez les êtres humains?* se demanda-t-elle.

Elle avait des bras puissants, ses mains étaient plus musclées encore, à cause du volley. Il allait bien devoir la libérer s'il voulait s'en prendre à elle. À la première occasion, elle défoncerait ses lunettes d'un coup de poing, histoire de lui crever les yeux avec un éclat de verre.

Il la souleva en la prenant par le dos de sa veste, et elle constata qu'elle était enfermée dans une caisse à outils de chantier, au milieu d'un entrepôt industriel quelconque. Derrière la camionnette, on apercevait des poutrelles métalliques et plusieurs postes à souder à gaz. Peut-être pourrait-elle s'en servir pour déclencher un incendie. Au-dessus du volet roulant, il y avait une imposte derrière laquelle l'attendait la liberté.

Tu peux y arriver, se promit-elle. *Au nom de tout ce que l'existence t'a apporté.*

L'inconnu la déposa sur un banc près d'une table en métal et s'assit en face d'elle.

Il exhuma de la poche de sa veste deux objets qu'il plaça devant elle. Elle gémit en reconnaissant un rasoir droit et un pistolet tout noir.

— Je vais te retirer ton bâillon. Si tu cries, Mary Beth, je défigure ton joli minois. Hoche la tête si tu as compris.

Elle s'exécuta. Il se pencha vers elle, glissa la lame du rasoir contre sa joue et détacha le bandeau de gaze. Elle fit jouer ses mâchoires meurtries en aspirant de longues bouffées d'air. Elle aurait aimé se gratter la joue, mais ses mains restaient entravées.

— Salut, Mary Beth, dit-il. Tu sais qui je suis?

Attends, laisse-moi réfléchir. Tu ne serais pas ce détraqué qui assassine des gosses de riches, par hasard?

— Le type du journal. Celui que recherche la police, répondit-elle prudemment.

Il acquiesça avec un sourire.

— Lui-même. Je ne te mentirai pas. Ceux que j'ai tués jusqu'à présent sont morts parce qu'ils avaient raté leur examen de passage. Nous ne pouvons décemment plus laisser en vie ceux qui sont indignes de ce bas monde. C'est pour cette raison que tu es ici aujourd'hui. Je cherche à savoir si tu mérites de vivre.

Un examen?!!

L'inconnu alluma la cigarette qu'il venait de rouler entre ses doigts. Mary Beth s'autorisa un bref instant d'espoir en le voyant recracher par le nez un nuage de fumée bleue et odorante. Elle le soupçonnait de mentir, de jouer avec elle, mais elle pouvait encore s'en tirer si jamais ce n'était pas le cas.

L'adolescente savait pouvoir compter sur son intelligence. Elle avait obtenu d'excellentes notes à son test d'aptitude de fin de cycle, ce qui lui avait valu d'être acceptée au Bard College, l'université qu'elle ambitionnait d'intégrer. La plupart des élèves qu'elle fréquentait faisaient figurer des commentaires bidon sur leur formulaire d'inscription, ce qui n'était pas son cas. Sans parler de ses activités de bénévole et de tout ce qu'elle faisait en dehors du lycée. Elle adorait apprendre, lire, exercer son esprit.

Mon Dieu, faites qu'il dise la vérité…

Il laissa tomber sa cendre sur la table, entre le pistolet et le rasoir.

— Très bien. Question numéro un : parle-moi des tarifs proposés aux producteurs de café équitable, de leurs répercussions sur le marché sud-américain.

Génial, pensa-t-elle, tout excitée. *Je suis imbattable là-dessus.* C'était même le sujet du mois précédent de son cours de conscience politique.

— Le principe moderne du commerce équitable a été lancé en Hollande en 1998, répliqua-t-elle. Il est né du constat que les travailleurs agricoles de l'hémisphère Sud se faisaient exploiter de façon scandaleuse. Le commerce équitable est fondé sur un partenariat économique visant à protéger les petits producteurs de café tout en permettant aux consommateurs de payer leur café un peu plus cher en échange de salaires décents pour les ouvriers agricoles. L'été de mes quinze ans, j'ai même participé à une récolte équitable au Nicaragua.

Elle crut un instant que l'inconnu aux cheveux gris allait en laisser tomber sa cigarette de saisissement. Il se reprit rapidement.

— Bonne réponse, acquiesça-t-il en aspirant une bouffée. Passons maintenant au réchauffement climatique. Combien les Américains consomment-ils de litres d'essence chaque année ?

— Cinq cent cinquante-deux milliards, riposta Mary Beth sans hésitation.

Elle connaissait le chiffre par cœur pour l'avoir appris lors d'une simulation de débat sur les problèmes d'approvisionnement énergétique devant l'assemblée des Nations unies. Ce jour-là, elle avait joué le rôle de la représentante du Darfour.

Pour la première fois, l'inconnu afficha un sourire qui semblait sincère. Il écrasa sa cigarette du pied, puis remisa le rasoir dans sa poche.

— Deuxième bonne réponse. C'est parfait, Mary Beth. Tu te débrouilles très bien. Jusqu'à présent, en tout cas. Mais nous n'en sommes qu'au début de l'examen. La question numéro trois traite des ravages de la faim dans le pays le plus riche de la planète.

59

Nous avons attendu, assis à côté du téléphone. Je ne comprenais plus rien. Le ravisseur aurait dû nous rappeler depuis longtemps. Les fois précédentes, il nous avait rapidement contactés afin de nous conduire jusqu'au corps. Ce silence était-il une nouvelle façon de torturer les parents ? Si c'était le cas, la méthode était efficace.

L'appel précédent avait été localisé par triangulation dans les environs de Gateway National Beach, une plage située à Staten Island. Comme on pouvait s'y attendre, les inspecteurs du 122e dépêchés sur place n'avaient croisé que des mouettes.

Le tueur pouvait fort bien avoir donné son coup de fil d'une voiture. Ou d'un bateau, allez savoir.

En passant devant la fenêtre pour la centième fois, j'ai remarqué qu'un attroupement s'était formé devant la demeure des Haas.

Je me suis précipité dans la rue, persuadé qu'il s'agissait de la foule des journalistes, avant d'apercevoir un sweat aux armes de Brearley. Les camarades de Mary Beth, munis de bougies, avaient déposé sur le trottoir des ours en peluche et des fleurs, ainsi qu'un ballon de volley signé de leurs noms. Une veillée, organisée spontanément par les élèves de dernière année. Certains pleuraient, d'autres fumaient, des portraits de leur amie entre les mains.

J'ai failli les disperser avant de changer d'avis. Si jamais le ravisseur surveillait la maison, cette manifestation contribuerait peut-être à lui montrer que Mary Beth était un être humain digne d'amour, et non un objet de haine.

Des accords de guitare ont traversé l'air. Aussi grave fût-elle, cette veillée nocturne n'était pas exempte de beauté. Les lueurs vacillantes des bougies se mêlaient aux lumières de Manhattan, de l'autre côté de la baie. Pour toucher autant de monde, Mary Beth devait être une gamine formidable.

Je m'en voulais de ne pas arriver à la retrouver. En dépit de tous nos efforts, nous restions aussi impuissants que le commun des mortels.

Anne Haas est sortie à son tour et les amis de sa fille l'ont entourée. Elle a commandé à leur intention des pizzas que nous avons distribuées avec Émilie. J'avoue avoir été bouleversé par leurs réactions émues, par ce besoin naturel de se réconforter les uns les autres. Dommage que les gens attendent l'irruption d'une tragédie pour montrer leur visage le plus noble.

Émilie et moi en avons profité pour poser quelques questions sur Mary Beth. Anne Haas m'a présenté Kevin Adello, un garçon de très grande taille, basketteur à Collegiate, l'équivalent de Brearley pour les garçons. Kevin nous a expliqué qu'il sortait avec Mary Beth depuis un moment.

— Elle rentre au Bard College l'an prochain. Je comptais aller à Princeton, mais j'ai préféré m'inscrire à Vassar pour rester auprès d'elle. Je vous assure, elle est différente des autres filles de Brearley. Mary Beth est plus vraie que nature. Ça la ferait gerber si elle voyait toutes ces petites bourges dans leurs jeans Seven moulants. Je suis désolé d'être aussi dur, même si c'est sympa de leur part d'être venues. J'aimerais tellement pouvoir l'aider.

Je me suis retourné en entendant un taxi ralentir dans la rue. Tout le monde s'est attroupé, et mon sang n'a fait qu'un tour lorsqu'un grand cri a retenti.

Je me suis précipité en poussant les jeunes.

— Écartez-vous !

Une ado hagarde en sweat à capuche Brearley ouvrait la porte du taxi à l'instant où j'arrivais à sa hauteur.

— C'est bon, a déclaré Mary Beth en levant les bras. Je vais bien.

Je n'en croyais pas mes yeux. Un nouveau rebondissement dans l'affaire. Un rebondissement heureux, pour une fois. Les copains de Mary Beth, stupéfaits, l'ont applaudie tandis que je la conduisais jusqu'au perron de la maison où l'attendait sa mère, en larmes.

Le ravisseur lui avait laissé la vie sauve !

60

De retour dans la cuisine, Émilie et moi nous sommes assis tandis que la mère et la fille s'étreignaient. Je ne sais pas laquelle des deux pleurait le plus fort, et j'ai même cru un instant qu'Émilie allait les imiter.

— Une poussière dans l'œil, inspecteur Grosdur? m'a-t-elle raillé en voyant que je n'en menais pas large, moi non plus.

J'ai refoulé mes larmes en clignant des paupières.

— Il faut croire que j'ai un cœur caché quelque part. Un seul mot à Schultz ou Ramirez et je vous fais avaler votre arme de service.

Émilie a laissé échapper un rire, avant de retrouver aussitôt son sérieux.

— Il faut absolument recueillir le témoignage de la petite pendant qu'elle a encore tous les détails en tête. Je voudrais l'interroger seule.

Je me suis approché de Mme Haas.

— Puis-je vous parler un instant? Je voudrais mettre au point avec vous la version officielle à l'intention des médias.

— Tout de suite ? s'est-elle étonnée tandis que je m'efforçais de l'attirer dans l'entrée. Ça ne peut pas attendre ? Je veux donner une douche à ma fille. Elle a besoin de moi. Votre mission est terminée, je vous demande de bien vouloir quitter cette maison afin que nous puissions reprendre une existence normale.

— Maman ! a crié Mary Beth. Tu ne comprends donc pas ? Ils souhaitent m'interroger. Arrête de te comporter comme si j'avais trois ans. Je vais bien !

Anne Haas a ouvert de grands yeux et j'ai enfin pu la pousser hors de la pièce. Cette gamine était vraiment formidable. Émilie en a profité pour lui poser quelques questions.

— Salut, Mary Beth. Je m'appelle Émilie Parker, je travaille pour le FBI. Inutile de te dire à quel point nous sommes tous ravis que tu t'en sois sortie. Tout de suite, j'ai quelques questions à te poser pour essayer de coincer ton ravisseur.

— Si vous avez l'intention de me sortir le baratin habituel en cas de viol, je vous arrête immédiatement. Il ne m'a pas touchée.

— Tant mieux. En attendant, Mary Beth, peux-tu me le décrire ? Quel âge a-t-il ? À quoi ressemble-t-il ?

— Je dirais qu'il approche de la soixantaine. Un mètre quatre-vingts, large d'épaules, cheveux poivre et sel. Plutôt bel homme. Il m'a fait penser à l'acteur qui joue le père dans *Le Jour d'après*. Dennis Quaid. Sauf qu'il a le teint plus pâle, et des lunettes. Avec un costume chic.

Parker prenait des notes. Pourquoi le ravisseur ne portait-il pas de masque s'il comptait relâcher sa proie ? Négligence ? Une manœuvre tordue de plus ?

— En fait, ce n'est pas du tout un monstre, poursuivit Mary Beth. Je sais que ça peut paraître étrange, mais ce type-là est hypersensible. Avec le recul, j'ai surtout pitié de lui.

Quoi ?!!

— Explique-toi, a insisté Émilie.

— Il m'a posé toutes sortes de questions sur l'état de la planète. Il cherchait à me tester. À chaque fois que je lui donnais une bonne réponse, il était ravi. À la fin, il avait les larmes aux yeux. Il m'a dit à quel point il était fier de moi et m'a enjoint d'apprendre tout ce que je pouvais à Bard, parce que le monde allait avoir besoin de gens comme moi. Il s'est excusé de ce qu'il m'avait fait subir, et puis il m'a reconduite jusqu'au carrefour le plus proche et m'a mise dans un taxi. Il a même payé le chauffeur de sa poche.

Parker avait le plus grand mal à dissimuler sa stupeur. Ce type était complètement cinglé.

— Tu n'as pas pu relever le numéro de son véhicule ?

— Non, mais il s'agissait d'une camionnette de couleur claire. Jaune, je crois.

— D'autres détails, Mary Beth ?

— Il roule lui-même ses cigarettes. Il a tracé une croix sur mon front avec de la cendre avant de me relâcher. Là, a-t-elle précisé en pointant du doigt l'emplacement du signe.

Émilie lui a attrapé le poignet avant qu'elle ait pu l'effacer.

— Mike ! m'a-t-elle appelé sur un ton triomphal. Viens ici. Je crois que nous tenons une empreinte !

61

Comme il fallait agir vite, nous avons procédé nous-mêmes au relevé de l'empreinte. Je ne devrais d'ailleurs pas dire «nous», puisque c'est Émilie qui s'y est collée.

Je suis resté avec Mary Beth pendant que ma collègue allait chercher dans sa voiture des gants de chirurgien et du ruban adhésif spécial.

— J'en ai pour une seconde, ma chérie, a-t-elle expliqué à l'adolescente en lui étalant une longueur d'adhésif sur le front.

D'un mouvement rapide, elle a lissé le morceau d'adhésif et l'a décollé, emportant l'empreinte.

J'ai résisté à l'envie de pousser un cri de joie en voyant un pouce parfait se découper sur la bande adhésive. Le procédé n'est pas toujours aisé, même sur une vitre, mais Émilie avait fait preuve de toute la virtuosité nécessaire. Cette fille-là était décidément polyvalente.

Nous sommes retournés ensemble à sa voiture, et elle a sorti du coffre un LiveScan 10, un appareil portable permettant de photographier les empreintes.

Une fois branchée sur l'ordinateur de bord, la machine a envoyé directement l'empreinte à l'IAFIS, la banque de données du FBI à Clarksburg, en Virginie-Occidentale.

Si notre homme était répertorié parmi les cinquante millions de fiches détenues par le Bureau, nous aurions rapidement une réponse. Comme il s'agissait de notre piste la plus sérieuse depuis le début, j'étais sur des charbons ardents.

— Je vais envoyer le relevé à notre labo de Washington pour un examen par imagerie microspectroscopique infrarouge, a précisé Émilie en déposant son précieux butin à l'intérieur d'une enveloppe spéciale.

— Un microspectro quoi ?

— Une technique toute nouvelle. Les empreintes contiennent des traces de transpiration microscopiques. Les scientifiques sont aujourd'hui capables de prélever cette transpiration pour rechercher des marqueurs chimiques. De cette façon, on peut savoir si un suspect se drogue, et même déterminer son sexe. Vous n'avez jamais entendu parler de ce système ?

— Bien sûr que si, ai-je menti. Je voulais vérifier que vous saviez de quoi vous parliez.

62

Mary Beth se trouvait entre les mains d'un spécialiste des portraits-robots quand nous avons quitté la maison des Haas. La foule massée dans la rue avait changé de visage, laissant transparaître des réactions nettement moins généreuses qu'auparavant. J'ai compris en apercevant une camionnette de la télévision.

J'allais me frayer un chemin au milieu des journalistes, mais je me suis immobilisé au pied du perron, une idée m'ayant traversé l'esprit. Au lieu de m'éclipser discrètement, j'ai fait signe à l'assistance de s'approcher.

Le temps de m'éclaircir la gorge, des dizaines de spots et de micros se sont tendus vers moi. À l'abri de leurs énormes caméras et autres équipements, on aurait dit une armée d'extraterrestres prêts à envahir la planète.

— Une autre jeune victime a été enlevée aujourd'hui, avant d'être relâchée saine et sauve. Si jamais le ravisseur nous écoute, je tiens à le remercier d'avoir fait preuve de clémence. Je l'incite également à prendre contact avec moi afin que nous puissions résoudre la situation une bonne fois pour toutes. Je reste à sa disposition jour et nuit. Il a mon numéro, qu'il n'hésite pas à m'appeler.

— Vous avez une piste? m'a demandé l'un des extraterrestres.

J'ai laissé échapper ma fureur.

— Bon sang! Vous ne voyez donc pas que nous sommes en pleine enquête? Allez, dégagez, je ne dirai pas un mot de plus.

Je me suis éloigné en direction de la voiture et une Parker silencieuse m'a emboîté le pas. Elle s'est brusquement arrêtée en claquant des doigts.

— J'y suis! Vous avez exécuté votre petit numéro de flic ombrageux pour être sûr de passer dans les journaux de 23 heures. Vous essayez de convaincre le ravisseur que nous pataugeons toujours dans le noir.

Je lui ai adressé un clin d'œil.

— Exactement. Inutile qu'il sache que nous sommes sur sa trace, au risque de le voir s'évanouir dans la nature. Je veux le laisser croire qu'il a toujours une longueur d'avance sur nous. Ensuite, *boum*! Dès qu'on l'a identifié grâce à son empreinte, on n'a plus qu'à le coincer.

— C'est génial, Mike, a-t-elle approuvé. J'adore!

— J'ai été à bonne école avec vous, agent Parker.

J'ai consulté ma montre.

— Bientôt minuit. Nous sommes presque le mercredi des Cendres. Allez savoir quelle surprise ce malade nous réserve.

— Il a peut-être décidé d'aller célébrer le Mardi gras à La Nouvelle-Orléans, a suggéré Émilie.

— Bonne idée. On devrait peut-être y aller, nous aussi. Un petit voyage nous ferait du bien.

— Pas si vite, Mike. Si tout se passe au mieux, nous saurons de qui il s'agit dans quelques heures. J'offre la première tournée dès qu'on aura mis ce cinglé hors d'état de nuire.

63

Trois rangées de limousines et de berlines de luxe stationnaient devant le Waldorf Astoria lorsque Francis Mooney s'engagea sur Park Avenue. Il descendit sur la chaussée afin d'échapper aux hordes de paparazzi massées sur le trottoir, et fut un instant aveuglé en passant à côté d'une limousine dont la portière venait de s'ouvrir, provoquant des dizaines de flashs. Un jeune type débraillé en smoking descendit du véhicule, un sourire aux lèvres. Un acteur quelconque, probablement.

Mooney se souvint brusquement que la soirée de gala du Comité d'aide aux réfugiés avait lieu ce soir-là, et se réjouit de voir autant de monde. Pour avoir fait partie de son conseil d'administration dix ans plus tôt, il savait que l'organisation accomplissait un travail formidable, à l'inverse de beaucoup d'associations caritatives qui détournaient une grande partie des dons au profit de directeurs surpayés et d'actions tape-à-l'œil. Tout en remontant l'avenue, il repensa à Mary Beth. Il était persuadé qu'elle échouerait à l'examen et s'en voulait à présent terriblement de n'avoir pas porté un masque. À cause de cette négligence, son visage était maintenant connu de l'une de ses victimes. De toute façon, il était trop tard pour s'en inquiéter.

Il tourna sur la 52e Rue et s'engagea sous l'auvent du Four Seasons, le célèbre restaurant situé sur cette artère chic. Il monta les quelques marches en souriant à la femme aux cheveux noirs, vêtue d'une robe à dos nu et défiant toutes les lois de la gravitation, qui conversait en allemand sur son portable. D'autres beautés longilignes en tenue de soirée, accompagnées de messieurs en costume, attendaient sous le Picasso de l'entrée qu'on veuille bien les installer. Un mélange de parfums capiteux embaumait l'air. Il soupira en identifiant des odeurs de cèdre, de gardénia et d'ambrette. L'odeur de l'argent.

Christophe, le maître d'hôtel à la chevelure argentée, se précipita à sa rencontre.

— Monsieur Mooney ! s'exclama-t-il en levant les mains d'un geste apprêté. Vous voici, enfin ! Mme Clautier commençait à s'inquiéter. Puis-je vous débarrasser ?

— Merci beaucoup, Christophe, répondit Mooney tandis que son interlocuteur l'aidait à retirer son manteau en poil de chameau.

À côté d'eux, les clients qui piétinaient dans la file d'attente affectaient de ne pas envier l'accueil royal réservé au nouvel arrivant.

— Est-elle là depuis longtemps ?

— Quelques minutes seulement, monsieur Mooney. Puis-je vous débarrasser également de votre mallette ?

Mooney soupesa l'attaché-case contenant son Beretta 9 mm, feignant d'hésiter.

— Merci, Christophe. Je crois que je vais la garder.

Il s'arrêta un instant pour admirer le bassin de marbre blanc trônant au centre de la Pool Room, le lourd drapé des rideaux, les tables magnifiquement dressées, la clientèle de notables dînant avec une nonchalance feinte. Une sensation de puissance se dégageait de la salle dont lui-même n'aurait pu nier le pouvoir exaltant.

Mooney emboîta le pas au maître d'hôtel et rejoignit les autres membres du conseil d'administration de l'association New York Restore, installés à la double table, voisine du bassin, qu'ils occupaient systématiquement à l'occasion de leur dîner trimestriel.

— Ah ! Notre cher président aurait-il été rattrapé par ses démons irlandais ? s'écria Mme Clautier. Depuis le temps que je vous connais, Francis, je crois bien que c'est la première fois que vous êtes en retard.

— Si vous saviez à quel point nous sommes débordés au cabinet, s'excusa Mooney en la gratifiant d'un sourire charmeur avant d'effleurer des lèvres la main endiamantée de bijoux Cartier qu'elle lui tendait. Qu'importe, puisque me voilà libre de profiter de votre beauté rayonnante.

— Quel séducteur, soupira Mme Clautier en lui caressant la joue d'un doigt. Francis, je vous l'ai souvent dit, vous auriez dû naître quelques siècles plus tôt.

— Et vous quelques siècles plus tard, ma chère, renchérit Mooney en refusant le menu que lui tendait un serveur en smoking à qui il se contenta de demander une sole de Douvres.

— Je déjeunais aujourd'hui avec Caroline, elle m'a expliqué que l'institut Sloan-Kettering avait commandé des paniers-repas à des célébrités pour leur soirée de bienfaisance, reprit Mme Clautier. Ne trouvez-vous pas l'idée délicieuse ? C'est Brooke qui la leur a soufflée.

Mooney sourit intérieurement. Fidèle à sa réputation de diva du Tout-New York, Mme Clautier n'aurait pour rien au monde précisé à ses compagnons de table qu'elle parlait de Caroline Kennedy et de Brooke Shields.

Clautier était une snob incorrigible qui se fichait éperdument de New York Restore et de son ennuyeuse mission d'embellissement des espaces publics de Manhattan. Mooney avait accepté la présidence de l'association à seule fin de s'attirer les bonnes grâces d'une donatrice aussi généreuse. Avec le temps, il avait fini par occuper auprès d'elle le rôle de conseiller, ce qui lui avait permis de détourner pour des causes autrement plus nobles quelques millions de l'immense fortune pétrolière qu'elle avait héritée de son mari.

Ce soir-là, après le dîner, il comptait d'ailleurs lui soutirer la plus grosse somme de sa carrière. Les papiers, prêts à être signés, se trouvaient dans son attaché-case, sagement calés sous l'automatique.

— Champagne, monsieur Mooney? lui glissa discrètement à l'oreille le chef de rang pendant que Mme Clautier racontait par le menu les dernières frasques de Charlie, son pékinois.

— Un double Glenlivet, répondit Mooney dans un chuchotement.

QUATRIÈME PARTIE

Du sport au gymnase

64

Francis Mooney se réveilla en sursaut dans la nuit. Jamais il n'aurait dû commander un troisième scotch la veille. Il savait pourtant que l'alcool perturbait son sommeil. Il tentait vainement de se rendormir lorsque son radio-réveil fit entendre le jingle de la station de radio 1010 WINS.

— Bonjour à tous. Il est 5h30, nous sommes le mercredi des Cendres. Bonne nouvelle, les parcmètres sont gratuits aujourd'hui.

Mooney crut qu'il allait vomir en découvrant brutalement quel jour on était.

Déjà, pensa-t-il en poussant des gémissements à fendre l'âme. *Non! C'est trop tôt. J'en suis incapable. Totalement incapable!*

Il pleurait à chaudes larmes et il lui fallut dix bonnes minutes pour recouvrer un semblant de calme. Il serra les poings, enfonçant profondément ses ongles dans la chair de ses paumes. La douleur, exquise, lui rendit tout son sang-froid. Il s'essuya les yeux, éteignit la radio et glissa les jambes hors du lit.

Il se prépara une tasse de café qu'il emporta avec lui. Traversant les pièces impeccablement rangées de sa maison de la 25e Rue, dans le quartier de Chelsea, il monta les marches de l'escalier en colimaçon conduisant à la terrasse sur le toit, son refuge de prédilection.

L'air frais acheva de lui remettre les idées en place. Tout en se tortillant les orteils sur le papier goudronné, il songea à l'époque où il jouait à cache-cache sur le toit du taudis d'Inwood où il avait grandi. Peut-être était-ce la raison de son attachement à cette terrasse.

De la rue quasiment déserte, en contrebas, monta le claquement sec d'un taxi roulant sur une plaque d'égout. Il sourit en apercevant la silhouette verte du McGraw-Hill Building qui se découpait au-dessus des immeubles, à la façon d'un paquebot Art déco perdu au cœur de la ville.

Son sourire s'effaça lorsqu'il distingua les premières lueurs de l'aube derrière l'Empire State Building.

Rien n'arrêtait la course du temps. Une larme solitaire roula sur sa joue, qu'il chassa d'un doigt. Rassemblant son courage, il tendit sa tasse en direction de la lumière naissante, comme s'il portait un toast.

Un jour gris avait envahi la 25e Rue lorsqu'il verrouilla sa porte une demi-heure plus tard. Mooney s'habillait toujours avec recherche, mais il avait consenti un effort supplémentaire ce matin-là. Il lissa d'une main le revers de son plus beau costume, un complet Henry Poole gris pâle à rayures pour lequel il avait dépensé une petite fortune lors d'un déplacement professionnel à Londres six ans plus tôt. Ses bottines noires John Lobb à trois mille deux cents dollars complétaient harmonieusement sa tenue. Seule la caisse posée à ses pieds, une méchante boîte métallique noire munie de fermetures chromées, venait casser cette image de perfection.

Il remonta les manches de sa chemise de popeline italienne Turnbull & Asser et souleva délicatement la lourde caisse avant de héler un taxi en maraude.

Dix minutes plus tard, le chauffeur le déposait devant l'église Most Holy Redeemer sur la 3ᵉ Rue, au cœur de l'East Village. Il avait choisi cette paroisse pour les nombreuses actions qu'elle menait en faveur des homosexuels et des séropositifs. Il alluma plusieurs cierges sur le présentoir installé dans la minuscule chapelle votive et pria pour le salut des adolescents qu'il avait tués. Il savait que leurs âmes monteraient directement au paradis, à l'instar de celles des premiers martyrs. Jamais Dieu ne resterait insensible à leur sacrifice. Francis, porté par sa foi, en était sincèrement convaincu. Sans la foi, comment aurait-il pu mener à bien une telle mission ?

Il releva la tête en entendant des nappes d'orgue s'élever de la tribune. La messe de 7 heures allait commencer. Il s'empressa d'allumer un dernier cierge.

— Fais que ma main ne tremble pas en ce jour, Seigneur, murmura-t-il dans la pénombre où flottait un parfum d'encens.

Il prit place sur le dernier banc. Le moment venu, il se mêla aux quelques dizaines de fidèles matinaux qui se trouvaient là et reçut les cendres. Des cendres de rameaux, à l'image de ceux qui avaient accueilli Jésus à son entrée dans Jérusalem, quelques jours avant sa mort. Mooney y trouvait un véritable réconfort. Il faillit crier quand le prêtre traça du pouce le signe de la croix sur son front tout en prononçant la formule latine rituelle :

— *Memento homo, quia pulvis es, et in pulverem reverteris.*

«Souviens-toi, homme, que tu es poussière, et que tu redeviendras poussière.»

Je ne suis que poussière, pensa Mooney en redescendant la nef. Il se sentait serein, lavé de tout péché, rempli de la lumière divine. Il ramassa la lourde caisse posée près de son banc et quitta l'église d'un pas léger.

65

Malgré le manque de sommeil, je me suis surpris à sourire en me rendant à la messe à pied, accompagné de mes enfants, ce matin-là. Main dans la main au milieu de la foule du matin, Chrissy et Shawna amusaient les passants en chantant toutes les pubs qu'elles connaissaient.

Tous vêtus de l'uniforme à carreaux de leur école, rangés en deux files plus ou moins parallèles, mes dix garçons et filles semblaient sortir tout droit de la série de livres pour enfants *Madeline*. Je n'étais peut-être pas aussi sévère que miss Clavel, la tutrice de Madeline, mais je portais tout de même un Glock sous l'aisselle.

L'enthousiasme et la spontanéité de ma smala devaient être contagieux, car j'en oubliais presque l'horreur de l'enquête. J'ai repris pied dans la réalité en voyant les mines graves des paroissiens sortant de la première messe du Saint-Nom, une croix noire tracée à la cendre sur le front. Je me suis remémoré les cadavres des deux adolescents abattus par le tueur, et mes intestins se sont noués.

J'ai poussé un soupir de rage. J'étais outré que quelqu'un ait osé dénaturer de la sorte un symbole aussi sacré. Les cendres, synonymes de sacrifice et d'humilité, évoquent le calvaire du Christ. Elles n'avaient pas leur place dans les rapports d'autopsie que je ne parvenais pas à chasser de mon esprit.

Le drame de ces derniers jours affectait même les fidèles. Seamus m'avait expliqué la veille que l'archevêché, à cause de l'affaire, avait hésité à pratiquer l'imposition des cendres en ce mercredi bien particulier. J'étais heureux de constater que la sagesse avait prévalu dans la hiérarchie catholique locale. Il aurait été lamentable de laisser une seule personne prendre en otage l'ensemble des fidèles.

Nous avons pénétré en troupeau sous la nef du Saint-Nom. Eddie et Ricky ont poursuivi leur chemin vers la sacristie où les attendaient leurs tenues d'enfants de chœur, et Juliana a conduit les sept autres jusqu'au dernier banc tandis que je m'approchais d'une chapelle latérale.

J'ai déposé un billet de cinq dollars dans le tronc et allumé plusieurs cierges. Agenouillé dans le cercle de lumière orangée, j'ai fermé les yeux et prié pour les défunts, et plus encore pour leurs proches. Je sais d'expérience quels ravages peut causer la mort au sein d'une famille unie. En revanche, je ne pouvais que deviner le désespoir de parents ayant perdu un enfant unique.

Je me signais lorsqu'une main s'est posée sur mon épaule. Seamus.

— Tu es un bon petit gars. Ça tombe bien, j'ai besoin d'un volontaire, a-t-il chuchoté. Tu as le choix entre te charger de la première lecture et m'apporter le vin, l'eau et le pain au moment de la communion.

— Le vin, l'eau et le pain.

— Parfait, mais tu assureras également la première lecture. Je t'ai menti en te disant que tu avais le choix. Allez, le spectacle n'attend pas.

La messe s'est déroulée de façon plus solennelle et grave que d'habitude. Malgré mes efforts, je n'arrivais pas à chasser le tueur de mon esprit, surtout lorsque Seamus a prononcé la formule rituelle en imposant les cendres :

— *Memento homo, quia pulvis es, et in pulverem reverteris.*

La phrase inscrite sur le tableau près du corps de la première victime.

Mon Dieu, aide-moi à mettre un terme aux méfaits du malade qui a tué ces malheureux, ai-je prié en retournant à mon banc, une croix de cendre sur le front.

En m'agenouillant, j'ai compris que j'étais marqué de la même façon que les jeunes victimes. Mon front me brûlait, et c'est tout juste si je ne sentais pas la présence de Jacob Dunning et de Chelsea Skinner dans la pénombre. En fermant les yeux, j'ai vu apparaître le visage de Dan Hastings, dont on ignorait toujours le sort.

Seigneur, je n'ai pas le droit de les abandonner.

66

Francis X. Mooney versa plusieurs comprimés de Dexadrine dans sa main en passant devant le Flatiron Building. Il traversa la rue en direction du Madison Square Park, voulut avaler les cachets, se ravisa et les jeta dans une poubelle. Il n'avait pas besoin d'amphétamines un jour comme celui-ci.

Son sang lui donnait l'impression de chanter dans ses veines. Tous ses sens semblaient affectés par l'étrange état d'euphorie qui l'envahissait. Les façades ouvragées des immeubles de style Beaux-Arts qui se succédaient sur Broadway, l'odeur d'huile chaude et de sucre émanant des stands de doughnuts, le trottoir noir de crasse qu'il foulait... jamais il n'avait vu le monde avec une telle acuité.

La caisse commençait à devenir lourde ; il changeait de main à chaque carrefour. Sa chemise lui collait dans le dos, mais il n'avait pas le choix. Pas question de prendre un taxi. Il devait effectuer à pied cet ultime pèlerinage.

Ayant toujours adoré cette ville, il prenait un plaisir sans partage à parcourir ces rues qui ne cessaient de le fasciner. Les Français avaient même un mot pour désigner les aventuriers urbains de son espèce : les *flâneurs*, seuls capables de savourer pleinement l'esthétique de la vie urbaine.

Il s'immobilisa au coin de la 25e Rue et de la 5e Avenue. Une jeune femme remontait une ruelle le long d'un vieil immeuble, un sac-poubelle blanc à la main.

— Excusez-moi, la héla Mooney en se précipitant vers elle. Mademoiselle ! Mademoiselle ! S'il vous plaît !

Elle s'arrêta net.

— Comment osez-vous ? s'indigna Mooney en pointant du doigt la bouteille de Coca Light qu'on apercevait à travers le plastique translucide du sac. Le plastique, ça se recycle ! Vous allez jeter à la poubelle une bouteille recyclable !

— T'es qui, toi ? La brigade écolo ? ricana la femme en lui adressant un doigt d'honneur. Va t'amuser ailleurs, pauvre connard.

Mooney hésita à l'abattre. Son Beretta chargé se trouvait dans la caisse. Il pouvait effacer d'une seule balle la suffisance et le visage disgracieux de cette femme avant d'abandonner son corps dans cette ruelle puante. Conscient que les passants observaient leur altercation, il jugea plus prudent de se calmer. Inutile de se laisser submerger par ses émotions. Une mission autrement plus essentielle l'attendait.

Malgré ses bonnes résolutions, il ne put s'empêcher de s'arrêter à nouveau au coin de la 33e Rue, tout près de l'Empire State Building. Un camion de la compagnie du téléphone était arrêté au carrefour, le moteur au ralenti.

— Excusez-moi, dit-il à l'abruti qui prenait son petit-déjeuner sur le pouce, tranquillement installé derrière le volant.

Voyant que l'autre ne réagissait pas, il toqua bruyamment à la vitre avec sa chevalière d'ancien de Columbia.

— Excusez-moi ! Je vous parle !

L'employé des télécoms ouvrit la portière et sauta sur le trottoir. Le crâne rasé, il avait une carrure de joueur de football américain.

— Hé, mec ! Ça va pas la tête, de t'énerver sur ma vitre ? rugit-il en postillonnant des miettes de doughnuts.

— Hé, mec, ça va pas la tête, de laisser ton moteur tourner au ralenti ? riposta Mooney du tac au tac. Je te signale que c'est puni par l'article 24-63 du code administratif de la Ville de New York : « Il est interdit de laisser tourner plus de trois minutes le moteur d'un véhicule en stationnement. » Vous ne voyez pas la fumée noire qui sort de votre pot d'échappement ? Vous émettez un mélange, dangereux pour la santé, de benzène, de formol et d'éthanol, sans parler des particules fines qui se logent dans les alvéoles pulmonaires. Vous tuez des gens et vous contribuez au réchauffement climatique. Je vous demande d'éteindre...

L'employé des télécoms, stupéfait, lâcha un petit ricanement en tendant une main gigantesque vers son interlocuteur. Saisissant Mooney par la cravate, il exécuta un tour complet sur lui-même avant de lâcher sa proie qui alla s'écraser contre un étal de journaux et roula sur l'asphalte de la 5e Avenue dans un tintamarre de coups de klaxon.

Les mains et le menton écorchés, Mooney fut enseveli dans le nuage de gaz d'échappement du camion des télécoms démarrant sur les chapeaux de roue. Il s'assit sur le rebord du trottoir en toussant.

De petits cailloux s'étaient enfoncés dans les paumes de ses mains et une trace noire humide maculait l'avant-bras de sa veste. Le pantalon de son costume anglais, déchiré au genou, ne valait guère mieux. L'espace d'un instant, il se revit dans la cour d'école de son enfance, subissant les railleries et les brutalités de crétins plus grands et plus forts que lui. Le sentiment d'impuissance qui l'étreignait déjà à l'époque lui laissa un arrière-goût amer au fond de la gorge.

Il revit en pensée l'expression stupéfaite du colosse des télécoms et il éclata de rire. Assez de gamineries, il avait eu de la chance que son adversaire ne le laisse pas pour mort, étant donné son gabarit.

Le temps de l'impuissance est révolu, se réconforta-t-il en récupérant sa caisse en métal.

Il la caressa amoureusement et reprit son pèlerinage.

Alors qu'il accélérait le pas, une citation de Robert Frost, souvenir de l'école primaire, lui revint en mémoire.

J'ai encore bien des promesses à tenir et bien des kilomètres à parcourir avant de pouvoir dormir, récita-t-il.

67

— Papa, elle est belle, ma croix en cendre ? J'ai demandé à grand-père de s'appliquer.

La question émanait de Chrissy, ma fille de cinq ans. Nous étions tous deux attablés dans le Starbucks bondé situé au coin de Broadway et de la 93e Rue.

Nous avions déposé sa fratrie à l'école, en sortant de la messe. Chrissy, encore en maternelle, n'avait classe qu'à midi. Les rapports individuels sont rares au sein de ma famille nombreuse et je n'aurais manqué pour rien au monde ce rendez-vous du mercredi matin chez Starbucks, pas même pour un tueur en série.

— Je ne sais pas, ma chérie. Laisse-moi voir.

J'ai longuement examiné son front tout en lui tenant le menton. Incapable de me retenir, j'ai déposé un baiser sur son nez de petit lutin.

— Ta croix est parfaite, Chrissy. Grand-père a bien travaillé. La couleur de la cendre va très bien avec ta moustache de chocolat chaud.

Elle a plongé le nez dans son gobelet et j'en ai profité pour regarder les gens qui faisaient la queue à la caisse. Des nourrices avec des nouveau-nés, des ouvriers du bâtiment fatigués, des hommes et des femmes d'affaires affichant leur lassitude attendaient patiemment leur café du matin. Dix pour cent d'entre eux, et un seul employé derrière le comptoir, portaient une croix de cendre sur le front. Tout indiquait que le tueur passerait à l'action aujourd'hui. Restait à savoir où, et comment.

Je me suis frotté les yeux avant d'avaler une grande gorgée de café. Après une nuit blanche, mon taux de caféine avait atteint un niveau record, mais c'était la loi du genre. La veille, une fois la réunion de crise terminée, j'avais passé des heures à écumer Google à la recherche d'informations concernant le mercredi des Cendres.

Cette célébration, l'une des plus importantes du calendrier liturgique de l'Église catholique, permettait à chacun de méditer sur ses péchés.

À quels péchés s'attaquait le tueur en abattant ses victimes ? À ceux de ces pauvres gamins ? À ceux de la société ? Aux siens ?

J'ai surpris le reflet de mon front taché de cendre dans la vitre.

J'ai détourné les yeux. Je m'en voulais de ne pas avoir su résoudre cette affreuse enquête.

Chrissy s'amusait avec un bébé dans une poussette en se dissimulant le visage dans les mains, et j'ai vérifié pour la millième fois l'écran de mon portable. J'ai fait la grimace en voyant s'afficher normalement le sigle des Yankees en fond d'écran. Pas de SMS. Toujours aucune nouvelle de l'empreinte, dont Émilie avait pourtant demandé le traitement de toute urgence.

J'ai fait tournoyer mon téléphone sur la table en regardant machinalement Broadway de l'autre côté de la vitre. Le temps jouait contre moi et je n'y pouvais rien.

Où, et comment?

68

Tout à mon enquête, je n'avais pas entièrement repris pied dans la réalité lorsque j'ai ramené Chrissy à l'appartement dix minutes plus tard. Sinon, j'aurais pris la précaution de regarder le nom qui s'affichait à l'écran avant de décrocher mon portable en m'écriant, persuadé qu'il s'agissait du boulot :

— Alors ? Qui est-ce ?

— Qui est qui ? a répondu la voix de Seamus, mon grand-père. Et puis je m'en fiche. Je veux seulement savoir si tu lui as souhaité.

— Souhaité quoi à qui ?

— Mary Catherine, espèce de crétin d'Irlandais ! J'étais sûr que tu oublierais, ce qui n'est pas très malin de ta part, sachant de quelle humeur elle est en ce moment. *Happy birthday to you*, ça ne vous dit rien, inspecteur ?

— Putain de mer… credi des Cendres. J'avais complètement oublié.

Tu parles d'un crétin d'Irlandais. La bourde de l'année.

J'aurais au moins pu lui rapporter un muffin de chez Starbucks, ou n'importe quoi d'autre. Il me fallait aviser, et vite. Un sifflement de bouilloire m'est parvenu de la cuisine. Je n'étais peut-être pas encore fichu.

— Je m'en occupe, mon père.

Et j'ai raccroché.

J'ai trouvé Mary Catherine devant le placard de la cuisine, en train de sortir un mug.

— Mary, vous êtes là ! Joyeux anniversaire !

Un large sourire aux lèvres, je l'ai serrée contre moi avant de lui déposer un baiser sur la joue.

Le plus surpris des deux n'a pas été celui qu'on pense, car Mary Catherine a tourné la tête et nos lèvres se sont collées l'une à l'autre.

Dans un premier réflexe, j'ai voulu me dégager, mais, avant que je comprenne ce qui m'arrivait, ma main s'est refermée sur sa nuque et nous nous sommes, euh... *roulé une pelle*, comme on dit.

De saisissement, Mary a lâché le mug, qui a volé en éclats sur le carrelage de la cuisine.

Bref, une pelle d'enfer.

— Mary Catherine ! a fait la voix de Chrissy de l'autre côté de la porte.

J'ai bien cru que Mary allait me casser le nez en se dégageant. Elle était vingt fois plus rouge que les reflets dorés de ses cheveux blond vénitien. Quant à moi, le visage en feu, j'étais incapable de refermer la bouche.

— Honte à vous, Mike, a-t-elle balbutié avant de disparaître.

J'ai cru voir qu'elle pleurait, mais pourquoi ? Moi-même, j'avais du mal à respirer. J'ai entendu la porte de la salle de bains claquer un instant plus tard.

Je restais là, complètement ahuri, quand Chrissy m'a rejoint.

— Où est Mary ? m'a-t-elle demandé.
— Je ne sais pas. J'ai cassé un mug, Chrissy. Tu pourrais m'apporter la pelle à poussière ?

69

Je ramassais les morceaux de porcelaine à quatre pattes quand mon portable s'est mis en branle.

— Mike! a fait la voix d'Émilie. Descendez, j'ai du nouveau. Je vous attends au pied de votre immeuble.

Je me suis empressé de jeter les derniers morceaux dans la poubelle.

— Dieu soit loué! J'arrive tout de suite.

En passant devant la porte toujours close de la salle de bains, je me suis contenté de crier: «Je vais travailler. À tout à l'heure, Mary!», sans savoir si je réagissais comme il le fallait. À ma décharge, je n'avais roulé de pelle à aucune nourrice jusque-là.

J'ai essuyé les traces de rose qui traînaient sur mon menton en me regardant dans le miroir de l'ascenseur. Le goût des lèvres de Mary dans la bouche, je me suis demandé ce qui s'était passé et ce que j'en pensais. J'avais bien besoin de ça!

Honte à vous, Mike!

70

La Crown Vic d'Émilie stationnait en double file, et je suis monté à côté d'elle. Elle portait un joli tailleur beige sur un chemisier en soie blanc que je ne lui connaissais pas. L'enquête s'éternisant, elle avait trouvé le temps de faire du shopping.

Était-ce le fruit de mon imagination, ou bien le chemisier laissait-il entrevoir un décolleté avenant? Je me suis frotté les yeux en me demandant ce qui m'arrivait.

— Ça va, Mike?
— En pleine forme. Quoi de neuf?

Émilie m'a tendu un dossier.

— J'ai enfin reçu le rapport des analyses toxicologiques sur les traces de cendre retrouvées sur le front de la première victime. Vous avez déjà entendu parler de spectrométrie de fluorescence X?

— J'en ai subi une il y a six mois. Rien à signaler.

— Écoutez plutôt, au lieu de plaisanter, m'a corrigé Émilie. Pour simplifier, toutes les substances réfléchissent les rayons X de façon différente. Les techniciens du Bureau ont passé les cendres dans la machine, il en ressort qu'il s'agit de tabac ordinaire. En revanche, ils ont découvert dans la transpiration du tueur des traces de composants fort intéressants.

— Lesquels ?

Émilie s'est emparée d'un bloc à pince.

— Plusieurs types d'amphétamines, ainsi qu'un médicament nommé… Iressa. Un produit utilisé en chimiothérapie dans le traitement du cancer du poumon.

J'ai hoché la tête en me massant les joues.

— Beau boulot, Émilie. Je vais demander à Schultz de contacter tous les centres de lutte contre le cancer, à commencer par l'institut Sloan-Kettering, pour qu'ils nous fournissent la liste de leurs patients. Je commence à mieux comprendre les motivations de notre homme. S'il est en phase terminale, ce psychopathe a très bien pu établir la liste de ses priorités avant de mourir. C'est peut-être sa façon de partir en faisant un maximum de bruit.

— C'est drôle que vous parliez de bruit, m'a répondu Émilie en pointant du doigt le fax du labo. Ce médicament n'est pas le plus inquiétant. On a également retrouvé dans la cendre des traces de pentaérythritol. L'un des composants du plastic, Mike.

Des enlèvements, des meurtres, et maintenant des explosifs ? Ce n'était plus un mauvais rêve, mais un véritable cauchemar, dont j'ai vainement tenté de m'extraire tandis qu'Émilie répondait au téléphone.

— Attends une seconde, Tom, a-t-elle dit à son interlocuteur. Je branche le haut-parleur.

— L'empreinte nous est revenue, a repris Tom Warriner, le responsable du labo à Quantico. Tu ne vas pas me croire, Émilie. Nous avons une fiche, mais son propriétaire est lié à Cointelpro.

J'ai froncé les sourcils.

— Cointelpro ?

— Le service de contre-espionnage du Bureau, m'a expliqué Émilie.

— L'unité concernée était rattachée à notre antenne de New York, a poursuivi Warriner. Il s'agit de l'Unité antiterroriste intérieure, un service remontant aux années 1960. Le nom de code du propriétaire de l'empreinte est Shadowbox.

— Au sein des services de renseignement, on donne des noms de code aux agents dont l'identité est classifiée, m'a expliqué Émilie en levant les yeux au ciel, la main posée sur le micro de son portable. Le FBI est friand de ce genre de cirque, comme la CIA. De vrais petits James Bond.

Elle a repris sa conversation avec le scientifique.

— Qu'en penses-tu, Tom ? Le Shadowbox en question était sans doute une taupe introduite dans un groupe terroriste américain, non ?

J'éprouvais déjà les plus grandes difficultés à digérer la présence possible d'explosifs, et voilà qu'on nous parlait de *terrorisme*.

— Très probablement, est convenu Warriner.

Une question me brûlait les lèvres.

— Comment peut-on obtenir l'identité du type affublé de ce nom de code ?

— J'ai fouillé à deux reprises dans nos anciennes bases de données, mais certains dossiers Cointelpro ont apparemment disparu.

Émilie a ricané.

— Tu parles. En attendant, que fait-on ? Comment contourner l'obstacle ?

— J'ai posé des questions à droite et à gauche. Le mieux serait de passer voir John Browning, a suggéré Warriner. L'agent en charge de l'antiterrorisme à New York de 1968 à 1974. J'ai tenté de le joindre, mais ça ne répond pas à son domicile de Yonkers. J'ai travaillé avec lui sur plusieurs affaires, à mes débuts. C'est un emmerdeur cynique, mais doté d'une intelligence supérieure. Si quelqu'un est capable de vous renseigner au sujet de Shadowbox, c'est lui.

72

Émilie zigzaguait entre les voitures sur le Saw Mill River Parkway, encombré à cette heure, et le V8 de la Crown Vic rugissait de plaisir. Ma collègue du FBI aurait pu rendre des points à Danica Patrick, et je m'agrippais à la poignée de ma portière.

Browning vivait au fond d'une impasse donnant sur le terrain de golf du quartier de Dunwoodie. Un camion de déménagement était garé devant chez lui, et Émilie s'est arrêtée derrière.

Pourvu qu'il vive encore ici.

Un homme sec et élancé, la soixantaine bien tassée, est sorti du garage, un train électrique dans les mains. Il était très BCBG avec son sweat de l'université St. John, et j'ai remarqué qu'il portait une croix de cendre sur le front.

— Puis-je vous aider? s'est-il enquis en faisant naviguer son regard bleu d'une vive intelligence entre Émilie et moi.

— J'espère, a répondu celle-ci en lui montrant son badge. Nous venons de la part de Tom Warriner, au sujet de l'unité Co…

Il l'a interrompue d'un geste en voyant une femme sortir de la maison d'en face, des plantes vertes à la main.

— C'est au sujet de... de vos anciennes fonctions, a poursuivi Émilie d'une voix feutrée.

— Je vois. Dans ce cas, donnez-vous la peine d'entrer, a-t-il réagi en nous poussant vers le garage. J'ai fini par me résoudre à prendre ma retraite en Floride, nous a-t-il expliqué en redescendant le volet roulant. Je viens de vendre à un couple de yuppies de Manhattan, qui voulaient plus d'espace pour leurs yorkshires. J'ai trouvé le moyen d'élever quatre filles ici, espérons que ça marchera pour leurs chiens.

— Nous avons besoin de votre aide, John, s'est enhardie Émilie. Le temps nous est compté, nous voudrions éviter des démarches longues et fastidieuses. En 1969, vous aviez sous vos ordres un informateur surnommé Shadowbox. Grâce à ses empreintes, nous pensons qu'il est mêlé aux meurtres d'adolescents de ces derniers jours.

— Je vois, a-t-il laissé tomber en se tapotant la joue avec un doigt.

— Si vous le souhaitez, vous pouvez appeler Tom. Il vous confirmera mon identité, proposa Émilie.

— Vous plaisantez? réagit Browning en levant les yeux au ciel dans ma direction. J'ai su que vous apparteniez au Bureau avant même que vous n'ouvriez la bouche. Le vrai nom de Shadowbox était Mooney. Francis Xavier Mooney. Un jeune étudiant pâlot, avec des lunettes. Un garçon très intelligent qui venait d'une famille ouvrière d'Inwood. Il a été admis à Columbia où il s'est acoquiné avec des gauchistes. Nous l'avons coincé pour une histoire de drogue, et il nous a servi d'indic dans une affaire liée au groupe Weatherman.

Je me suis rembruni.

— Putain! Une histoire de terrorisme.

Browning a hoché la tête.

— Un soir, il m'appelle tard pour me parler de l'usine à bombes que venaient de créer ses petits camarades dans un appartement du Village. Ses copains avaient décidé de poser une bombe dans la gare de Grand Central. Au moment où nos troupes passent à l'assaut, boum! L'un de ces imbéciles renverse un produit quelconque en voulant s'enfuir par la fenêtre et c'est le feu d'artifice. La moitié de l'immeuble s'est écroulée, quatre types du groupe sont morts dans la bagarre et Mooney s'en est beaucoup voulu. Il se jugeait responsable de ce qui était arrivé. On l'a retiré du programme à ce moment-là et je n'ai plus jamais entendu parler de lui.

— À quelle époque a eu lieu ce drame?

— Euh...

L'agent retraité a levé la tête, les yeux perdus dans les poutres du garage.

— C'était en 1970. Le jour du mercredi des Cendres, très précisément. On a parlé à l'époque de l'attentat du mercredi des Cendres. Les terroristes ont toujours eu un faible pour les anniversaires.

J'ai ouvert mon portable une fraction de seconde avant Émilie et composé le numéro de Schultz.

— Prends note. Le suspect est un certain Francis Xavier Mooney, vivant très probablement à Manhattan. Attention, il dispose certainement d'explosifs. Veille à renforcer la sécurité à Grand Central, c'est l'une des cibles potentielles. Rappelle-moi à la seconde où tu récupères son adresse.

— Combien de personnes a-t-il tuées ? s'est enquis Browning en actionnant le volet roulant.

— Deux ados, peut-être trois.

Il a secoué la tête.

— Je ne suis pas surpris outre mesure. Il était givré. Nous avions à peine terminé de ramasser ses copains à la petite cuillère qu'il nous débitait de grands discours écolo. Soyez prudents. Mooney est un idéaliste. Si j'ai appris une chose au cours de mon illustre carrière, c'est que les idéalistes sont toujours les plus dangereux.

73

Le ciel s'est déchiré et il s'est mis à tomber des cordes pendant que nous retournions en ville après notre visite à l'ancien agent du FBI. Le battement affolé des essuie-glaces était parfaitement synchronisé avec ceux de mon cœur. Mon taux d'adrénaline frôlait la surdose, la course contre la montre entamée avec Mooney valait largement une caisse de Red Bull.

Mon portable a sonné au moment où la Crown Vic s'approchait de l'entrée de l'autoroute en aquaplaning.

— Mike.

Carole Fleming, ma chef.

— On vient de recevoir les infos sur Mooney. Il habite à Chelsea, 448 25e Rue Ouest. Entre la 9e et la 10e Avenue, à trois rues de l'Institut des techniques de la mode.

— Victoire!

Je me suis empressé de répéter l'adresse à Émilie. Après des jours de frustration et de fausses pistes, la chasse à l'homme commençait enfin.

— Attention, a continué Fleming. Dans la mesure où Mooney détient peut-être encore Dan Hastings, le numéro deux de l'antenne locale du Bureau a donné son feu vert aux types de l'unité de Récupération d'otages. Ils sont en route pour Chelsea avec les gars du Déminage. En attendant, on s'occupe d'obtenir un mandat de perquisition. Dobbins, le responsable des affaires criminelles au cabinet du procureur, a rédigé lui-même la demande. Il m'a promis de m'appeler de Centre Street à la seconde où il obtient la signature d'un juge. Où es-tu ?

— À une demi-heure de route. Comment avez-vous déniché l'adresse de Mooney ? Il a un casier ?

— Pas du tout, a répondu ma chef. Figure-toi que son nom est apparu dans la banque de données du bureau d'aide sociale de la Ville. Je viens de parler à l'un des responsables. Il fait des vacations pour eux, et son dossier précise qu'il est avocat chez Ericsson, Weymouth & Roth, un cabinet de Lexington Avenue. J'en ai déjà entendu parler. Un cabinet de premier ordre. Je viens d'envoyer là-bas les gars de l'unité de surveillance.

— Tu peux me donner les coordonnées du cabinet ?

Tout en composant le numéro, j'ai aperçu la silhouette de Manhattan à travers les arbres. À des années-lumière. Putain, on aurait déjà dû y être. Restait à savoir si nous n'arrivions pas trop tard. Un attentat dans les locaux de son cabinet, peut-être ?

— Ericsson, Weymouth & Roth, a répondu une voix mélodieuse. Puis-je vous mettre en attente ?

— Non, ne coupez pas ! Inspecteur Mike Bennett du NYPD à l'appareil. C'est très urgent. J'ai absolument besoin de savoir si Francis X. Mooney est venu travailler aujourd'hui.

— M. Mooney ? C'est l'un des associés du cabinet. Je peux vous basculer sur sa messagerie, si vous le souhaitez.

Je ne parlais plus, je hurlais.

— Écoutez-moi ! Nous avons tout lieu de croire que votre M. Mooney est armé et dangereux. Il est capable de se suicider ou de tuer. Est-il passé au bureau aujourd'hui, oui ou non ?

— Mon Dieu ! s'est étranglée la standardiste. Je ne sais pas.

— Vérifiez immédiatement !

Je l'ai entendue poser le téléphone. Sa voix résonnait à nouveau à mon oreille quelques instants plus tard.

— J'ai posé la question à son assistante. Il n'est pas là. Mais je peux vous passer notre administrateur.

— Ted Provencal, a bientôt fait une voix masculine.

— Mike Bennett du NYPD. Votre collègue Francis Mooney est très certainement responsable de la série de crimes commis ces derniers jours sur des adolescents.

Mon interlocuteur s'est étouffé à l'autre bout du fil.

— Francis ? a-t-il bafouillé d'une voix bouleversée. Francis ?!!

— Je me doute que la nouvelle vous fait un choc, mais j'ai besoin de rassembler un maximum d'informations à son sujet, dans les plus brefs délais. Où se trouve-t-il à l'heure qu'il est ?

— Je ne sais pas, aucun rendez-vous n'est inscrit sur son agenda. Francis a multiplié les absences depuis quelques jours. Nous avons volontairement allégé sa charge de travail depuis qu'il se sait atteint d'un cancer du poumon. Il dispose d'horaires flexibles.

Voilà qui expliquait la présence de ce médicament.

— Mooney a un cancer ?

— Un cancer de stade quatre à grandes cellules, diagnostiqué il y a trois mois, m'a répondu Provencal. Le mal est trop avancé pour qu'on puisse l'opérer. Il faut dire qu'il fumait énormément. On l'avait supplié d'arrêter à de nombreuses reprises. Quel gâchis chez quelqu'un d'aussi brillant.

— Il est vraiment intelligent ?

— C'est de loin l'une des personnes les plus douées que j'aie pu rencontrer. D'une méticulosité extrême. Il ne néglige jamais aucun détail lorsqu'il rédige un contrat ou un testament. Il a longtemps dirigé notre département successions. Francis est l'une des personnes les plus attachantes du cabinet, auprès de ses collègues comme de la clientèle. Il s'occupait également d'œuvres de bienfaisance. Êtes-vous absolument certain qu'il est impliqué dans ces horribles affaires dont ont parlé les journaux ? Ces adolescents abattus de sang-froid ? Je ne peux pas le croire. Vous êtes certain de ce que vous avancez ?

— Il est temps d'y croire. La police sera chez vous dans quelques minutes. Barricadez-vous et demandez au responsable de la sécurité de ne laisser entrer Mooney sous aucun prétexte. Il est armé, et dispose probablement d'explosifs.

74

Nous venions de quitter la West Side Highway en empruntant la bretelle de la 23ᵉ Rue sur les chapeaux de roue quand Émilie a reçu un appel sur son téléphone professionnel ; on lui demandait de se rendre dans un vieil immeuble de brique situé au coin de la 25ᵉ Rue et de la 8ᵉ Avenue.

La Crown Vic s'est enfoncée dans le parking souterrain, et un camion blanc fatigué nous a adressé un appel de phares. Émilie s'est arrêtée derrière le lourd véhicule aux flancs couverts de graffitis.

Le volet roulant du camion s'est relevé et a dévoilé une unité de surveillance dernier cri, regorgeant d'écrans et de matériel informatique. Pas un centimètre carré n'échappait aux câbles reliant entre eux des appareils sophistiqués. Le plus surprenant était encore la présence, sur les deux bancs qui se faisaient face, d'une demi-douzaine d'agents en tenue de combat noire, pistolet-mitrailleur au poing. Ils n'ont même pas remarqué notre arrivée, trop occupés à vérifier le bon fonctionnement de leurs équipements.

— Je vous présente le QG mobile de l'unité de Récupération d'otages du FBI, m'a expliqué Émilie en me faisant signe de grimper à bord. Un centre de commandement opérationnel équipé d'instruments de surveillance dernier modèle. L'unité dispose de caméras à fibre optique et de micros hypersensibles, elle est également en contact permanent avec nos équipes de snipers.

— À présent, vous savez à quoi servent les impôts qui passent à la sécurité intérieure, a plaisanté un jeune agent d'origine asiatique en tapant amicalement du poing celui d'Émilie.

— Mike, je vous présente Tom Chow, le chef de cette unité.

Chow a désigné du doigt un écran sur lequel s'affichait la façade d'une maison de ville à deux étages.

— Voilà l'endroit, nous a-t-il précisé. Depuis une demi-heure que nous sommes en poste, nous n'avons détecté aucun mouvement. Impossible de savoir s'il est à l'intérieur ou non.

Chow a récupéré une série de clichés de la maison de Mooney, prise sous tous les angles.

— Nous avons repéré deux points d'entrée possibles : le toit et la porte principale. Vous voyez ce grand immeuble à côté de chez lui ? Il s'agit d'un entrepôt. J'ai déjà une équipe là-haut, prête à descendre en rappel sur la terrasse de Mooney. Les snipers postés de l'autre côté de la rue couvrent les fenêtres de façon à ce que la seconde équipe puisse pénétrer à l'intérieur du bâtiment en faisant sauter la porte. Les secours, postés sur la 10ᵉ Avenue, sont prêts à intervenir au cas où le fils Hastings serait retenu prisonnier ici.

Chow s'est retourné en entendant un fourgon du NYPD s'arrêter derrière la Crown Vic. Un labrador noir s'agitait sur la banquette avant, entre deux flics équipés d'une épaisse tenue anti-explosifs.

— Maintenant que les gars du Déminage sont là, la fête peut commencer, a plaisanté Chow en sortant un portable d'une poche de sa tenue de combat.

Quelques instants plus tard, il le repliait en souriant, baissait sur ses yeux ses lunettes spéciales et tapait du poing sur la cloison de Plexiglas fumé séparant l'arrière du camion de la cabine.

— Nous avons le feu vert, les gars. C'est parti mon kiki.

J'ai imité Émilie qui enfilait un gilet pare-balles et le camion s'est dirigé vers la sortie du parking. Un instant plus tard, il s'immobilisait brutalement. Le volet roulant s'est relevé d'un coup et les commandos du FBI ont surgi sur la chaussée en direction de la maison. En moins de temps qu'il aurait fallu pour appuyer sur la sonnette, une charge d'explosifs a été fixée sur la porte, qui a volé en éclats dans un grondement sourd.

Simultanément, deux hommes en noir descendaient en rappel de l'entrepôt voisin à l'instant précis où leurs collègues s'engouffraient chez Mooney, armés de MP5.

Je les ai suivis, mon Glock au poing, au milieu d'une explosion de cris ponctués par le grésillement des radios. Munie d'un fusil Remington, Émilie avançait dans mon sillage.

— Allez, connard. Si seulement on pouvait te cueillir chez toi, a-t-elle grommelé dans mon dos.

J'ai acquiescé.

— Oh oui, connard. Arrange-toi pour être resté à la maison.

75

À l'instant où sautait la porte de sa maison, Francis X. Mooney se trouvait au coin de Park Avenue, plusieurs kilomètres plus au nord.

Il posa sa caisse métallique et leva les yeux sur le bâtiment de style gothique dont les trois étages occupaient une grande partie du pâté de maisons entre Park et Lexington : l'institut Saint Edward, la prestigieuse école privée où il avait effectué ses études secondaires.

Il était sorti sale et un peu amoché de son altercation avec l'employé des télécoms, la pluie l'avait trempé de la tête aux pieds et cette longue marche l'avait épuisé, mais il avait enfin atteint le but qu'il s'était fixé.

En revenant là où tout avait commencé, il bouclait la boucle.

Il se remémora son premier jour dans cet établissement. Il se tenait au même endroit, tremblant de froid, persuadé comme tous les élèves boursiers que ses vêtements, son visage et son corps tout entier ne seraient jamais à la hauteur de l'enjeu qui l'attendait.

Il sortit prestement le Beretta de la caisse et le glissa dans la ceinture de son pantalon en veillant à le dissimuler sous sa veste.

Il souleva la lourde caisse en humectant sa gorge sèche.

Comme autrefois, il avait la peur au ventre.

Pas pour les mêmes raisons, toutefois.

Jamais je n'y arriverai.

Je dois y arriver.

— Francis? C'est bien toi?

Il se retourna et aperçut un Noir de grande taille. À peu près du même âge que lui, l'homme lui adressait un large sourire. Il était coiffé d'une casquette de base-ball aux armes de Saint Edward et tenait à la main un sachet contenant son déjeuner.

— Je vous connais? demanda Francis.

— Tu ne me reconnais pas? Jerry Webb. On faisait tous les deux partie de l'équipe du lycée. La promo 65. J'ai fini par devenir entraîneur. J'ai bossé un temps dans la finance avant de retourner à Saint Ed pour me consacrer au sport. Tu te rends compte? Des fois, je me demande ce qui m'a pris, surtout quand je touche mon chèque à la fin du mois.

— Jerry! Mais oui, bien sûr! s'exclama Francis, revenu de son étonnement.

Il lui serra la main et se surprit à sourire chaleureusement à son ancien condisciple. Ils avaient effectivement joué dans la même équipe de basket. Si l'on peut dire. Webb était leur avant de choc alors que Francis aurait tué père et mère pour avoir l'honneur de figurer parmi les remplaçants, sur le banc de touche.

— Ça fait..., commença-t-il.

— Bien trop longtemps, le coupa Webb avec un clin d'œil. Ce vieux Francis X. ! Tu parles d'un revenant ! J'ai tout de suite su que c'était toi. Comme quoi je suis encore capable de reconnaître les copains d'autrefois. Tu passes toujours à gauche comme un malade, mon vieux ?

Le sourire de Francis s'évanouit aussitôt. Il n'avait jamais réussi les passes à gauche, ce qui faisait de lui la risée des autres joueurs. Il se demanda si Webb était au nombre des élèves présents lors d'un incident survenu lors d'une saison d'entraînement estivale. Francis exhuma de sa mémoire un souvenir vieux de quarante ans, qui lui laissait toujours un goût amer dans la bouche. Il hocha imperceptiblement la tête. Ce salopard prétentieux de Webb était bien là.

— Qu'est-ce qui t'amène dans le coin ? s'enquit son interlocuteur en examinant Francis de la tête aux pieds. Je te trouve un tantinet débraillé.

Comme c'est aimable à toi de t'en apercevoir, ricana Francis intérieurement.

— J'avais rendez-vous avec un client tout près d'ici. J'ai glissé en descendant du taxi. Au même moment, la pluie s'est mise à tomber et, pour couronner le tout, mon client m'a laissé en plan, mentit-il. Bref, ce n'est pas ma journée. Alors, comme j'étais dans le quartier, j'ai fait un petit détour par ici, histoire de vérifier le dossier d'inscription du fils d'un ami.

— Ah, je sais ce que c'est, approuva Webb. De ce point de vue-là, Saint Ed n'a pas changé. C'est toujours aussi difficile d'y entrer. Allons-y.

Le gardien posté derrière les portes de verre de l'établissement actionna le tire-suisse en reconnaissant l'entraîneur. La gorge nouée, Francis pénétra dans le bâtiment derrière ce dernier. Le plus dur l'attendait. Il n'avait pas eu le temps de faire une reconnaissance sur place et convenait volontiers de la faiblesse du prétexte avancé à son ancien camarade.

— Il est avec moi, Tommy, annonça Webb au gardien en signant le registre des entrées. Je te présente Francis X., un de nos brillants anciens élèves. Il a rendez-vous à l'administration, je l'y emmène.

— Pas de souci, dit le gardien en signifiant son accord d'un geste du pouce.

Francis avança d'un pas nerveux dans le couloir le long duquel étaient alignés les casiers des élèves, glissant un œil en passant dans les salles de classe. Pris de panique, il s'aperçut avec effroi qu'elles étaient toutes vides.

— Où sont-ils tous ? demanda-t-il à Webb sur un ton qu'il voulait badin.

— À un gala au gymnase. L'équipe de base-ball s'est qualifiée pour le championnat d'État la saison dernière. Si seulement mes gars pouvaient se montrer aussi doués.

Un gala sportif. Voilà qui risquait de compliquer sérieusement l'opération, mais Mooney n'y pouvait rien. Il allait devoir improviser.

Webb le gratifia d'une tape amicale dans le dos lorsqu'ils arrivèrent devant une porte sur laquelle s'étalait le mot **ADMINISTRATION**.

— Reviens me voir quand tu veux, Francis. On trouvera bien le temps de quelques passes à gauche. Ravi de t'avoir revu, mon vieux.

— Moi aussi, Jerry. Merci pour tout, répondit Mooney avec un sourire.

Merci de m'avoir aidé à offrir à Saint Edward la pire journée de son histoire, espèce de crétin sentencieux, ricana-t-il en son for intérieur en regardant son ancien camarade s'éloigner.

76

Il lui fallut moins de trente secondes pour revenir sur ses pas et arriver aux bureaux de la direction. Une femme aux cheveux blond platine, vêtue d'un tailleur Harris Tweed, tapait à la machine derrière le comptoir de l'accueil. Une version sirupeuse de «I Left My Heart in San Francisco» s'échappait de la radio posée à côté d'elle.

— Bonjour. Puis-je vous aider? demanda-t-elle sur un ton raffiné.

Au moins âgée de soixante-dix ans, elle tourna vers lui un visage agréable et souriant qu'éclairaient deux yeux intelligents. Elle retira ses lunettes à double foyer.

Mooney fut pris d'une hésitation. Autant il était aisé d'abattre quelqu'un dans le secret d'un sous-sol obscur, autant la manœuvre lui semblait ardue sous ces vacheries de néons, au son de cette soupe. Des gouttes de sueur perlèrent sur son front.

Vas-y! lui ordonna une voix intérieure.

Mooney referma la porte d'un coup de pied et se remplit bruyamment les poumons.

La femme fit mine de se lever. Il bondit par-dessus le comptoir et l'agrippa par le revers de sa veste. D'une main tremblante, il sortit de sa poche une feuille où figuraient les portraits de deux élèves de Saint Edward, accompagnés de leur nom.

— C-c-ces élèves sont-ils ici ? bredouilla-t-il.

— Lâchez-moi immédiatement ! Vous n'avez pas le droit. Qui êtes-vous ?

— Écoutez-moi ! hurla Mooney en posant le silencieux du Beretta sur la tempe de la vieille femme. Je vous ai posé une question. Ces élèves sont-ils ici ?

La secrétaire fondit en larmes en apercevant le pistolet.

— Je vous en prie ! cria-t-elle en tentant de se dégager. Non, je vous en prie. Que leur voulez-vous ? Ne me faites pas de mal !

Bon Dieu, pensa Mooney en la secouant. Ce n'était pas du tout le scénario prévu.

Il se retourna en entendant la porte s'ouvrir et se trouva nez à nez avec Jerry Webb, les yeux écarquillés.

— Qu'est-ce que tu fous ? s'exclama l'entraîneur.

Mooney relâcha la secrétaire, la bouche grande ouverte. *Putain de merde ! Pris sur le fait !*

Son esprit et son corps se tétanisèrent. Il n'arrivait plus à respirer, le pistolet pesait brusquement une tonne au bout de son bras.

Tout était fichu. Il n'avait plus la force. À ce stade de la maladie, il n'était même plus censé rester debout. Stade quatre, c'est ça ? La fin du stade quatre, oui. Mooney n'était plus qu'un vieil homme au seuil de la mort. Sa place était à Sloan-Kettering, dans un lit d'hôpital.

— Pose cette arme, Francis, lui ordonna Webb. Tout de suite.

Tu passes toujours à gauche comme un malade, mon vieux?

La question de son ancien camarade résonna dans sa tête. Un souvenir ancien lui remonta à la mémoire. Webb sur le seuil de la salle de douche, dans le gymnase, plié de rire en brandissant le caleçon de Mooney au-dessus de sa tête.

Cette humiliation provoqua en lui une bouffée de rage. Brusquement requinqué, il serra la crosse du pistolet dont il pointa le canon sur l'entraîneur.

— Au lieu de dire des conneries, tu ferais mieux de fermer la porte, *mon vieux*.

Webb hésita un instant à s'enfuir dans le couloir, mais un coup d'œil en direction de miss Vieille-Peau le fit changer d'avis.

Webb se retournait après avoir fermé la porte lorsque Mooney appuya sur la détente. La balle atteignit l'entraîneur en plein dans sa grande gueule. Il tomba à la renverse de façon comique, comme s'il avait glissé sur une peau de banane. *Bravo l'artiste!* sourit Mooney intérieurement. Quelle était l'expression des supporters des Knicks, déjà? *Whoomp! There it is!*

Mooney, plus déterminé que jamais, fit face à la secrétaire.

— Ces élèves sont-ils ici? demanda-t-il une nouvelle fois sur le ton sans réplique qu'il avait mis au point lors de ses interventions au tribunal.

D'une claque, il envoya voler les lunettes de la vieille dame et posa le silencieux encore chaud du Beretta sur l'une de ses paupières serrées.

— Oui, répondit-elle.

Elle pleurait en silence, et Mooney s'aperçut alors que lui aussi pleurait.

Tout ce sang... Et ce n'est pas fini, pensa-t-il en hochant la tête. Mais le jeu en valait la chandelle.

— Vous avez fait preuve de courage en tentant de protéger ces enfants, murmura Mooney d'une voix caressante à l'oreille de la vieille dame. Une mission divine les attend. C'est pour ça que je suis ici.

77

Entre deux quintes de toux provoquées par les grenades fumigènes, j'ai réussi à ouvrir la fenêtre de la cuisine de Mooney.

— Bon sang! s'est énervée Émilie en posant son fusil à pompe sur le plan de travail en granit. On a loupé ce salopard.

J'étais aussi dégoûté qu'elle.

— Et merde…

J'ai détaché l'une des attaches Velcro du gilet pare-balles avant de m'asseoir à son côté. Les hommes de l'unité de Récupération d'otages avaient passé au crible toutes les pièces de la maison, en vain. Personne. Pas de Mooney, et pas plus de Dan Hastings.

En passant un rapide coup de fil à ma chef, j'ai appris que Mooney n'avait toujours pas reparu à son cabinet. Tant mieux, d'une certaine façon, mais où pouvait-il se trouver?

Je me suis tourné vers Émilie.

— Par où commençons-nous?

— Le bureau, a-t-elle suggéré.

Nous sommes montés à l'étage pour fouiller sa pièce de travail. En fait de *fouiller*, nous l'avons mise sens dessus dessous. Les meubles de classement contenaient des dossiers qu'il souhaitait probablement consulter chez lui. L'un des murs était couvert de photos de Mooney prises lors de galas de charité, ainsi que d'articles de *Vanity Fair* et *Avenue* encadrés. Une carte professionnelle dénichée au fond d'un tiroir le présentait sous le titre de «consultant en philanthropie». Pour le compte de très riches clients, certainement, à en juger par les galas auxquels il participait.

L'un des types de l'unité de Récupération a crié le nom d'Émilie dans l'escalier, visiblement excité.

— Je crois avoir trouvé un truc intéressant, Ém', a annoncé Chow en nous voyant pénétrer dans le sous-sol.

Il a pointé le faisceau de sa torche sur une porte. Je me suis avancé en cherchant des doigts l'interrupteur.

J'ai cligné des yeux, et pas à cause de la lumière. Des piles entières de livres et de journaux étaient alignées le long des murs, parfois sur près de deux mètres de hauteur.

Mooney avait des goûts assez éclectiques. À côté d'une collection d'ouvrages anti-Bush se trouvaient plusieurs tomes usés de Spinoza. Un volume intitulé *Géométrie quantique des cordes bosoniques* était posé sur une biographie de Martin Luther King. J'ai également repéré plusieurs éditions en français de Rousseau et de Tocqueville, annotées dans la même langue, ainsi que de nombreuses œuvres de Jean-Paul Sartre et de Michel Foucault.

— Ce type est peut-être un tueur et un cinglé, a reconnu Émilie, mais on ne pourra pas lui reprocher d'être inculte.

Un ordinateur portable nous attendait dans l'un des tiroirs d'un classeur. Émilie a enfilé des gants avant de l'allumer.

Une multitude de dossiers Word numérotés sont apparus à l'écran.

Émilie a cliqué sur l'un d'eux au hasard.

— « Il faut leur montrer, a-t-elle lu à voix haute. Toute forme de communication est futile. Je suis d'accord avec Malcolm X quand il dit que "tous les moyens sont bons". Comme lui, je suis un individu libre et bien informé, doté de capacités très supérieures à la moyenne. Comme lui, je suis confronté à des responsabilités très supérieures à la moyenne. Comme lui, je suis… »

J'ai interrompu Émilie, complétant la prose de Mooney à ma façon.

— Comme lui, je suis atteint d'une maladie mentale très supérieure à la moyenne.

— Il poursuit sur le même registre pendant des pages et des pages, a remarqué Émilie en faisant défiler le document à l'aide de la souris. Regardez ! Cinq cents pages au total. Et il y a des dizaines de fichiers du même genre. Il faudra des mois pour analyser tout ce fatras.

Nous avons sursauté tous les deux en entendant des aboiements furieux en haut des marches.

Le chien des types du Déminage était comme fou.

— Je ne crois pas qu'il nous réclame d'aller le promener, a hurlé Chow. Vite ! Tout le monde dehors !

Il n'a pas fallu nous le dire deux fois. Nous attendions sur le trottoir d'en face, sagement retranchés derrière un camion, quand les hommes du Déminage sont ressortis. Chacun d'eux portait une boîte en carton.

Le plus âgé, la lèvre barrée d'une moustache, m'a fait signe de le rejoindre dans sa camionnette. J'ai avalé ma salive, sachant qu'il ne s'agissait pas d'une invitation à déjeuner.

— Vous ferez ça tellement mieux que moi, Mike, a plaisanté Émilie en se bouchant les oreilles.

— On a trouvé ça dans le vide sanitaire du sous-sol, m'a annoncé le moustachu du Déminage.

J'ai glissé un œil prudent à l'intérieur de la boîte. Elle contenait plusieurs rangées de pains d'une matière blanche ressemblant à de la végétaline.

— N'aie pas peur. C'est du C4, m'a annoncé le vieux flic en accompagnant son propos d'un geste désinvolte. Ou plutôt du PE4, la version britannique du plastic. Tu pourrais jouer au tennis avec sans risque. Tu pourrais même y mettre le feu sans qu'il se passe rien. Pour provoquer une explosion, il faut le relier à…

Il a tendu dans ma direction une autre boîte contenant une bobine d'épais fil vert semblable à une corde à linge.

— … à un détonateur. Ceci est du Cordtex. Ça ressemble à de la ficelle, c'est aussi souple que de la ficelle, mais ça contient assez d'explosif pour causer des putains de dégâts. Deux mètres de ce machin-là suffiraient à abattre un arbre. Ou à raser une maison, à condition de le relier à quelques pains de PE4.

Il a caressé sa moustache en poussant un soupir à dresser les poils des bras.

J'ai froncé les sourcils.

— Qu'y a-t-il ?

— C'est la caisse qui m'ennuie.

— La caisse ? Quelle caisse ?

— Le PE4 est livré en caisses de douze kilos, et nous en avons retrouvé à peine quatre. Il manque aussi la moitié de la bobine de Cordtex.

Faute de moustache à caresser, je me suis massé les tempes en exécutant un tour complet sur moi-même. Des immeubles, des piétons, des bus... Des cibles potentielles à perte de vue, et Mooney pouvait se trouver n'importe où à l'heure qu'il était.

— Merde et merde...

— Tu m'ôtes les mots de la bouche, a acquiescé mon collègue du Déminage.

78

Mooney redressa la casquette de Saint Edward récupérée sur le cadavre de l'entraîneur en remontant à grandes enjambées les couloirs déserts de l'établissement. Lorsqu'il passa devant son ancienne salle de chimie, il sourit en songeant à la haine qu'il provoquait invariablement chez ses camarades chaque fois qu'il obtenait un 19 ou un 20.

Il ouvrit la porte du gymnase des petits. Un mélange de sueur et de crème analgésique imprégnait l'air. Il balaya des yeux la salle aux murs couverts d'épaisses couches de peinture. Combien de ballons de basket avait-il fait rebondir sur ce parquet ? Combien de fois avait-il couru sur cette piste poussiéreuse ? En passant, il dévissa le silencieux de son pistolet et le lança en direction de l'anneau de basket. Le tube de métal manqua la cible d'un bon mètre.

— Panier raté. Rien n'a changé, grommela-t-il en fourrant le Beretta dans sa poche.

Quelques instants plus tard, la rumeur du public le cueillit à froid lorsqu'il franchit le sas du vaste gymnase des grands. Les gradins, bondés, accueillaient ce jour-là tous les élèves de l'établissement. Avec leurs blazers et leurs pantalons de toile, ils ressemblaient aux ados de sa propre promo, à quelques détails près. De son temps, les cheveux longs et les cravates mal nouées étaient punies de plusieurs heures de colle. Les visages noirs étaient aussi nettement plus rares à son époque, preuve que des progrès avaient eu lieu.

— Allez Saint Ed, allez Saint Ed, allez ! chantait le proviseur dans un mégaphone.

À côté de lui, des gamins qui avaient enfilé un polo de base-ball par-dessus leur cravate brandissaient le poing afin d'exciter la foule. La chaleur, les encouragements des spectateurs, les claquements du ballon sur le parquet… l'ambiance était digne de la demi-finale à laquelle il avait participé autrefois. En dépit de ses promesses, l'entraîneur ne l'avait pas laissé jouer. Le héros du jour se nommait Webb et ses copains portaient ce tas de merde en triomphe lorsque Mooney avait quitté la salle. L'éducation que Mooney avait reçue à Saint Ed n'en était pas moins excellente. C'est là qu'il avait pris la mesure de la médiocrité humaine.

Il s'approcha des gradins sous les regards surpris de l'assistance. Il désigna du doigt sa casquette en adressant de grands signes aux élèves.

— Allez Saint Ed ! hurla-t-il à l'unisson en arrivant près de l'estrade.

Le proviseur sautait dans tous les sens en soufflant dans sa trompette lorsque Mooney le rejoignit. Il sentit le canon du pistolet s'enfoncer dans sa tempe et son visage se décomposa.

— Je suis un type bien, le rassura Mooney en lui arrachant le mégaphone des mains.

79

Mooney se tourna vers les élèves en brandissant son pistolet à bout de bras. Les joueurs avaient commencé par s'éparpiller avant de se réfugier contre le mur matelassé du fond. Dans les gradins, sous la bannière du championnat remporté récemment, un professeur tentait vainement de protéger de son corps les élèves qui se trouvaient près de lui.

Mooney calma les battements de son cœur en prenant lentement sa respiration. Tous les regards étaient braqués sur lui. Les six cents élèves qui criaient leur joie quelques instants plus tôt s'étaient tus instantanément, comme si Mooney avait appuyé sur la touche d'une télécommande.

Seule résonnait dans le silence la respiration rauque du proviseur terrifié. Mooney posa le long canon du Beretta sur son crâne chauve et porta le mégaphone à sa bouche.

— Restez tous à vos places! cria-t-il. Le premier qui cherche à s'enfuir sera abattu sans hésitation. Je n'ai aucune envie de vous tuer inutilement, mais je le ferai s'il le faut. Il était grand temps d'agir, c'est pour cette raison que je suis ici aujourd'hui.

Le visage de Mooney dégoulinait d'une sueur tiède. La croix de cendre qu'on lui avait dessinée sur le front quelques heures plus tôt avait quasiment disparu.

Les visages de certains élèves exprimaient une sorte de fascination étrange, sans doute sous l'effet de l'émotion. Plusieurs d'entre eux s'escrimaient à deux pouces sur leurs téléphones, occupés à appeler au secours par SMS. Mooney repéra le manège d'un sale gamin blond, tout en haut des gradins, qui filmait la scène à l'aide de son portable sans grande discrétion. Le drame du gymnase de Saint Ed était probablement retransmis en direct sur Internet.

Tant mieux si ces images se retrouvent sur YouTube, approuva Mooney intérieurement. *Tant mieux si elles font le tour du monde.* C'est le but recherché. Quel meilleur moyen de réveiller les consciences dans ce monde aveugle et sourd ?

Mooney remarqua que plusieurs élèves pleuraient, ce qui provoqua chez lui une crise de larmes.

— Vous êtes censés devenir les futurs dirigeants de ce pays, déclara-t-il dans le mégaphone. Je sais ce qu'on attend de vous pour avoir moi-même fréquenté les bancs de cet établissement. Je suis ici pour vous tester et mesurer vos capacités.

Un larsen s'échappa du mégaphone dont Mooney malmenait la détente.

— Écoutez-moi! Question numéro un: combien de personnes sont mortes en Irak, en Afghanistan et au Darfour pendant que vous jouiez à la guerre sur les jeux vidéo qu'on vous avait offerts à Noël?

80

Un vent de folie soufflait sur la 25ᵉ Rue, devant la maison de Mooney. En plus des techniciens du Déminage et des commandos tout en noir de l'unité de Récupération d'otages, une trentaine de flics en uniforme avaient été dépêchés sur place de toute urgence afin de boucler la scène de crime.

À l'abri des bandes jaunes, je faisais les cent pas sur le trottoir avec Émilie. Nous avions l'air de deux parents affolés juste avant l'accouchement. Le portable collé à l'oreille, nous nous efforcions de retrouver la trace de Mooney.

J'avais envoyé Schultz avec une première équipe à Inwood, où vivait la mère de l'avocat. De son côté, Ramirez interrogeait ses collègues dans l'espoir de recueillir des indications utiles, sans succès jusqu'à présent.

Les voitures de patrouille, gyrophare allumé, se succédaient sur la 9ᵉ Avenue toute proche dans un hurlement de sirènes.

— Le préfet a mobilisé tous les hommes du service et fait appel à l'unité antiterroriste Hercule, m'a expliqué ma chef, Carole Fleming. Des patrouilles ont été déployées à Times Square, au Rockefeller Center et dans tous les points chauds de la ville.

J'ai poussé un soupir de dégoût. Ils n'étaient pas au bout de leurs peines, sachant que Manhattan était un gigantesque point chaud.

— Le préfet exige de savoir immédiatement comment Mooney a réussi à se procurer du plastic normalement réservé à l'armée britannique.

Je me suis autorisé un ricanement de frustration.

— Tu peux compter sur moi pour lui poser la question quand je lui aurai lu ses droits.

— Quand on lui aura donné l'extrême-onction, tu veux dire, a ajouté Émilie d'une voix grinçante en me voyant raccrocher.

J'ai failli éclater de rire en me souvenant de l'époque lointaine, trois jours plus tôt, où Émilie était encore une Fédérale à peine dégrossie. Je commençais sérieusement à déteindre sur elle.

— Vous n'avez pas mis longtemps à vous adapter au cynisme new-yorkais, agent Parker. J'avoue que vous m'impressionnez.

La rue était barrée des deux côtés, ce qui n'empêchait pas une foule toujours plus dense de vouloir profiter du spectacle. La bodega au coin de la 9e Avenue servait d'épicentre à ce qui ressemblait de plus en plus à une braderie commerciale. Des sosies des héros de la comédie musicale *Rent*, armés de jumelles, nous observaient des fenêtres, des escaliers de secours et des toits des immeubles voisins. Il faut croire que personne ne leur avait signalé la présence d'explosifs.

Je n'ai pas eu le temps de ranger mon portable que Carole Fleming me rappelait déjà.

— Mike, il y a du nouveau. Arrange-toi pour trouver du Wi-fi et connecte-toi sur le site Twitpic. Tu verras un sujet tout récent baptisé «Prise d'otages dans une école».

— Prise d'otages quoi?!!

Sans même raccrocher, j'ai pris Émilie par la main et nous nous sommes rués sur le premier ordinateur portable disponible, dans le camion des Fédéraux. En quelques clics, j'accédais au site.

— Dites-moi que c'est un canular, s'est étranglée Émilie en regardant l'écran par-dessus mon épaule.

Ce n'était malheureusement pas le cas.

Une photo de Mooney s'affichait à la une. Debout sur une estrade dans un gymnase, il tenait un mégaphone d'une main et un pistolet de l'autre. Le canon de l'arme était braqué sur la tête d'un inconnu en costume. Sans doute un enseignant. Plusieurs centaines de lycéens portant l'uniforme d'un établissement privé leur faisaient face.

J'ai cru que j'allais exploser en découvrant les visages terrifiés de tous ces gamins. Nous savions enfin en quoi consistait la dernière action de Mooney. J'ai remarqué une caisse volumineuse posée à ses pieds. Le moustachu du Déminage m'avait bien précisé qu'un demi-kilo de PE4 suffirait à réduire en miettes un camion. Je n'avais pas envie de penser aux dégâts que pourraient causer dix kilos de ce truc dans une salle remplie d'adolescents.

— L'image a été mise en ligne il y a cinq minutes, a repris ma chef.

— De quel établissement scolaire s'agit-il ?

— Police secours a reçu trois appels en moins de dix minutes de mères de famille dont les enfants sont inscrits à l'institut Saint Edward, dans l'Upper East Side. Les enfants leur ont envoyé des SMS disant qu'un type armé avait fait irruption dans le gymnase de l'établissement à l'occasion d'un gala sportif.

Ma tête en est quasiment tombée sur mes genoux. Mooney avait pris en otage une école pleine d'élèves. Nous n'aurions pas pu imaginer pire.

— Quelle école ? m'a demandé Émilie.

Elle a fait un bond en me voyant taper du poing sur la paroi du camion.

— Saint Edward. Un établissement privé des environs de Park Avenue. Fréquenté par les fils des familles les plus riches de la ville.

— Plusieurs voitures arrivent sur place, m'a annoncé ma chef. Rapplique de toute urgence !

81

Nous avons remonté Park Avenue à toute allure. De l'autre côté du pare-brise, le flot des taxis défilait dans un brouillard jaune. Les portiers en uniforme et les piétons échangeaient des regards inquiets en nous regardant passer. À l'intérieur de la voiture, les échanges qui se succédaient à un rythme échevelé sur la fréquence radio concurrençaient les hurlements de la sirène.

Nous nous sommes arrêtés dans un long crissement de pneus en apercevant une armada de Chevy Suburban noirs dans la 81ᵉ Rue Est.

J'ai reconnu les 4×4 de la très sérieuse unité antiterroriste Hercule du NYPD. Les hommes des forces spéciales avaient pris position à l'abri des boîtes aux lettres et des véhicules garés le long des trottoirs, les canons de leurs fusils d'assaut M4 braqués sur la façade néo-gothique de l'établissement scolaire.

Une Bentley Continental s'est immobilisée derrière nous. Un homme aux cheveux blancs, des bretelles de soie apparentes sous son élégant costume rayé, a jailli de l'auto sans prendre la peine de refermer sa portière. Un flic en uniforme l'a arrêté en le prenant fermement par le bras alors qu'il tentait de franchir une barrière du NYPD.

— Laissez-moi passer ! J'ai un fils à Saint Edward ! Je veux le voir ! hurlait-il en repoussant l'agent.

J'ai remarqué la présence, de l'autre côté du carrefour, d'une femme très maigre au visage mangé par des lunettes noires à la Jackie Onassis. Elle attendait près d'une Range Rover Westminster conduite par un chauffeur en livrée, une main couverte de diamants posée sur la bouche. Elle s'est approchée d'un agent.

— Je vous en prie, a-t-elle déclaré avec un fort accent russe. Mon fils s'appelle Terrence Osipov. Je vous en prie, dites-moi où il se trouve. Il est inscrit en classe de cinquième.

Émilie a tiqué en apercevant les bijoux de la mère affolée.

— C'est une école privée vraiment chic ? m'a-t-elle demandé.

— Vous plaisantez ? J'ai récemment lu dans *New York Magazine* qu'une année de maternelle y était facturée trente mille dollars. Saint Edward coûte aussi cher que Harvard, et il est encore plus difficile d'y entrer.

Je me suis approché d'un jeune gradé noir qui donnait des instructions à l'escouade d'agents réfugiés sous l'auvent d'un immeuble d'appartements, sur le trottoir d'en face.

— On a pu en savoir un peu plus par le gardien de l'école, m'a-t-il expliqué. Un cinglé s'est présenté il y a une demi-heure en prétendant se rendre dans les bureaux de l'administration pour une inscription. Il a une arme, apparemment, et il s'est enfermé dans le gymnase avec les élèves. Toute l'école y est rassemblée à l'occasion d'un gala.

Tim Curtin, le technicien du Déminage, nous a rejoints.

— Il faut commencer par évacuer le pâté de maisons. Si jamais il place ses pains de plastic au bon endroit, il peut faire exploser tous les conduits de gaz.

Tom Chow, de l'unité de Récupération d'otages, scrutait le bâtiment avec des jumelles quand un hélico du NYPD est apparu au-dessus des immeubles dans un bourdonnement de pales.

— Il va falloir mettre les petits plats dans les grands, a-t-il laissé tomber. Bloquez toutes les issues et mettez-vous en position de tir sur les toits des immeubles voisins. Ensuite, approchez dans un véhicule blindé, lancez-lui un mégaphone et entamez les négociations. Nous allons aussi avoir besoin des plans de l'école.

— C'est bien joli, à un détail près, a réagi Émilie en hurlant afin de couvrir le vacarme du rotor. Mooney a toujours fait preuve de sang-froid jusqu'ici, je ne crois pas un instant qu'il soit prêt à négocier quoi que ce soit.

Une femme flic s'est approchée en compagnie d'une vieille dame aux traits livides.

— Capitaine, voici la secrétaire de l'école. Elle a vu le type qui a pris les enfants en otage.

— Il a tué Jerry Webb, notre entraîneur, a gémi la vieille femme entre deux sanglots. Il l'a abattu d'une balle en plein visage.

Nous étions fixés. Mooney avait donc commencé à tuer. J'ai vu défiler dans ma tête les images sanglantes des tueries qui s'étaient déroulées en milieu scolaire depuis quelques années. Il était hors de question de le laisser poursuivre.

Sans réfléchir davantage, j'ai couru vers le portail en ogive de Saint Edward.

82

— Mike! Attendez! Qu'est-ce que vous fichez? a crié Émilie dans mon dos.

J'ai tourné la tête tout en sortant mon arme de service.

— Il faut en finir. D'une façon ou d'une autre. Ça ne peut pas continuer.

Le Glock au poing, j'ai franchi le portail en position de combat. La porte s'est refermée toute seule derrière moi, et j'ai bien cru que mon cœur allait éclater.

Dans une vitrine, les visages sépia de plusieurs rangées d'élèves du début du siècle dernier me regardaient en souriant. J'ai pris mon souffle, la lèvre inférieure entre les dents, en scrutant le couloir désert.

— Pas si vite, Bennett, m'a chuchoté Émilie à l'oreille en me rejoignant.

Huit membres de l'unité de Récupération d'otages avançaient en file indienne derrière elle.

— Restez groupés et attention aux recoins, a murmuré Chow dans son micro de casque. Souvenez-vous que les balles ont tendance à ricocher sur ce type de murs. Fiez-vous à vos armes et à vos yeux, les gars. Le premier qui déconne, je lui botte personnellement les fesses.

Les hommes surentraînés de Chow ont commencé par vérifier que les salles de classe étaient vides, franchissant d'un bond le seuil de chaque nouvelle porte afin de bénéficier de l'effet de surprise.

Trois minutes plus tard, nous avons découvert le corps de l'entraîneur dans le bureau de la secrétaire. Il avait été tué d'une balle en pleine tête. J'ai senti monter en moi un curieux mélange de tristesse et de rage en voyant l'horrible plaie en forme de croix qui le défigurait.

Une lecture déviante du mercredi des Cendres, version Mooney.

Nous venions de retourner dans le couloir quand un grondement sourd a retenti. Les portes du gymnase se sont ouvertes à la volée. J'ai avalé ma salive et retenu mon souffle d'un même mouvement.

— Ne tirez pas!

Il s'agissait des enfants. Des centaines d'élèves en blazer bleu, pris de panique, se précipitaient à notre rencontre. Beaucoup d'entre eux pleuraient en courant.

J'ai cherché Mooney des yeux. Il n'était pas là. Pourquoi diable avait-il décidé de les relâcher?

Nous avons poussé les gamins vers l'entrée principale en signalant leur arrivée par radio aux hommes postés devant le bâtiment. Nous avons attendu que le dernier d'entre eux se soit éloigné pour repartir au pas de course en direction du gymnase.

— Ne bougez pas ! a crié Chow à un homme au visage bouleversé qui contournait les gradins.

— Je vous en supplie ! Je suis le proviseur de cet établissement, Henry Joyce, s'est aussitôt défendu notre interlocuteur chauve. Il a pris en otage deux élèves. Jeremy Mason et Aidan Parrish. Il leur a demandé de sortir des rangs et les a menottés ensemble avant de laisser partir les autres. Je n'ai rien pu faire… Oh ! Mon Dieu !

Il nous montrait du doigt une porte à l'autre extrémité de la salle de basket.

— Il est passé par le sous-sol !

83

Je me suis rué vers la porte qu'il nous désignait, Émilie sur les talons. Les hommes de l'unité de Récupération d'otages ont dévalé les marches en béton derrière nous.

Le sous-sol était plongé dans la pénombre et une forte odeur d'eau de Javel flottait dans l'air moite. Mooney avait-il résolu d'abattre les deux gamins avant de se laisser capturer ? Si c'était son intention, il avait eu tout le temps de commettre l'irréparable. Une chaudière s'est mise à ronfler au moment où nous passions devant le matériel d'entretien de la piscine.

Un rai de lumière a traversé l'obscurité au détour d'un couloir, en provenance d'une trappe ouverte dans le plafond. J'ai escaladé en toute hâte la courte échelle en fer permettant d'y accéder avant de passer le canon de mon Glock à travers l'ouverture. Comme personne ne me tirait dessus, j'ai glissé un œil.

Saloperie ! À ma droite s'ouvrait une ruelle encombrée de bennes à ordures, fermée à son extrémité par une grille. La grille, *ouverte*, donnait sur la 80ᵉ Rue, derrière Saint Edward.

Un cri a retenti tout près, suivi d'un crissement de pneus.

— Merde! Vite, Émilie!

Le temps de traverser la ruelle, nous avons découvert un chauffeur de taxi philippin en état de choc. Les ouvriers d'un chantier voisin montraient du doigt Lexington Avenue.

— Il a tourné là-bas, m'a expliqué le chauffeur en apercevant le badge que je portais autour du cou. Ce cinglé vient de me piquer mon taxi!

Je me suis précipité vers Lexington en l'interrogeant par-dessus mon épaule.

— Avait-il des gamins avec lui?

— Deux, m'a répondu le Philippin. Ils étaient menottés. C'est quoi, c't'histoire?

Si seulement je l'avais su.

Je me suis arrêté au coin de l'avenue pleine de camions, de bus, de voitures et de taxis.

Des taxis par dizaines qui s'éloignaient en direction du sud. Comment savoir lequel conduisait Mooney?

Je m'apprêtais à demander qu'on boucle le quartier quand mon portable a sonné.

— Mike? C'est moi, a fait une voix policée que j'ai immédiatement reconnue.

Mooney! J'en suis resté muet. Couvert de sueur, je tentais de reprendre mon souffle. Au mépris d'un concert de klaxons furieux, j'ai avancé sur la chaussée dans l'espoir de repérer sa voiture. Pourquoi m'appeler? Pour me narguer?

Émilie a débouché de la 80ᵉ Rue, l'air perplexe.

— Mooney? a-t-elle demandé en désignant mon téléphone.

— Si jamais on essaie de me barrer la route, je tue les deux garçons.

— Personne ne souhaite un nouveau drame. Écoutez, Francis. Je suis au courant de l'accident dont ont été victimes vos anciens camarades un mercredi des Cendres. Ce n'était pas de votre faute, mon vieux. Vous ne faisiez que votre devoir. Je sais également pour votre cancer. Je suis désolé.

» On m'a parlé de votre travail de bénévole. Vous êtes un type bien. Pourquoi vouloir ternir votre image ? Ces gamins ne vous ont rien fait. Toute cette histoire n'a aucun sens.

— Qui prétend que le monde a un sens, Mike ? Je me fiche éperdument de mon image. Seul le résultat compte.

J'aurais volontiers pulvérisé mon téléphone. On aurait dit qu'il accomplissait une mission divine.

— Pourquoi ? Pourquoi agissez-vous ainsi ?

— Vous êtes catholique, Mike ? Bien sûr que oui. Comme tous les flics irlandais de cette ville. Avez-vous seulement écouté le passage du Nouveau Testament d'aujourd'hui ? Si vous l'aviez *vraiment* écouté, vous ne me poseriez pas la question.

Le Nouveau Testament ?!!

— Alors prenez-moi, Francis. Prenez-moi en échange des enfants. Je ne sais pas ce que vous avez en tête, mais je ferai tout aussi bien l'affaire.

— Malheureusement non, Mike. Vous finirez par comprendre. Tout le monde va comprendre. Bientôt.

Je suis presque arrivé à ma destination finale. *Notre* destination finale. Je ne sais pas si vous vous sentez soulagé, mais c'est mon cas.

Il a fondu en larmes. Curieusement, ses pleurs ne me touchaient nullement, malgré sa fragilité manifeste.

— Personne n'a jamais commis un acte aussi terrible, mais ce n'est pas grave. Je suis assez fort pour l'accomplir.

84

Mooney se faufilait habilement entre les voitures tout en veillant à ne pas conduire trop vite. Il coupa la route à un camion FedEx et vira acrobatiquement sur la 57ᵉ Rue.

Le vol du taxi n'était pas prévu. Pour preuve, il avait loué une voiture, qu'il avait garée à l'avance dans un parking souterrain juste derrière Saint Edward. L'idée lui était venue quand il avait aperçu ce chauffeur philippin attendant que le feu passe au vert au milieu de la circulation.

Il avait bâillonné ses deux otages avant de les obliger à s'allonger à l'arrière de la voiture. Mason était blond alors que Parrish avait des cheveux d'un châtain tirant sur le roux, mais les deux adolescents auraient pu être frères. Des garçons beaux et musclés, clairement issus de la haute bourgeoisie avec leurs chemises Burberry et leurs cravates de polo.

La question n'était pas de savoir dans quelle université ils iraient, mais dans quelle université de l'Ivy League. Pas moins de vingt-cinq pour cent des élèves de Saint Edward accédaient à l'un de ces établissements privilégiés et réservés à l'élite. Dans beaucoup d'écoles publiques, moins de vingt-cinq pour cent des élèves achevaient leurs études secondaires.

Les inégalités ne s'arrêtaient pas là. Le père de Parrish était le P-DG de Mellon Saxo, un géant de l'industrie des produits ménagers. L'année dernière, il avait été le troisième patron le mieux payé des États-Unis, avec des revenus de 113 millions de dollars en salaires et stock-options. Quant au père de Mason, il était le responsable pour l'Amérique du Nord de Takia, un fournisseur russe de gaz naturel. C'est tout juste s'il avait obtenu une place dans le Top 10 des grands patrons, avec seulement 61 millions de dollars de revenus. Dans le même temps, le salaire annuel moyen des ménages américains s'établissait à 53 000 dollars, et un nombre impressionnant de gens ordinaires vivaient sans assurance sociale alors que d'autres perdaient leur maison à cause de la crise des *subprimes* provoquée par les banques.

Un gémissement s'éleva de l'arrière du taxi.

— Plus qu'un dernier arrêt, les gars, leur cria Mooney.

Un petit arrêt, mais d'une importance capitale.

Il ralentit en arrivant en vue de l'hôtel Four Seasons, au coin de la 57ᵉ Rue et de Park Avenue. Cet immeuble de cinquante et un étages à la façade insolente, conçu par l'architecte Pei, était l'un des rendez-vous préférés des stars de cinéma et des milliardaires.

Un concierge à l'allure de jeune premier, vêtu d'un uniforme inspiré de ceux du XIXe siècle avec son chapeau haut de forme, se précipita.

Obséquieux dans sa tenue ridicule, il ouvrit la porte arrière du taxi et découvrit avec stupeur les deux adolescents menottés au sol.

Mooney se pencha par-dessus sa banquette et posa le canon du Beretta sur la mâchoire carrée du concierge.

Le loufiat aux airs de gravure de mode tira prestement de sa poche une liasse de billets de un dollar.

— Prends tout, mec. Je te les donne !

Mooney frappa les mains gantées de blanc du jeune type avec son pistolet, et les billets s'éparpillèrent.

— Monte, lui ordonna-t-il.

— Comment ? s'étrangla le portier. Monter ? Moi ?

— Installe-toi à l'avant, et vite. Ça te dirait, une balle en pleine poitrine, en guise de pourboire ? demanda Mooney en déverrouillant la portière passager.

85

Vingt minutes plus tard, Mooney poussa un soupir de soulagement en arrivant sur Canal Street. Il tourna à gauche avant de prendre à droite, deux rues plus loin, sur Mott Street. Pesant de tout son poids sur la pédale d'accélérateur, il remonta à tombeau ouvert cette petite rue tortueuse de Chinatown.

Pari gagné. Il avait réussi à atteindre sans encombre le dédale de ce quartier du sud de Manhattan. Plus rien ne pouvait l'arrêter.

Il s'engagea sur le Bowery, traversa St. James Place et arriva à Pearl Street. Contrairement à ce qu'il redoutait, il n'éprouvait aucune nervosité particulière en approchant de sa destination finale. Il ne s'était jamais senti aussi heureux, aussi pur. Il touchait enfin au sublime.

Il stoppa le taxi peu avant Beaver Street et observa le mélange de falaises de verre austères et de hautes façades en granit de style Beaux-Arts qui forme le décor de Wall Street. *Le résultat de l'avidité et de l'égoïsme des hommes, de l'esclavage et de la guerre*, pensa-t-il. Bien avant la destruction des tours jumelles du World Trade Center, ce quartier s'était trouvé au centre de nombreuses luttes. C'est là que s'étaient déroulées les émeutes de 1970 qui avaient opposé des voyous issus du monde ouvrier aux pacifistes venus manifester. En 1975, un groupe séparatiste portoricain avait signé un attentat qui avait fait quatre morts tout près de là, à la Fraunces Tavern. Dès 1920, des anarchistes avaient fait exploser un chariot rempli de barres de fer et de dynamite devant la Bourse, tuant trente-trois personnes. *Comme quoi l'histoire se répète*, songea Mooney en soulevant le couvercle de sa caisse.

Il commença par se harnacher lui-même, avant de répéter l'opération avec les deux adolescents et le concierge. Sans prononcer un mot, il les obligea à monter sur le trottoir. Une femme d'origine asiatique qui sortait d'une boulangerie de la chaîne Au Bon Pain poussa un cri en les apercevant et se réfugia précipitamment dans la boutique.

Mooney leva les yeux et contempla le gigantesque drapeau américain accroché aux énormes colonnes corinthiennes de la célèbre façade du New York Stock Exchange. Des barricades métalliques et des chicanes de béton étaient disposées devant le bâtiment afin de prévenir d'éventuels attentats. Des policiers montaient la garde sur le trottoir, armés de fusils et de compteurs Geiger noirs en forme de télescope. Mooney allait devoir les éviter.

Une citation de Nietzsche lui revint à l'esprit. *Celui qui a une raison de vivre peut endurer n'importe quelle épreuve.*

Mooney et ses prisonniers arrivaient au carrefour d'Exchange Place et de Broad lorsque les chiens démineurs les repérèrent. Mooney était relié aux trois otages par plusieurs longueurs de Cordtex enfoncées dans des pains de plastic. Le petit groupe qu'ils formaient était à la fois curieux et terrifiant, à mi-chemin entre le happening théâtral et l'accident de chantier.

Le claquement des fusils armés à la hâte par les hommes des forces spéciales, retranchés derrière les barricades, se répercuta sur les façades de Wall Street. Mooney, attaché à ses prisonniers, se dirigea vers la barrière érigée devant l'entrée du personnel. Les forces de police convergèrent aussitôt vers le petit groupe.

Un personnage d'âge mûr en costume et imperméable, l'air revêche avec sa coupe en brosse, parvint le premier à leur hauteur. Il s'agissait de Dennis Quinn, le responsable de la sécurité de jour à Wall Street. Mooney savait tout de lui, pour avoir longuement étudié son profil en préparant l'opération. Avant d'obtenir ce poste bien payé, Quinn avait servi pendant dix ans dans les Marines, puis avait été recruté par le FBI où il avait œuvré pendant deux décennies. Il aboya des ordres dans le micro accroché au col de sa chemise et sortit un Ruger de calibre 40 qu'il pointa sur la tête de Mooney.

— À votre place, je serais plus prudent avant de viser n'importe où, sourit Mooney. Ce serait dommage que quelqu'un soit blessé.

Il montra d'un doigt le portier qu'il traînait à sa droite.

— En particulier votre fils, Dennis.

Quinn posa les yeux pour la première fois sur le portier et l'arme trembla dans sa main.

— Mon Dieu ! Kevin ? C'est toi ? balbutia-t-il.

Mooney leva les bras et lui montra le détonateur électronique scotché entre ses mains, le pouce posé sur le bouton de mise à feu.

— Vous avez remarqué les cordons reliés aux pains de plastic ? Et ce voyant ? Au moindre mouvement, je fais tout exploser. Il me suffit d'appuyer sur ce bouton.

La pomme d'Adam de Quinn entama une danse douloureuse tandis qu'il pesait le pour et le contre.

— C'est simple, reprit Mooney qui ne le quittait pas des yeux. Si je meurs, tout le monde meurt. Vous, moi et ces deux jeunes gens. Sans oublier votre fils unique. Je connais votre fibre patriotique, Dennis. Le doigt sur la couture du pantalon, vous avez juré de ne jamais oublier l'affront du 11 Septembre, et tout le tralala. Reste à savoir si vous seriez disposé à sacrifier votre propre fils. Êtes-vous fanatique à ce point ? C'est ce qui va se produire si vous ne nous laissez pas franchir cette porte.

» J'ai un petit test pour vous, Dennis. Solution A, vous protégez les sauvages cupides et sans âme qui se trouvent dans ce bâtiment. Solution B, vous sauvez la vie de votre fils. C'est l'un ou l'autre, pas les deux. Alors, votre réponse ?

86

Mooney m'avait à peine raccroché au nez que je me précipitais dans l'entrée principale de Saint Edward. Tout en courant, j'ai pris mon téléphone et demandé qu'on établisse un barrage sur Lexington Avenue, avant de contacter la police volante pour qu'ils surveillent les taxis au comportement anormal. Autant chercher une aiguille dans une botte de foin, et j'avoue que je n'étais pas très optimiste. Depuis que j'avais entendu le baratin messianique de Mooney, je crois même que je touchais le fond.

Des dizaines de bourgeoises blondes de l'Upper East Side, éperdues d'avoir retrouvé leurs enfants vivants, les serraient dans leurs bras au coin de Park Avenue. Les autres parents attendaient près des barrières de police, l'air anxieux, à la recherche d'un visage connu dans la foule des élèves libérés. Les mères de Parrish et Mason se trouvaient probablement dans le lot.

— Les hommes du Déminage et ceux de l'unité de Récupération d'otages sont encore à l'intérieur, m'a annoncé Émilie en posant la main sur le micro de son portable. Ils sécurisent le bâtiment, à la recherche de pièges éventuels, au cas où Mooney aurait caché des explosifs.

— J'ai bien peur que ce ne soit pas le cas. J'ai surtout peur qu'il ait tout emporté avec lui et ces deux malheureux gamins.

Des brancardiers évacuaient le corps de l'entraîneur Jerry Webb, quand mon téléphone a sonné. On ne déplorait aucune autre victime. Jusque-là, tout du moins.

Le jeune capitaine du 19e District s'est précipité vers moi en me tendant son téléphone.

— Inspecteur, le préfet Daly veut vous parler.

— Bennett à l'appareil.

— Mike, c'est John Daly. J'ai de mauvaises nouvelles. Mooney vient d'arriver à Wall Street enchaîné à trois otages par du cordon explosif relié à des pains de plastic. Il exige qu'on le laisse pénétrer à l'intérieur de la Bourse.

J'ai fermé les yeux. Pour un peu, j'aurais hurlé. Wall Street ? Un détail me chiffonnait.

— Trois otages ? À ma connaissance, il s'est enfui avec deux élèves de Saint Edward. Pas trois.

— On m'a parlé de trois personnes, Mike. Filez là-bas avec l'agent Parker et les commandos du Bureau. C'est encore vous qui connaissez le mieux ce cinglé.

Tu parles.

C'était même le problème. Je savais trop bien de quoi Mooney était capable.

330

J'ai rendu son portable au capitaine du 19ᵉ et adressé de grands gestes aux types du Déminage et du FBI.

— Où allons-nous ? m'a demandé Émilie, les traits tirés, en déverrouillant les portières de sa voiture. Je n'ai presque plus d'essence.

— Wall Street. Figurez-vous que Mooney exige de pénétrer à l'intérieur de la Bourse.

87

Toujours relié à ses trois prisonniers par du cordon explosif, Francis X. Mooney pénétra à petits pas sous la voûte majestueuse de Wall Street. Les dizaines de flics du NYPD et d'agents de sécurité qui pointaient leurs armes sur eux s'écartèrent afin de les laisser franchir les portiques de sécurité.

La meute des agents emboîta le pas au petit groupe. On aurait pu croire qu'il s'agissait de paparazzi s'ils avaient brandi des appareils photo plutôt que des pistolets.

Le cœur de Mooney n'avait jamais battu aussi fort; il résonnait dans sa tête à la façon d'une grosse caisse dans un opéra germanique. Le mélange de peur et d'euphorie qui roulait dans ses veines lui procurait des sensations inédites, à la fois terribles et merveilleuses. La prise en otage du fils de Quinn était un coup de génie. *Il avait réussi à pénétrer dans la Bourse de New York!*

Le fils Parrish se prit les pieds dans le cordon explosif et s'affala sur le sol de marbre. Mooney, un large sourire aux lèvres, l'aida gentiment à se relever.

— Nous sommes presque arrivés, fiston, le rassura-t-il.

Le petit groupe s'arrêta devant la porte que cherchait Mooney. Elle donnait sur un escalier permettant d'accéder au balcon qui dominait la salle des transactions, celle où la fameuse cloche de Wall Street annonçait l'ouverture des marchés chaque matin.

Mooney avait eu l'occasion de visiter ce temple de la finance, invité par un client qui célébrait en grande pompe l'entrée en Bourse de son entreprise de biotechnologie. Tout sourire derrière le P-DG, applaudissant au bon moment, il avait assisté à la cérémonie de la cloche.

Combien de capitalistes Mooney avait-il aidés dans leur quête indécente de fortune ? Bien trop à son goût. L'heure de la vengeance avait sonné.

Il se retourna vers la masse des policiers attachés à ses pas.

— Nous allons franchir cette porte. Seuls. J'en bloquerai ensuite l'accès avec des explosifs. Si quelqu'un tente de nous suivre, tout le monde meurt. Avis aux amateurs.

Mooney poussa le battant, tira les trois otages à sa suite et scella la porte à l'aide de PE4. La mesure était essentiellement dissuasive puisque le plastic n'était pas relié à un détonateur, mais ses poursuivants ne pouvaient pas le savoir.

La rumeur qui montait de l'immense salle des transactions devint réellement palpable une fois passée la porte située en haut des marches. Mooney entraîna les trois jeunes gens sur le balcon.

D'immenses drapeaux américains et des néons bleus à la gloire de Wall Street habillaient les murs de granit. Des centaines d'écrans d'ordinateur affichant les cotations occupaient jusqu'au moindre mètre carré d'espace.

En contrebas s'agitait une mer furieuse de traders des deux sexes, vêtus pour certains de costumes, pour d'autres de blouses colorées. Tout ce petit monde s'activait et criait en tapant frénétiquement sur les claviers des minuscules ordinateurs accrochés à leur cou. Mooney secoua la tête en les voyant s'affairer, telles des fourmis autour d'un pactole de miettes de pain.

Il s'avança sur l'estrade réservée aux célébrités autorisées à actionner la cloche d'ouverture des marchés et brancha le micro dont il tapota la membrane de ses mains scotchées.

— Stop ! cria-t-il à l'intention des traders.

Tous ceux qui se trouvaient en contrebas se retournèrent d'un mouvement unanime et la salle plongea brusquement dans un silence de mort.

Les larmes de Mooney se remirent à couler. Avec surprise, il venait de remarquer que plusieurs traders portaient sur le front une croix de cendre. Restait à savoir si ceux-là aussi étaient prêts à expier les péchés de la planète en sacrifiant leur vie.

Il prit une longue inspiration.

Je ne tarderai pas à le savoir, pensa-t-il.

88

Émilie et moi tentions de nous frayer un chemin au milieu des voitures, mais la circulation en ville était pire que jamais. Les minutes s'écoulaient à une vitesse terrifiante à mesure que nous descendions tant bien que mal Lexington Avenue, traversant successivement les quartiers de Turtle Bay, de Murray Hill, de Flatiron, de Gramercy Park et d'Union Square.

Nous venions d'atteindre SoHo quand mon téléphone a sonné. L'espace d'un instant, j'ai craint d'arriver trop tard.

— Mooney est entré dans la Bourse, m'a annoncé Carole Fleming.

J'ai bien cru m'étrangler.

— Qu-Qu-Quoi? Comment s'y est-il pris?

Je n'en croyais pas mes oreilles. Le quartier de Wall Street était le mieux protégé de la ville, peut-être même du monde. Tout le sud de Manhattan ressemblait à un camp retranché depuis le 11 Septembre.

— Non content d'avoir enlevé ces deux garçons à Saint Edward, ce salaud s'est emparé par la force du fils de Dennis Quinn, le responsable de la sécurité de la Bourse, avant de s'enchaîner à ses trois prisonniers avec du plastic et du cordon explosif. Quinn gardait l'entrée du personnel quand Mooney est arrivé. Il l'a menacé de tuer son fils s'il ne le laissait pas entrer. Quinn a cédé. Comment aurait-il pu agir autrement ? Quoi qu'il en soit, c'est trop tard.

Six minutes après, quand Émilie a grimpé sur le trottoir devant Trinity Church, j'ai bien cru que la Crown Vic allait perdre son pot d'échappement. J'ai failli renverser ma chef en bondissant hors de la voiture.

— Mooney s'est barricadé sur le balcon qui domine la salle des marchés, m'a expliqué celle-ci, criant à tue-tête dans l'espoir de couvrir le vacarme des sirènes qui arrivaient de tous les côtés. Il vient d'appeler Police secours. Il dit qu'il est prêt à libérer les deux élèves de Saint Edward en échange de leurs pères. Il nous a donné une demi-heure pour les amener ici. On est en train de les contacter.

J'en avais le tournis. Mooney voulait les pères, après avoir refusé que je prenne la place des enfants ? J'ai aussitôt rapporté la situation à Émilie.

— Ce type-là enlève deux gosses de riches et les conduit à Wall Street avant de changer d'avis et d'exiger un échange ? s'est-elle étonnée. Pourquoi ne pas avoir kidnappé les pères directement ? Mooney a pourtant prouvé qu'il ne manquait pas d'imagination en matière d'enlèvement.

C'était absurde. Que voulait vraiment ce salopard ?

— Comment ont réagi les traders ? ai-je demandé à ma chef.

— Beaucoup d'entre eux ont réussi à s'échapper, mais il reste encore trois cents employés coincés à leur poste de travail. À part l'accès au balcon, il n'a pas bloqué les portes. Dieu merci.

Fleming nous a entraînés jusqu'à l'entrée du personnel, au coin de Wall Street et de Broad. Les hommes des unités d'élite avaient pris position des deux côtés de la rue. Les traders affolés, leur badge autour du cou, s'étaient réfugiés sous le drapeau géant de la façade de la Bourse où la police procédait à leur évacuation.

— Vous avez des snipers? a demandé Émilie.

Ma chef a secoué la tête.

— Il a les mains scotchées autour du détonateur. Même si on l'abattait d'une balle en pleine tête, il aurait le temps d'appuyer sur le bouton.

Nous avons attendu l'arrivée du camion de l'unité de Récupération d'otages. Même Chow, un modèle de stoïcisme en temps ordinaire, paraissait dépassé par les événements. Il a pointé du doigt le plan de Wall Street qui s'affichait sur l'un des écrans du QG mobile.

— Bon. Commençons par décrocher le drapeau de la façade. J'ai envoyé des snipers en reconnaissance dans cet immeuble de bureaux de Broad Street. Les fenêtres qu'on aperçoit entre les colonnes de la Bourse donnent directement sur la salle des marchés. Le balcon où s'est retranché Mooney se trouve approximativement cinq mètres à droite de la fenêtre centrale. À condition de le pousser à reculer de quelques mètres, on devrait pouvoir l'atteindre.

— Que faites-vous du détonateur scotché entre ses mains ? lui a demandé Fleming.

— On se servira d'un fusil spécial Barrett M107 de calibre 50 à projectiles ultrarapides. En utilisant une balle non incendiaire, on devrait pouvoir limiter les dommages collatéraux. Il suffit de viser le détonateur avant qu'il ait pu déclencher la charge.

Nous avons échangé un regard perplexe avec Émilie.

— Je sais, a réagi Chow. La situation est loin d'être idéale, mais c'est à peu près la seule ligne d'attaque possible.

89

Nous avions encore en tête le commentaire pessimiste de Chow lorsque les pères des deux élèves de Saint Edward ont débarqué à bord d'une voiture de patrouille.

Grand et blond avec des mèches grisonnantes, Howard Parrish était l'archétype du P-DG de série télévisée. J'avais eu l'occasion de voir son portrait dans la presse populaire l'année précédente, à la suite d'un divorce difficile. Edwin Mason, un petit brun à lunettes, ressemblait davantage à un prof d'université avec son jean et sa veste sport.

— C'est quoi, cette histoire ? J'attends vos explications ! a aboyé Parrish, sans prendre la peine de nous saluer, en montant dans l'un des QG mobiles du NYPD.

— Howard a raison. Qui peut nous dire de quoi il retourne ? a renchéri Edwin Mason d'une voix nettement plus calme.

Je n'y suis pas allé par quatre chemins.

— Vos enfants sont retenus en otage à l'intérieur de la Bourse par un certain Francis Mooney.

Vous avez sans doute entendu parler de lui ces derniers jours, il est responsable de l'enlèvement et du meurtre de plusieurs jeunes gens de familles riches.

Parrish est devenu rouge comme une tomate, au bord de l'apoplexie.

— J'ai encore reçu hier un courrier de cette putain d'école nous assurant que la sécurité avait été renforcée. Comment un truc pareil a-t-il pu se produire ? Pourquoi avoir enlevé mon fils ? Pourquoi pas un autre ? Ce ne sont pas les élèves qui manquent !

— Vous ne nous avez pas tout dit, c'est ça ? s'est interposé Mason en me regardant droit dans les yeux.

— Ce n'est pas tout, en effet. Mooney nous a contactés il y a quelques minutes. Il propose de relâcher vos fils si vous acceptez de prendre leur place.

— Prendre leur place ? a répété Parrish, stupéfait. Il veut nous prendre en otage ? Pour quelle raison ?

— En plus d'être un déséquilibré, Mooney a des affinités avec les mouvements de la gauche radicale depuis les années 1960, a expliqué Émilie. Pour parler clairement, il en veut aux riches. Tous ses actes ont des motivations politiques.

— Putains de gauchistes ! a grondé Parrish d'une voix mal assurée. Ces putains de gauchistes ont décidé de tuer mon fils !

Mason a retiré ses lunettes avant de les remettre.

— Les raisons importent peu, Howard, a-t-il déclaré d'une voix lasse. Nos enfants sont dans le pétrin.

Je l'ai interrompu.

— Nous faisons tout notre possible pour trouver une solution. Je vous laisse le soin de choisir quelle attitude adopter. Il n'est pas question de vous obliger à prendre la place de vos enfants. Je serais bien incapable de vous donner un conseil en la matière, sachant que nous ne sommes pas en mesure de garantir votre sécurité. Cela dit, si vous souhaitez accepter cet échange, nous ne nous y opposerons pas. Un échange nous permettrait peut-être même de résoudre la crise.

— Le choix ne se pose même pas, a affirmé Mason après une seconde de battement. Ma femme est morte il y a six ans, mon fils est tout ce qui me reste au monde. Je suis prêt.

Parrish fixait le sol du bus entre ses mocassins tout en mordillant l'ongle de son petit doigt.

— Oui, d'accord, a-t-il acquiescé après un moment d'hésitation. Je suis prêt, moi aussi. Évidemment.

90

J'étais de tout cœur avec les deux grands patrons tandis qu'ils retiraient leurs manteaux et enfilaient des gilets pare-balles. La plupart des parents sont persuadés qu'ils donneraient volontiers leur vie en échange de celle de leur enfant, mais ces deux-là se trouvaient au pied du mur. Le courage réel dont ils faisaient preuve a marqué tous ceux qui assistaient à la scène, moi le premier.

— Je n'ai aucune envie de mourir, Edwin, a déclaré Parrish, les yeux humides, comme s'il se parlait à lui-même. Cela dit, je n'ai pas à me plaindre de la vie que j'ai eue. J'ai eu énormément de chance. J'ai toujours essayé de me comporter le mieux possible. Si je meurs, au moins mon argent ira à mon fils et à une bonne cause : celle de la recherche sur le sida.

— Bien dit, Howard, a approuvé Edwin Mason en serrant l'épaule de son collègue. C'est comme ça qu'il faut voir la situation. Mon fric servira la même cause que toi. Des millions de malades pourront bénéficier de notre réussite.

Hé, une petite minute! Ils ont légué leur fortune à des associations caritatives, eux aussi?

Une idée m'a brusquement traversé l'esprit.

— Qui s'occupe de vos affaires sur le plan juridique, monsieur Mason? Qui a rédigé votre testament?

— Le cabinet Ericsson, Weymouth & Roth, a répondu ce dernier.

Émilie et moi avons écarquillé les yeux : c'était le cabinet qui employait Mooney.

— Le monde est petit. Moi aussi, a ajouté Parrish.

Je me suis isolé à l'arrière du bus avec Émilie.

— Il existe forcément un lien, a-t-elle murmuré. Je me trompe, ou bien Mooney dirigeait le département successions dans son cabinet?

— Putain! Attendez une seconde. Mooney a fait une allusion étrange au Nouveau Testament et au mercredi des Cendres la dernière fois qu'il m'a parlé au téléphone.

J'ai sorti précipitamment mon portable et composé le numéro de Seamus. C'est parfois utile d'avoir un curé dans la famille.

— Écoute-moi, Seamus. J'ai besoin de ton aide. Pas le temps de t'expliquer. Lis-moi le passage du Nouveau Testament de la messe d'aujourd'hui.

— Ne me dis pas que tu n'écoutais pas! Rappelle-moi de te frotter les oreilles la prochaine fois que je te vois, espèce de païen. Attends, je l'ai sous les yeux. Voyons. Il s'agit de l'Évangile selon saint Matthieu, 6, versets 1 à 4. «Gardez-vous de pratiquer votre justice devant les hommes, pour vous faire remarquer d'eux; sinon, vous n'aurez pas de récompense auprès de votre Père qui est dans les cieux. Quand donc tu fais l'aumône, ne va pas le claironner devant toi; ainsi font les hypocrites, dans les synagogues et dans les rues, afin d'être glorifiés par les hommes; en vérité je vous le dis, ils tiennent déjà leur récompense. Pour toi, quand tu fais l'aumône, que ta main gauche ignore ce que fait ta main droite, afin que ton aumône soit secrète; et ton Père, qui voit dans le secret, te le rendra. »

— Une seconde. Tu peux me relire le passage concernant l'aumône ?

— « Que ton aumône soit secrète », a répété Seamus.

Voilà la solution !

J'ai agrippé Émilie par le bras en refermant mon portable.

— J'ai compris ! Mooney pratique l'aumône en secret !

— Il pratique quoi ? a demandé Émilie, perdue.

— L'aumône ! Vous ne comprenez donc pas ? Toutes les familles auxquelles il s'en est pris souscrivaient à de bonnes causes. À chaque fois, leur enfant était le seul bénéficiaire de leur immense fortune. Quand Mooney a su qu'il allait mourir, il a concocté toute cette histoire de façon à éliminer l'enfant unique des parents concernés, de façon que l'argent aille directement à des associations caritatives !

Émilie m'a regardé, bouche bée.

— Le petit malin ! Voilà qui explique l'examen qu'il faisait passer aux ados. Il voulait tester leur conscience sociale afin de savoir s'ils méritaient d'hériter de la fortune familiale. C'est pour cette raison qu'il a relâché la petite Haas. Mais en quoi cette découverte nous aide-t-elle ?

— Je vais vous dire. Mooney n'a aucune envie d'échanger les pères avec leurs fils. Il ne veut rien échanger du tout. Mason et Parrish sont tous deux célibataires. Dès qu'il tiendra les pères, Mooney tuera tout le monde. Les pères, les fils, lui-même. Plus besoin d'attendre que les pères en question décèdent de mort naturelle pour que leur fortune aille à des associations caritatives.

Carole Fleming s'est approchée.

— Alors ? On envoie Parrish et Mason, ou quoi ?

— Pas question, chef ! Je crois que j'ai une idée.

91

— Évoquons un peu les horreurs provoquées par la cupidité de ceux qui travaillent ici, lança Mooney dans le micro du balcon. Évoquons les crimes dont vous avez tous été complices. Les fausses opérations en faveur de l'environnement, l'exploitation des travailleurs qui se tuent à la tâche, la corruption, l'évasion fiscale. Avez-vous jamais pensé à la silicose et aux maladies provoquées par l'amiante que vos maîtres capitalistes infligent à leurs ouvriers ? Aux pollutions provoquées par vos sacro-saints actionnaires et autres investisseurs ?

Mooney dévisagea tous ceux qui l'observaient, perplexes, dans la salle des marchés.

— J'étais comme vous. Je suais sang et eau pour des multinationales qui échappaient à la loi avec ma complicité. Je les aidais dans leur politique illégale d'entente des prix, dans leur exploitation de millions de travailleurs ordinaires. Je les ai vus commettre des crimes d'une ampleur inimaginable, polluer à jamais des cours d'eau en toute impunité. Pas un d'entre eux n'a jamais connu la prison. Pourquoi ? Vous pouvez me le dire ?

» Je constate que nombre d'entre vous souffrent d'obésité. Combien de milliards d'êtres humains souffrent de la faim à l'heure où je vous parle ? Allez, j'attends la réponse. N'hésitez pas.

92

Il nous a fallu cinq minutes pour mettre au point l'opération avec ma chef et Tom Chow. Celui-ci a réglé les derniers détails sur son micro de casque pendant qu'Émilie et moi enfilions des tenues de démineur.

— Où en est-on, inspecteur? m'a demandé Howard Parrish en me voyant descendre du bus. Nous ne procédons pas à l'échange? Et mon fils?

— Un élément crucial de dernière minute devrait nous permettre de résoudre la crise sans effusion de sang. Nous faisons de notre mieux, monsieur, lui a répondu Émilie.

— Rien à foutre, de votre mieux! Je veux qu'on me rende mon fils. À moins de m'en donner la garantie, j'exige de prendre sa place.

J'ai attrapé le grand patron par le coude.

— Écoutez-moi, monsieur Parrish. Je vous donne ma parole de vous rendre votre fils vivant.

Nous nous sommes éloignés en direction de l'entrée de la Bourse.

— Qu'est-ce que vous fichez, Mike ? Pourquoi lui avoir fait une promesse pareille ? m'a glissé Émilie à voix basse.

J'ai haussé les épaules.

— Aucun souci. Si jamais l'opération tourne mal, je ne serai plus là pour lui rendre des comptes.

Chow nous a retrouvés devant les barricades de sécurité et nous a briefés une dernière fois.

— Tout est en place, a-t-il conclu face à l'entrée de Wall Street. Tout repose sur vos épaules.

Émilie et moi avons franchi les portiques de détection du hall monumental. Nous avancions en silence, perdus dans nos pensées.

Je me suis arrêté devant la porte menant au balcon. Émilie s'est tournée vers moi.

— Bonne chance, inspecteur Bennett. Si votre plan fonctionne, je vous invite à dîner.

— J'espère que vous avez pensé à vous munir de votre American Express, agent Parker. Parce que si ça marche, j'ai la ferme intention de m'envoyer quinze apéros.

Je me suis élancé dans l'escalier.

93

Parker repartit en sens inverse, désireuse d'aller vite. Elle aimait autant ne pas avoir le temps de réfléchir. Si elle s'était servie de son cerveau, elle aurait fait demi-tour.

Deux agents de la Bourse, accroupis près du dernier poste de sécurité, surveillaient la salle des marchés à travers une porte vitrée.

Parker leur montra son badge et entra dans l'immense salle.

— Où est-il? demanda-t-elle à deux traders tapis sous un bureau.

— Faites gaffe, madame. Ce type est complètement cinglé.

— Il est armé, ajouta un homme grassouillet au crâne dégarni.

Elle s'avança.

— Vous croyez peut-être vous en tirer, espèce de tête de con? Oui, sac à merde, c'est à vous que je parle!

— Qui êtes-vous? s'étonna Mooney en se servant du micro.

— Moi ? Juste quelqu'un qui a des principes ! lui cria Émilie. Pas comme vous, qui n'êtes qu'un vulgaire meurtrier, un assassin d'enfants, un tueur en série doublé d'un pervers !

— Hé, madame, grinça l'un des traders. Fermez votre gueule ou il va tous nous tuer !

— C'est faux ! se défendit Mooney d'une voix aiguë.

— C'est faux ! l'imita Émilie en forçant le trait. Vous vous foutez de qui ? Vous avez pris votre pied en tuant ces pauvres gosses, ne me dites pas le contraire.

— Ces *gosses*, comme vous dites, étaient des individus inutiles et stériles. Ils méritaient de mourir ! s'énerva Mooney. Leurs parents les avaient mal éduqués. Ils avaient oublié de leur inculquer le sens des valeurs humaines.

— Parce que c'est *vous*, le spécialiste des valeurs humaines ? hurla Émilie. Au temps pour moi. J'avais cru comprendre que vous étiez un *assassin d'enfants* !

94

Le temps de jeter un coup d'œil à ma montre, j'ai franchi à quatre pattes le « trou de souris » que les types de l'unité de Chow avaient découpé dans le mur afin de contourner les explosifs qui bloquaient la porte. Arrivé en haut des marches, j'ai ouvert lentement la porte donnant sur le balcon.

Mooney, appuyé contre la rambarde à quelques mètres de moi, me tournait le dos. Toujours relié à ses prisonniers, il discutait avec Émilie. Un large rai de lumière provenant de l'une des immenses fenêtres du bâtiment coupait le balcon en deux. J'ai regardé une dernière fois le soleil avant de passer à l'action.

— Francis! Hé, par ici! Ne l'écoutez pas!

Mooney a fait volte-face, à la fois surpris et mécontent. Il a brandi le détonateur scotché entre ses mains.

— N'essayez pas de me prendre à revers ou je fais tout sauter! Où sont les pères des gamins? Vous êtes tous sourds, ou quoi?

J'ai posé un regard inquiet sur les deux ados, attachés à Mooney avec le fils de Quinn. Livides, les yeux atones, ils étaient visiblement en état de choc. J'ai pensé à Brian, mon aîné, qui avait presque le même âge. Je n'avais pas le droit à l'erreur si je voulais qu'ils vivent, que nous vivions tous.

J'ai lentement levé les mains en l'air.

— Francis! Calmez-vous, mon vieux! C'est moi, Mike Bennett! Je ne cherche pas à vous prendre à revers. J'ai fait venir les pères, comme vous me l'avez demandé. Ils attendent dans le hall. Je les fais monter dès que vous aurez libéré leurs enfants.

Mooney a fait un pas vers moi, les yeux brillant d'une lueur étrange derrière ses lunettes. Le détonateur tremblait entre ses mains, son pouce s'agitait dangereusement près du bouton.

Je devais impérativement trouver le moyen de le calmer. L'intervention d'Émilie était une simple diversion, mais il était capable de déclencher accidentellement une explosion si elle l'énervait davantage.

— Où sont-ils? m'a-t-il demandé en tentant de percer les ténèbres derrière moi.

— Au pied de l'escalier, Francis. Ils attendent mon feu vert pour monter.

— Vous mentez!

J'ai secoué la tête en le regardant droit dans les yeux.

— Non. Ce n'est plus le moment de mentir, Francis. Nous souhaitons tous une issue heureuse à cette affaire. Pour vous comme pour les garçons. Leurs pères ont accepté de prendre leur place. Je peux vous assurer qu'ils vous sont reconnaissants de cette proposition.

— Comme si j'allais vous croire, a ricané Mooney.

Il a de nouveau fait un pas en plissant les yeux.

— Je ne relâche personne tant que les deux pères ne sont pas là, en face de moi. C'est à prendre ou à laisser, Mike. Inutile de chercher à négocier. Amenez-les-moi. Tout de suite.

Je me suis retourné, feignant de discuter avec quelqu'un derrière moi.

— D'accord, Francis. Ils sont dans l'escalier. Voici ce que je vous propose : approchez et regardez vous-même. Vous pourrez vérifier du même coup qu'il s'agit bien de Parrish et de Mason. Ensuite, vous n'aurez qu'à détacher l'un des deux ados. Mon but est de vous convaincre qu'il ne s'agit pas d'un piège.

Mooney a froncé les sourcils d'un air hésitant.

— D'accord, a-t-il acquiescé en avançant lentement.

Les nerfs tendus à bloc, j'ai vu une première chaussure pénétrer dans le rai de lumière, puis une jambe, sa poitrine et les deux mains qui tenaient le détonateur.

— Je le tiens, a fait la voix du sniper du FBI dans mon oreillette.

C'était le signal que j'attendais pour me jeter à terre.

95

Dans le rai de lumière traversé de poussières, Mooney a affiché sa surprise en me voyant plonger. Il a brusquement pivoté vers la fenêtre devant laquelle j'avais réussi à l'attirer.

Par un curieux effet de perspective, il a donné l'impression de tomber une fraction de seconde avant que l'immense vitre vole en éclats, fracassée par la première balle.

Mooney s'est écroulé et le sang qui jaillissait de ses poignets a dessiné une tache noire sur le marbre du sol. Je me suis rué sur lui en voyant qu'il tentait de déclencher le détonateur.

Il agitait désespérément ses mains déchiquetées. Le projectile du sniper lui avait sectionné les nerfs des poignets après avoir évité le boîtier.

Mooney se tortillait par terre en gémissant.

Pour un peu, j'aurais eu pitié de lui, jusqu'à ce que je l'entende murmurer le mot «Amen» et basculer en avant dans l'espoir de déclencher l'explosion en appuyant sur le bouton avec son menton.

La détonation suivante a retenti avant que j'aie pu parcourir la moitié de la distance qui me séparait de lui. La balle lui a troué la tempe et son corps s'est effondré sur le côté au lieu de tomber sur le boîtier.

J'ai hurlé dans ma radio.

— Halte au feu !

Un bruit assourdissant de rangers est monté dans l'escalier menant au balcon.

J'ai crié « Non ! » en voyant Jeremy Mason se tourner vers le cadavre de Francis X. Mooney.

Je me suis agenouillé près de l'ado, emberlificoté dans le cordon explosif, afin de lui bloquer la vue. Il était déjà assez secoué par ce qu'il venait de vivre. Comme nous tous.

— Ne bouge pas, fiston. Tout va bien.

D'un geste, j'ai essuyé le sang de Mooney qui lui maculait le visage.

96

Je m'escrimais sur les cordons qui entravaient les trois otages de Mooney quand l'un des techniciens du Déminage m'a pris par les épaules et m'a poussé vers l'escalier.

Les deux adolescents de Saint Edward sont redescendus moins de cinq minutes plus tard. Ils ont rejoint le grand hall où ils ont été accueillis par leurs pères, en pleurs. Même le chef de la sécurité, Quinn, a fondu en larmes en serrant son fils dans ses bras quelques instants plus tard.

Les flics et les traders amassés sur Broad Street les ont acclamés en les voyant ressortir du bâtiment. Quelqu'un a hurlé « U-S-A ! » au milieu des clameurs. Heureux d'avoir survécu à l'épreuve, Émilie et moi sommes tombés dans les bras l'un de l'autre.

Les types du Déminage ont mis une demi-heure à désamorcer et neutraliser tous les explosifs. Après leur départ, je suis retourné sur le balcon surplombant la salle des marchés en compagnie d'Émilie et des spécialistes de l'identité judiciaire. Les plaies par balle à la tête sont horribles à voir, et celle qu'avait reçue Mooney ne faisait pas exception. L'impact avait été si violent qu'il avait été projeté hors de ses chaussures. Les projectiles de calibre 50 avaient laissé des impacts sanglants sur l'un des murs en pierre. Mooney n'avait pas raté sa sortie.

Nous avons regardé le médecin légiste remonter la fermeture éclair du sac à cadavre.

— Vous avez vu?

Un type de l'identité judiciaire s'est approché en me tendant une feuille de papier dans une pochette plastique transparente.

— Je l'ai retrouvée dans la poche de sa veste.

Mooney avait intitulé son manifeste AVERTISSEMENT À UN MONDE AU BORD DE L'EXPLOSION. Suivait une longue liste des dysfonctionnements de la planète, liés à la pauvreté, à la famine, aux épidémies. Mooney avait tracé au bas de la page une formule à l'encre rouge: PERSONNE NE S'EN ÉMEUT!

Émilie a haussé un sourcil en me voyant sortir le document de sa protection plastique et le déchirer en deux, puis en quatre.

— Ce salaud a disqualifié tout son beau discours le jour où il s'en est pris à des innocents. Il peut aller se faire foutre avec son message, qu'il ait raison ou tort.

J'ai jeté les morceaux de papier par-dessus la rambarde. Émilie a posé sa main sur mon dos.

— Amen, Mike, a-t-elle laissé tomber en regardant les confettis se perdre au milieu des ordres d'achat qui jonchaient le sol de la salle des marchés.

97

Émilie s'en est tirée à bon compte. Parrish et Mason lui ont évité de me payer à dîner ce soir-là en conviant à la Tavern on the Green, l'un des meilleurs restaurants de Central Park Ouest, tous ceux qui avaient permis de dénouer la crise.

La centaine de flics qui avaient répondu à l'invitation se sont retrouvés dans l'un des salons privés de l'établissement. Schultz et Ramirez, qui nous attendaient au bar dressé près de l'entrée, avaient apparemment abusé des bellinis. Conscients que leur dévouement leur vaudrait probablement une promotion, ils se sont pris par la taille quand le big band engagé pour l'occasion s'est lancé dans une version de « New York, New York ».

— *Je veux me réveiller dans une ville qui ne dort jamais*, chantaient-ils en multipliant les entrechats devant les musiciens, hilares dans leurs smokings. *Me réveiller tout en haut de l'affiche, le roi du monde.*

J'ai pris Émilie par la main et je l'ai entraînée sur la piste de danse.

— Quand je vous disais que les flics new-yorkais avaient la classe.

Nous avons passé la soirée à danser et à boire. Du champagne, bien sûr. À l'heure du dîner, on riait comme des fous tous les deux, trop fort probablement, mais j'avoue que c'était le cadet de nos soucis.

Jamais je n'avais vu de serveurs aussi prévenants. Le champagne coulait à flots. Par curiosité, j'ai jeté un coup d'œil au menu : les bulles étaient facturées entre trois cents et quatre cents dollars la bouteille.

À trente dollars la flûte, j'en ai éclusé une de plus.

— Vous avez fait preuve de beaucoup de courage, Émilie. Vous avez été formidable, tout à l'heure.

J'ai bien failli m'étouffer avec ma gorgée de Veuve-Clicquot en sentant sa main se poser sur ma cuisse, sous la nappe.

— Heureuse coïncidence, inspecteur, a-t-elle commenté en vidant son verre à son tour. Moi, c'est ici que je vous trouve formidable.

Nous avons dîné à toute vitesse, allez savoir pourquoi. Nous effacions les dernières traces de tiramisu à la petite cuillère quand la plupart des flics assis à notre table n'avaient pas encore touché à leur assiette.

— Où allez-vous ? nous a demandé ma chef en nous voyant saluer à la ronde. Vous êtes les héros du jour. Parrish et Mason ne sont même pas encore là.

— Euh... Émilie est censée... elle a...

Émilie m'a sauvé la vie en terminant la phrase à ma place.

— Un avion à prendre. Je dois absolument rentrer à Washington ce soir.

L'ambiance était électrique à l'arrière du taxi qui nous reconduisait à l'hôtel d'Émilie. Le trajet s'est déroulé bien trop vite, entre les lumières de Times Square, la douceur de la soie, les ongles vernis d'un rouge aguicheur, le sourire jaloux du chauffeur.

En nous précipitant vers l'ascenseur, nous avons failli entrer en collision avec une classe de lycéens du Missouri. La porte allait se refermer quand je l'ai bloquée de la main à l'ultime seconde. Le battant a coulissé en sens inverse.

— Que fais-tu? m'a demandé Émilie.

J'avais du mal à dissimuler mon embarras.

— Je viens de me souvenir, une question urgente à régler.

— C'est ta nourrice, c'est ça?

Je suis resté muet.

— Bien sûr que oui, Mike. Je suis certaine que c'est ta nourrice, que tu te l'avoues ou non. Bon, tant pis.

Elle m'a agrippé par le revers de ma veste et m'a embrassé une dernière fois en collant sa bouche à la mienne presque méchamment. Je sentais la chaleur de son corps, tout près. Pas assez près à mon goût. J'avais autant envie de sortir de cet ascenseur que de me pendre.

Émilie m'a repoussé tout aussi méchamment d'un coup de haut talon au genou.

— Tant pis pour toi, flicard, m'a-t-elle craché à la figure, aussi furieuse qu'enjôleuse avec son chemisier à moitié défait, ses joues en feu et sa chevelure flamboyante en bataille. Tant pis pour toi, espèce de sale con.

J'ai retenu mon souffle en voyant son visage disparaître derrière la porte coulissante.

Tant pis pour moi.

— Le pire, c'est que cette conne a raison, ai-je grommelé en passant devant le portier de l'hôtel.

98

En rentrant chez moi, j'ai été accueilli par des fanions et des ballons. Un énorme gâteau, sorti du congélateur, attendait son heure dans le frigo. Seamus, maître de cérémonie attitré de la petite fête surprise organisée en l'honneur de Mary Catherine, dirigeait les opérations.

— Grand-père! Il ne peut pas y avoir de fête sans musique! s'est exclamée Shawna.

— Qu'est-ce que tu crois! s'est offusqué Seamus. Sœur Sheilah ne m'a pas surnommé Père DJ pour rien.

— Et le clown, grand-père? a enchaîné Chrissy, ma petite dernière. Et pis y'a pas de ballons en forme d'animaux.

— Tout est prévu, mon enfant. Il suffit d'avoir la foi.

Seamus a consulté son bloc à pince.

— Dis-moi, Julia. Où en sommes-nous de la cuisson des pains briochés à la saucisse?

Le repas enfin prêt, j'ai appelé Mary Catherine dans sa chambre de bonne.

— Allô ? Mary, on vient de m'appeler du boulot et je ne sais pas où se trouve Seamus. Ça vous ennuierait de me dépanner avec les enfants ?

— Donnez-moi cinq minutes, Mike, a-t-elle répondu d'une voix triste.

Il lui en a fallu moins de trois pour arriver à l'appartement, qu'elle a trouvé plongé dans l'obscurité.

— Il y a quelqu'un ?

J'ai allumé la lumière.

— Surprise ! a crié tout le monde.

Mary Catherine, en larmes, a serré les enfants dans ses bras l'un après l'autre en recevant leurs cadeaux. J'ai compté plusieurs cartes Starbucks et quelques mugs portant la mention « Meilleure Prof ». Le jour où Hallmark lancera une ligne « Meilleure Nounou », nous serons leurs premiers clients. J'ai bien cru qu'on allait devoir ranimer Mary Catherine quand Chrissy lui a donné son cadeau : une poupée en pâte à sel représentant Chrissy elle-même.

— Quel âge avez-vous ? ai-je demandé à Mary Catherine lorsque nous nous sommes retrouvés seuls un moment dans la cuisine.

— C'est mal élevé de poser une question pareille à une dame.

— Dix-neuf ans ? Non, laissez-moi deviner. Vingt-deux ans ?

— J'ai trente ans, Mike. Vous êtes content, maintenant ?

J'étais sincèrement étonné. Mary ressemble à une étudiante. Voilà qui expliquait sa mauvaise humeur des derniers jours. Les femmes ont du mal à franchir le cap de la trentaine.

— Je suis heureux de constater que vous m'appelez Mike, et non plus monsieur Bennett. Je n'ai pas dû avoir tout faux.

J'ai sorti de ma poche le cadeau que j'avais acheté en rentrant de l'hôtel d'Émilie. La bijouterie Striemer sur la 47ᵉ Rue était fermée quand j'y suis passé, mais Marvin, le propriétaire, était encore là et il me devait un petit service.

— Si c'est à propos de notre... euh, collision, c'est pardonné, Mike, a-t-elle déclaré en voyant l'écrin. J'ai tout oublié.

— Ouvrez-le.

Elle s'est exécutée. En soulevant le couvercle, elle a découvert un pendentif en améthyste, sa pierre de naissance, accroché à une chaîne en or blanc.

— Mais... c'est... comment...
— À vous de me le dire, lui ai-je glissé à l'oreille en passant le bijou autour de son cou. Moi, je ne comprends rien du tout.

Une expression d'une grande tristesse a assombri son visage.

— Mike, nous aurons une petite discussion tous les deux quand vous aurez cuvé votre champagne, a-t-elle dit en faisant mine de s'éloigner.

J'ai voulu l'attraper par le bras, mais elle m'a évité et s'est éclipsée.

Je les accumule ce soir, ai-je pensé. *C'est la vie, Casanova.*

— Attention tout le monde! a crié Seamus dans le salon.

J'ai récupéré le gâteau dans le frigo tandis que résonnaient des accords de guitare électrique. Qu'avait-il encore prévu?

J'ai trouvé Seamus devant la télé. Il tenait entre les mains la guitare en plastique du jeu Guitar Hero des enfants. Les yeux clos, il se mordait la lèvre en jouant le solo de « Welcome to the Jungle ». Je ne sais pas ce qui faisait le plus de bruit, de son imitation de Slash, des éclats de rire des enfants, ou des miens.

Je me suis laissé tomber avec délice sur le canapé au milieu de mes enfants.

— Tout arrive! Qui a dit qu'il n'y avait pas de clown ce soir?

99

Quinze jours plus tard, j'avais toujours le nez plongé dans le rapport sur l'affaire Mooney que je devais rédiger. Depuis que la cellule de crise avait été dissoute, plus personne ne noircissait la paperasse à ma place.

Un dernier détail me chiffonnait, et pas des moindres, puisqu'il continuait de s'afficher à la une des journaux chaque matin. Qu'était devenu Dan Hastings, l'étudiant handicapé de Columbia ?

J'en étais à la quatrième page de mon rapport quand Carole Fleming a toqué à la porte de mon bureau. Elle tenait à la main ce qui constitue le seul avantage aux yeux de tous ceux qui ont la malchance de travailler au One Police Plaza : un repas chinois digne de ce nom, acheté dans le quartier voisin de Chinatown.

Nous avons partagé ce festin dans son bureau, nettement plus spacieux. De l'autre côté de la vitre, un soleil radieux faisait la sourde oreille aux coups de klaxon des conducteurs coincés sur le pont de Brooklyn.

Ma chef a pointé du doigt l'exemplaire du *New York Post* étalé sur son bureau.

— Tu as vu la une d'aujourd'hui ?

— Laisse-moi deviner. «Mike Bennett, roi des incapables, n'a toujours pas retrouvé l'étudiant modèle».

— Non, ils t'épargnent, pour une fois. C'est au sujet de la première victime, Jacob Dunning. Son père a créé une fondation qui portera son nom.

J'ai levé les yeux au ciel entre deux bouchées.

— Exactement ce que voulait Mooney quand il a mis une balle dans la tête de ce malheureux gamin.

— Peut-être, Mike. Tu ne crois pas que le père a raison, en fin de compte? Que ferais-tu, si tu avais autant d'argent?

Je n'ai pas répondu tout de suite.

— Je ne sais pas. Avec ma chance habituelle, ça ne risque pas de m'arriver, mais je te répondrai tout de même ceci : j'aimerais mieux brûler mon fric que d'obéir aux injonctions du meurtrier de mon fils.

— Tu sais quoi, Mike ? Tu es dur, a ajouté Carol en tendant la main vers son téléphone qui sonnait, avant d'ajouter avec un sourire : Cela dit, c'est une qualité chez un flic.

Elle a décroché et son visage a changé de couleur.

— Arrête tes conneries! D'accord, d'accord. J'envoie quelqu'un illico presto.

Elle a raccroché d'un air perplexe.

— Ta chance vient de tourner. Des motards ont retrouvé Dan Hastings sur une autoroute dans le New Jersey. Ils l'ont conduit au bateau de son père.

100

Une demi-heure plus tard, je retrouvais Gordon Hastings dans sa cabine du *Tempête dans un Verre d'Eau*. Le magnat des médias avait tout d'un pingouin dans son costume anglais sur mesure. On était loin de la tenue de plage froissée qu'il portait lors de notre première rencontre. On me taxera sans doute de mesquinerie, mais j'avais du mal à oublier l'ivrogne grossier et stupide qui avait tenté de m'envoyer son poing à la figure. Pour ne rien arranger, c'était l'un des journaux de Hastings, le *New York Mirror*, qui avait sonné la charge contre le NYPD au lendemain de la mort de Mooney.

Ce torchon nous accusait quotidiennement d'usage abusif de la force et de brutalité lors de notre intervention. Curieusement, l'utilisation de balles de calibre 50 par la police était même devenue un sujet de conversation à la mode dans les talk-shows télévisés. Suivez mon regard.

— J'espère que vous me pardonnerez, s'est excusé Hastings avec son accent écossais, son meilleur sourire à la James Bond aux lèvres. Je me suis conduit de façon inadmissible et idiote.

— Je ne vous le fais pas dire.

Ignorant la main qu'il me tendait, j'ai rejoint son fils dans la salle à manger.

Dan Hastings, assis à l'immense table, dévorait un saumon. Une montagne de caviar dans une coupe en argent était posée à côté de son assiette.

J'ai refermé la porte derrière moi.

— Je suis content que vous vous en soyez sorti, jeune homme.

Je lui ai tendu la main.

— Je suis Mike Bennett, l'inspecteur responsable de l'affaire Mooney. J'aurais aimé discuter avec vous de ce qui s'est passé.

— Bah ! L'important c'est que ce salaud soit mort, non ? m'a répondu Dan avec un sourire étrange.

— Bien sûr, mais j'ai besoin de connaître le détail de votre enlèvement avant de boucler mon rapport.

Il a hoché la tête en se servant une louche de caviar qu'il a avalée avec un verre de vin blanc. J'ai remarqué que sa main tremblait légèrement.

— Eh bien, voilà, a-t-il commencé, la bouche pleine. Je venais de quitter la bibliothèque quand j'ai entendu quelqu'un m'appeler. L'instant d'après, j'ai reçu un coup sur la tête et je me suis réveillé plusieurs heures plus tard dans une cave. Je n'ai jamais vu mon ravisseur. Il m'avait ligoté, mais j'ai réussi à me libérer au bout de quinze jours. J'ai déjà tout raconté aux motards qui m'ont retrouvé.

Je lui ai adressé un sourire rassurant.

— Je ne vous ennuierai pas longtemps. Une petite question : comment avez-vous pu tenir quinze jours sans manger ?

Il a marqué une légère hésitation.

— Il m'avait laissé des provisions, a-t-il répondu en évitant mon regard. Au bout d'une semaine, j'ai commencé à chercher le moyen de m'évader.

— Vous êtes un vrai héros, Dan.

J'ai brusquement tapé du poing sur la table et il a bondi presque aussi haut que l'argenterie. Je me suis assis à côté de lui.

— Les autres sont peut-être disposés à avaler tout cru toutes ces conneries, fiston, mais tu ne sais pas qui je suis. C'est à moi que revient la tâche ingrate de tout nettoyer après coup, et j'ai appris à renifler les mensonges à quinze mètres.

» Tu mens mal, Dan. Je ne te le reproche pas, c'est même une qualité à mes yeux. Ça signifie que tu n'es pas encore passé pro dans le monde des tordus. En attendant, arrête de me mentir si tu ne veux pas que je m'énerve vraiment.

Il a essayé de me regarder en face sans y parvenir.

— C'est Galina, a-t-il avoué en baissant la tête. C'était son idée.

J'ai consulté mes notes. Galina Nesser, sa petite amie russe. Quel monde ! À peine sur la sellette, ce petit merdeux trahissait sa copine.

— Ils ont monté toute l'affaire avec son oncle. Mon enlèvement n'avait aucun rapport avec les autres, ils se sont contentés de les imiter. C'est pas ma faute, mec ! Je suis handicapé.

J'ai relevé les yeux de mon carnet.

— Non, fiston. Tu es une insulte vivante à tous les handicapés.

— C'est quoi, cinq millions de dollars, pour quelqu'un comme mon père ? a pleurniché Dan. J'en avais marre de lui. Vous ne pouvez pas comprendre. Il s'en veut tellement de ce qui m'est arrivé, je ne supporte plus. Je le déteste. Je voulais me casser, vivre ma vie tout seul.

Dan se trompait, je comprenais même très bien. Je détestais son père, moi aussi, et je rêvais de m'échapper de cet endroit le plus rapidement possible.

Il aurait été facile d'inculper Dan, mais j'ai préféré lui infliger la pire des punitions. Je me suis levé et je suis retourné dans la cabine de Hastings en poussant son fils dans son fauteuil roulant.

— Monsieur Hastings, votre fils souhaite vous avouer quelque chose.

— Quoi ? a éructé Hastings. Qu'est-ce qu'il y a, Dan ?

— C'est moi, papa. Personne ne m'a enlevé, c'était une mise en scène. C'est moi qui ai pris l'argent. Mooney n'y était pour rien.

Gordon Hastings a littéralement implosé en voyant mon petit sourire satisfait.

— Je ne souhaite pas porter plainte, inspecteur, s'est-il repris en affichant sa suffisance coutumière. Si c'est ce que vous espériez, c'est raté. Je vous demande de quitter ce bateau.

— Ça tombe bien, j'en ai encore plus envie que vous.

Sur ce, je lui ai tourné le dos.

101

Je n'en revenais toujours pas quand je suis remonté dans ma voiture, garée sur le parking du port de plaisance. Ce Dan était un drôle de pistolet. En plus du scénario complexe qu'il avait mis au point pour récupérer l'argent, il avait dû convaincre le jeune motard de sauter d'un pont.

Fauteuil roulant ou pas, ce môme était intelligent, charmeur et riche, mais ça ne lui suffisait pas. S'il détestait autant son père, pourquoi n'avait-il pas le cran de l'envoyer paître ?

Sans doute aimait-il trop l'argent et le luxe. Dan souhaitait entretenir sa haine sans en payer le prix. La haine coûte cher, Mooney aurait pu le lui confirmer.

À la vue de ce yacht magnifique, j'ai compris que Francis Scott Fitzgerald se trompait. Les riches sont exactement comme vous et moi. Aussi bêtes, mesquins, aveugles, fêlés et faibles que les autres êtres humains.

En observant le manège de tous ces yuppies jouant les Tiger Woods sur la jetée, un club de golf à la main, j'ai songé à quelqu'un. J'ai fait défiler les numéros abrégés de mon téléphone et me suis arrêté sur le nom que je cherchais.

— Parker à l'appareil.

— Agent Parker! C'est moi, Bennett. Comment allez-vous?

— Mike! s'est-elle exclamée d'une voix enjouée.

Elle avait visiblement oublié nos adieux mouvementés.

— Comment ça va, chez vous? Je ne suis pas près d'oublier cette fête. J'étais complètement paf.

— Et moi, donc! Émilie, je viens tout juste d'apprendre que nous avions raison de soupçonner un loup dans l'enlèvement du fils Hastings. Il s'agissait d'un coup monté par le fils avec sa copine russe, histoire de soutirer du fric au père. Pas mal, non? Un beau cadeau de fête des Pères, avec un peu d'avance.

— Ouah.

Émilie a observé un long silence avant de réagir.

— Quand je me suis engueulée avec Mooney pour faire diversion, il m'a dit que la jeunesse d'aujourd'hui était pourrie. Je me demande s'il n'avait pas raison. Le monde a peut-être perdu la boule.

Je n'ai pas su quoi répondre. À l'instar de tous les parents, je rêve d'un monde heureux pour mes enfants. J'ai peur à l'idée de tout ce qui risque de leur arriver, et j'ai mal en pensant à l'avenir qui les attend.

Mon regard s'est perdu dans les eaux de l'Hudson. Malgré le soleil, l'air qui passait par ma vitre entrouverte était glacial.

— Je ne sais pas ce qu'il adviendra du monde, Émilie. En attendant, Mooney est mort et nous restons fidèles au poste.

J'ai mis le contact et réglé le chauffage avant de conclure :

— Ce n'est peut-être pas la recette du bonheur, mais c'est un début.

Table

Prologue
Donnons une chance à la paix, sinon... 9

Première partie
Tu redeviendras poussière 19

Deuxième partie
Examen de passage........................ 85

Troisième partie
Le signe de la croix 147

Quatrième partie
Du sport au gymnase 249

*Du même auteur
aux éditions de l'Archipel :*

Week-end en enfer, 2014.
Moi, Michael Bennett, 2014.
Tapis rouge, 2014.
Zoo, 2013.
Dans le pire des cas, 2013.
Les Griffes du mensonge, 2013.
Copycat, 2012.
Private Londres, 2012.
Œil pour œil, 2012.
Private Los Angeles, 2011.
Bons baisers du tueur, 2011.
Une ombre sur la ville, 2010.
Dernière escale, 2010.
Rendez-vous chez Tiffany, 2010.
On t'aura prévenue, 2009.
Une nuit de trop, 2009.
Crise d'otages, 2008.
Promesse de sang, 2008.

Garde rapprochée, 2007.
Lune de miel, 2006.
L'amour ne meurt jamais, 2006.
La Maison au bord du lac, 2005.
Pour toi, Nicolas, 2004.
La Dernière Prophétie, 2001.

aux éditions Lattès

12 coups pour rien, 2014.
Tirs croisés, 2014.
La 11ᵉ et Dernière Heure, 2014.
Moi, Alex Cross, 2013.
10ᵉ anniversaire, 2012.
La Piste du tigre, 2012.
Le 9ᵉ Jugement, 2011.
En votre honneur, 2011.
La 8ᵉ Confession, 2010.
La Lame du boucher, 2010.
Le 7ᵉ Ciel 2009.
Bikini, 2009.
La 6ᵉ Cible, 2008.
Des nouvelles de Mary, 2008.
Le 5ᵉ Ange de la mort, 2007.
Sur le pont du Loup, 2007.
4 fers au feu, 2006.
Grand méchant loup, 2006.
Quatre souris vertes, 2005.
Terreur au 3ᵉ degré, 2005.
2ᵉ chance, 2004.
Noires sont les violettes, 2004.

Beach House, 2003.
Premier à mourir, 2003.
Rouges sont les roses, 2002.
Le Jeu du furet, 2001.
Souffle le vent, 2000.
Au chat et à la souris, 1999.
La Diabolique, 1998.
Jack et Jill, 1997.

au Fleuve noir :

L'Été des machettes, 2004.
Vendredi noir, 2003.
Celui qui dansait sur les tombes, 2002.
Et tombent les filles, 1996.
Le Masque de l'araignée, 1993.

Le Livre de Poche s'engage pour l'environnement en réduisant l'empreinte carbone de ses livres. Celle de cet exemplaire est de :
700 g éq. CO$_2$
Rendez-vous sur
www.livredepoche-durable.fr

Composition réalisée par Datamatics

Achevé d'imprimer en mai 2015, en France par
CPI Bussière à Saint-Amand-Montrond (Cher)
N° d'imprimeur : 2016125
Dépôt légal 1re publication : novembre 2014
Édition 04 – mai 2015
LIBRAIRIE GÉNÉRALE FRANÇAISE – 31, rue de Fleurus – 75278 Paris Cedex 06

31/7785/4